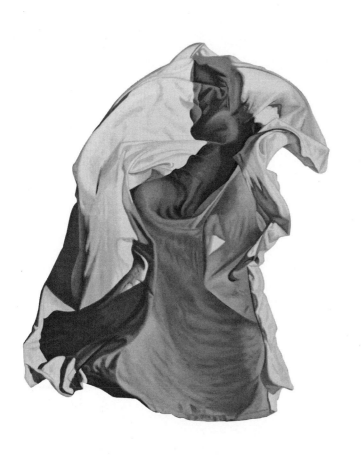

사라지는 건

여자들뿐이거든요

* 이 도서의 국립중앙도서관 출판시도서목록(CIP)은 e-CIP홈페이지(http://www.nl.go.kr/ecip)와
국가자료공동목록시스템(http://www.nl.go.kr/kolisnet)에서 이용하실 수 있습니다.
(CIP제어번호: CIP2020024511)

바통

03

사라지는 건
여자들뿐이거든요

강 화 길
손 보 미
임 솔 아
지   혜
천 희 란
최 영 건
최 진 영
허 희 정

은행나무

차
례

산책

강화길

강 화 길

2012년 경향신문 신춘문예에 단편소설 〈방〉
이 당선되어 작품활동을 시작했다. 소설집
《괜찮은 사람》《화이트 호스》, 장편소설 《다
른 사람》이 있다. 한겨레문학상, 구상문학상
젊은작가상, 2017년 젊은작가상, 2020년 젊
은작가상 대상을 수상했다.

종숙 언니의 아버지는 사는 내내 하는 일마다 족족 다 실패했다. 양계장을 열었더니 전염병이 돌았고, 종이 제작 사업을 벌이자마자 투자금 사기를 당했다. 그러나 이런 일들을 겪었을 때까지만 해도 그는 겨우 사십대 초반이었고, 나름대로 의욕이 있었다. 그러니까 역경을 물리쳐야 한다는 책임감, 아내와 세 딸을 건사해야 한다는 강한 마음이 있었다. 그는 어른이었다. 온 가족이 얹혀사는 어머니의 집, 오래된 한옥에서 어떻게든 벗어나고 싶어 했다. 그래서 야심차게 다음 사업을 준비했다. 플라스틱 두루마리 휴지걸이를 제작했다. 공공기관과 상가 화장실에 납품할 생각이었다. 그건 정말 괜찮은 생각이었고, 반응도 나쁘지 않았다. 종숙 언니는 지금도 기억한다. 집 안 곳곳에 그 파란색 휴지걸이들이 수북하게 쌓여 있던 풍경을. 그때 아버지는 신이 나 보였다.

뭔가 할 수 있을 것 같고, 이미 해낸 것 같은, 가슴 벅차오르는 기대감. 그러나 누군가 먼저 플라스틱 휴지걸이의 상표권을 등록했다. 이후 그는 고장 난 텔레비전을 수리하는 출장 사무소를 운영했다. 직원은 두 명이었다. 얼마 지나지 않아 월급을 줄 수 없게 되었다. 그가 직접 출장을 나가기 시작했다. 그는 매뉴얼을 충실히 따랐지만 어찌된 일인지 화면이 제대로 돌아오지 않는 날이 많았다. 이후, 그는 책에 들어갈 작가들의 프로필 사진을 찍었다. 그러나 나이가 많다는 이유로 자주 거절당했다. 그러던 중 어떤 작가와 드잡이를 했고…… 그때 그의 나이가 얼마나 되었더라? 마흔다섯? 일곱? 종숙 언니는 잘 기억하지 못한다. 그냥 아버지가 집에 틀어박혔다는 것만 기억한다. 그는 쉰아홉에 죽었다.

그러나 이건, 종숙 언니와 그 아버지에 대한 이야기가 아니다.

종숙 언니의 엄마는 아버지보다 훨씬 오래 살았다. 별명은 '세련된 여자'. 종숙 언니의 첫째 동생은 결혼을 하지 않았고, 둘째는 결혼은 했지만 아이를 낳지 않았다. 그녀 세대에서는 드문 일이었다. 실제로 종숙 언니의 엄마는 딸들에게 결혼을 하라고 재촉하거나 강요하지 않았다. 아이를 낳으라는 말도 하지 않았다. 사람들은 종종 물었다. 왜 자식들을 내버려두세요? 그녀는 대답했다.

"꼭 그렇게 뻔하게 살아야겠어요?"

종숙 언니의 엄마는 여러 가지 일을 했다. 보험을 판매했고, 공공기관의 서류 작업을 했고, 약국의 보조 판매원 일을 했다. 또 뭘 했더라. 아무튼 그녀는 오십이 될 때까지, 거의 일을 쉰 적이 없다. 그렇게 자식 셋을 모두 대학에 보냈다. 그런 사람이었다. 대단하고, 의지가 강하고, 세련된…… 종숙 언니의 엄마는 자신의 삶이 늘 끔찍하다고 생각했다.

그녀는 남편이 아닌 자신이 돈을 버는 것, 자신이 일을 해서 가족들을 건사하는 것이 매우 근천스러운 짓이라고 생각했다. 촌스럽다고 생각했다. 물론 밖에서는 절대 그런 이야기를 하지 않았다. 오히려 반대로 말하고 다녔다. 일을 안 하면 너무 답답해요. 남자가 꼭 돈을 벌어야 하나요? 집에 있으면 심심하기만 하죠, 살만 찌고. 완전히 거짓말은 아니었다. 그녀는 일하는 건 질색했지만 사람들을 만나는 건 좋아했던 것이다. 특히 자신보다 나이 어린 여자 직원들을 좋아했다. 그들에게 밥을 사며 결혼은 인생의 전부가 아니라고 말했고, 남편에게 삶을 의탁하면 안 된다고 충고했다. 사랑과 인생은 별개고, 그걸 분리할 줄 알아야 해요. 나는 그렇게 살아요. 여자들은 어떤 얼굴을 했을까. 어쨌든 종숙 언니의 엄마는 그들의 표정이 싫지는 않았던 것 같다. 아니, 자신을 바라보는 그 얼굴들이 마음에 들었던 게 틀림없다. 그렇지 않았다면…… 매일 아침 한껏 옷을 차려입으며 콧노래를 흥얼거렸을 리 없다. 근천스러운 그 일들을 견뎌냈을 리 없다.

퇴근 후, 엄마는 종숙 언니를 앞에 앉혀두고 자주 이렇게 말했다.

"네 아버지 때문에 나까지 급이 떨어진다. 떨어져."

그러나.

이것은 종숙 언니와 그 엄마의 이야기도 아니다.

*

"더 웃기는 게 뭔지 아니?"

그날, 영소 씨는 정말 재밌는 부분이 남았다며 내 손등을 툭툭 치더니 속삭이듯 말했다.

"평생 미안하다는 말을 해본 적이 없대."

"그래?"

"응. 진짜 대단한 노인네 아니니?"

영소 씨는 곧장 말을 이었다. 종숙 언니가 열다섯 살쯤 되던 해인가. 할아버지의 제삿날 작은엄마가 폭발했다고 한다. 젓가락 때문이었다. 작은엄마가 젓가락을 국그릇 위에 올려놓자 종숙 언니의 엄마가 면박을 줬던 것이다.

"그걸 왜 거기에 놔? 자네, 정신이 있는가?"

그러자 작은엄마가 대꾸했다.

"형님, 작년에는 이렇게 하라셨잖아요."

엄마는 어처구니없다는 듯 웃음을 터뜨렸고, 쌀쌀맞게 고개를 돌렸다. 바로 그 순간이었다. 작은엄마가 젓가락을 집어 들더니, 제사상 위에 탁 하고 내려놓았다. 그리고 말했다.

"야."

그렇게 시작됐다. 작은엄마는 지난 팔 년간, 종숙 언니의 엄마가 자신을 얼마나 무시해왔는지, 그 모든 말과 행동에 얼마나 많은 상처를 받았는지 낱낱이 이야기하며 울었다. 종숙 언니의 엄마는 그걸 다 가만히 듣고만 있었다. 한마디도 안 했다. 그러더니 작은엄마의 목소리가 잦아들 무렵 냉정한 말투로 이렇게 말했다.

"자네는 아무래도 교양을 좀 쌓는 게 좋겠네."

며칠 후, 작은아버지가 집에 전화를 걸었다. 종숙 언니의 아버지는 동생과 통화를 하며 몇 번이나 한숨을 쉬었다고 한다. 그리고 전화를 끊은 뒤, 아버지는 엄마에게 넌지시 말했다. 그러지 말고 사과를 하는 게 어떻겠느냐고. 뭐가 어찌 되었든 당신이 제수씨에게 오랫동안 상처를 준 것은 사실이지 않느냐고. 종숙 언니의 엄마는 아버지를 쏘아보았다. 그 표정에는 감히 당신이 내게 상처에 대해 이야기할 자격이 있느냐는 힐난이 담겨 있었다. 동시에, 이 상황을 이해할 수 없다는 의아함도 떠올라 있었다. 그녀는 진심으로 황당해하며 이렇게 말했다.

"미안하다고? 나는 그런 말은 못 해. 나는 그런 말을 원래 못 하는 사람이야."

여기까지 들었을 때, 나는 지루함을 감추지 못하고 시계를 쳐다보았다. 솔직히 인내심이 슬슬 사라져가고 있었다. 사실 그날 나는 영소 씨가 이모와 싸우고 끝내는 외숙모와도 설전을 벌였다는 말을 듣고 급히 안진 집에 내려온 터였다. 그러나 아니나 다를까 영소 씨는 내가 말할 틈을 주지 않았다. 그저 종숙 언니 이야기만 했다. 나는 일면식도 없는, 영소 씨가 라인댄스 교실에서 만났다는 그 예순다섯 살짜리 할머니가 전혀 궁금하지 않았으므로 어떻게든 화제를 돌려보려 애썼다. 그러나 종숙 언니 이야기는 도대체 끝날 기미가 안 보였다. 그녀의 엄마가 어떤 사람인지, 어떻게 살았는지 그게 나랑 무슨 상관이란 말인가. 게다가 종숙 언니 남편은 종일 누워 있기만 한다며 혀를 차는데, 진짜 어이가 없었다. 나한테 그걸 왜 말하는데?

결국 나는 참지 못하고 끼어들었다.

"잠깐만."

그러나 막상 이모와 외숙모에 대한 이야기를 꺼내려 하자 입이 잘 떨어지지 않았다. 영소 씨가 어떻게 나올지 너무 뻔했던 것이다. 어디서 어른들 일에 상관이냐며 내게 한바탕 소리를 지르겠지. 방으로 들어가버리겠지. 며칠 동안 문자와 전화 모두 무시하다가 어느 날 느닷없이 이렇게 말하겠지. 자식새끼 키워봤자 지랄만 한가득이라고. 어차피 모두의 마음이 상해 있었다. 영소 씨 혼자 마음을 푼다고 해서 해결될 일이 아니었다. 그렇게 생각하니 더 심란했다. 아무 말도 하고 싶지 않았다. 그래. 꼭 지금일 필요는 없지. 당장 뭔가를 할 필요는 없다. 망설임 끝에 나는 외삼촌과의 약속, 그러니까 영소 씨를 설득해서 가족들과 화해시키는 일을 잠시 포기하기로 했다. 하지만 뭐가 됐든 중간에 말을 끊은 이유를 설명하기는 해야 할 터였다. 나는 빠르게 머릿속을 더듬었고, 심드렁하게 물었다.

"언제 서로 이렇게 이야기를 다 했어?"

"산책하면서."

"산책?"

"응."

"지나가다 누가 들으면 어쩌려고?"

영소 씨가 웃음을 터뜨렸다.

"듣긴 누가 들어."

"왜, 또 모르지."

그러자 영소 씨는 살짝 가시 돋친 말투로 대답했다.

"아이고, 누가 제발 내 이야기 좀 들어줬으면 좋겠네."

나는 말을 돌렸다.

"그래서 매일 어디까지 걸어가는데?"

"저 끝에 계곡."

"계곡? 이 동네에 계곡이 있어?"

"있지. 넌 어쩌면 그렇게 주변에 관심이 없냐?"

나는 순간 울컥했지만 무심코 돌아본 창밖 풍경에 말을 잃었다. 해가 가라앉으며 주위를 붉게 물들이고 있었다. 나는 자리에서 일어났다. 발코니로 걸어가 창문을 열었다. 지금도 기억한다. 여름이었다. 공기는 뜨거웠고, 시간은 더디게 흘렀다. 멀리 천변이 보였다. 그 끝에 산이 있었다. 아마 계곡은 그곳에 있는 듯했다. 그해, 영소 씨가 이사 간 그 동네는 이제 막 아파트 단지가 들어서기 시작한지라 주위에 이렇다 할 건물이 별로 없었다. 버스노선도 다 들어오지 않은 상태였다. 한번 동네에 들어오면 다시나갈 마음을 먹기가 쉽지 않았다. 그중 영소 씨가 사는 아파트 동은 언덕 위에 있어서 유독 고립된 느낌이 강했다. 집 안 구석에 처박힌 작은 붙박이 방 같다고나 할까. 누구의 방문도 없고, 무엇의 그림자조차 얼씬거리지 않는 쓸쓸한 곳.

나는 뒤를 돌아보았다. 영소 씨가 거실 소파에 멍하니 앉아 있었다. 더워 보였다. 그즈음, 영소 씨의 대화 상대는 종숙 언니가 유일했다.

그날 나는 영소 씨에게 이모에 대해서는 물론, 외숙모에 대해서도 끝까지 아무것도 묻지 않았다.

*

작년 가을, 나는 죽었다.

16

　오늘 아침, 종숙 언니가 다슬기를 잡으러 가자고 했다. 영소 씨는 물었다.

"이제 겨우 4월 초인데, 약간 이르지 않아요?"

　보통 다슬기는 5월에 나오는 편이었으니까. 그러자 종숙 언니는 이번 겨울은 꽤 따뜻했기 때문에 괜찮을 거라고 했다. 하지만 영소 씨는 솔직히 내키지 않았다. 요즘 분위기도 흉흉한데 굳이 날것을 잡으러 밖에 나가야 할까? 그래서 이리저리 말을 돌려가며 대답을 피했다. 그러던 중 종숙 언니의 딸이 안진에 내려온다는 사실을 알았다. 물론 종숙 언니가 직접적으로 이야기했던 것은 아니다. 작년 가을 이후로, 종숙 언니는 자신의 딸에 대해서, 그러니까 서울의 유명 대기업에 다닌다며 종종 자랑을 늘어놓았던 큰아이에 대해 거의 언급하지 않게 되었다. 영소 씨도 묻지 않았다. 하지만 대화를 하다 보면 자식 이야기는 무심코 흘러나오기 마련이었고, 그건 영소 씨도 마찬가지였다.

　그녀는 자주, 내가 살아 있는 것처럼 말했다.

　오늘 아침에도 그럴 뻔했다. 종숙 언니가 지나가듯 딸에 대해 이야기했을 때, 그러니까 그 애가 아주 오랜만에 집에 내려올 예정이라는 말을 했을 때 말이다. 아유, 언니 반갑겠어요. 우리 애는 언제 내려오려나? 애가 항상 시간에 쫓겨 살아요…… 그 말들이 습관처럼 흘러나올 뻔했다. 그러나 영소 씨는 정신을 꽉 붙들었고, 대신 종숙 언니의 딸이 다슬기 수제비를 좋아한다는 사실을 기억해냈다. 그래. 그랬었지.

영소 씨는 알았다고 대답했다. "좋아요. 언니. 우리 다슬기 잡으러 갑시다."

그러나 종숙 언니는 여느 때보다 많이 늦고 있었다. 그래도 영소 씨는 별로 신경 쓰지 않았다. 혼자 저 앞의 굴다리까지 걸어갔다 올 생각이었다. 항상 그랬다. 먼저 산책로에 와서 굴다리까지 다녀오면, 종숙 언니가 도착해 있었다. 그러면 두 사람은 이런저런 이야기를 나누며 계곡까지 함께 걸었다.

그런데 걷기 시작한 지 얼마 지나지 않아 영소 씨는 숨이 찼다. 산책로에 도착했을 때만 해도 이 정도는 아니었는데. 마스크 때문일까? 아니면 너무 오랜만에 나와서일까. 그녀는 근처 벤치에 걸터앉았다. 마스크를 턱까지 내리고 숨을 몰아 내쉬었다. 최근 그녀는 몸이 조금이라도 안 좋으면 괜히 신경이 쓰였고, 어떤 생각들에서 벗어날 수 없었다. 늘 최악의 상황이 떠올랐다. 하지만 그녀는 고개를 흔들었고, 다시 정신을 차리려 애썼다. 나만 그러겠어? 요즘은 다 이래. 분명 그럴 거야. 게다가 가만히 돌이켜보면 이런 생각에 시달렸던 건 꼭 근래 일만은 아니었다. 라인댄스 교실에서는 매일 이런 이야기만 했다. 목에 뭐가 잡히면 갑상샘암이고, 배가 나오면 난소암이다. 그래서 좀 이상하다 싶어 병원에 가면 늦었다. 정말 늦었다. 다들 나이가 나이여서 그런지 이미 누군가를 떠나보낸 사람도 있었고, 몇 번 위기를 겪은 사람도 있었다. 그래서 몇 달 전 라인댄스 교실 운영이 중단되었을 때, 모두들 그러려니 하며 자연스럽게 받아들였던 것이다. 영소 씨도 마찬가지였다. 그래. 이 와중에 사람들이 모여 있으면 안 되지. 그런 곳에 가면 안 되지. 혼자 있자.

혼자 있어.

그러고 보니 종숙 언니와는 라인댄스 교실이 닫힌 이후 처음 보는 거나 마찬가지였다. 동네 마트나 길가에서 우연히 만난 적은 있었지만, 그동안 함께 산책을 하지는 않았으니까. 그렇게 생각하니 숨이 찰 만도 했다. 이거 참, 얼마 만에 밖에 나온 거지? 이래서 나이 먹을수록 운동을 더 해야 한다니까. 그런데…… 이 언니는 왜 이렇게 안 와?

영소 씨는 주위를 두리번거렸다. 날은 확실히 풀렸지만 천변에는 사람이 없었다. 이전 같으면 산책로는 점심 산책을 하는 이들로 꽤 북적였을 것이다. 하지만 지금은 텅 비어 있다시피 했다. 오가는 사람 몇몇이 있긴 했지만 모두 마스크를 쓰고 있었고, 그래서인지 다들 똑같아 보였다. 산책로에 기묘한 긴장감이 감돌았다. 영소 씨는 다시 마스크를 썼다. 입김이 흘러나왔다. 축축했다. 그때였다. 굴다리 쪽에서 끼익, 하는 듣기 싫은 소음이 흘러나왔다. 그녀는 고개를 빼들고 저편을 바라보았다. 아무것도 없었다. 굴다리와 하천, 복도처럼 길고 좁은, 익숙한 길 그대로였다. 그런데 소리가 또 들렸다. 거대한 철문이 움직이는 듯한, 묵직한 무언가가 열리는 듯한 소음. 그녀는 벤치에서 일어났다. 나이를 먹으면 헛소리가 들린다더니, 이게 그런 건가?

"영소 씨."

그녀는 화들짝 놀라 뒤를 돌아보았다. 종숙 언니였다. 그 순간 영소 씨는 긴장이 확 풀리며 웃음이 터져나왔다. 오늘도 종숙 언니는 곱게 화장을 하고 나온 것이다. 반짝거리는 눈 화장이 돋보였다. 마스크 때문에 드러나지는 않았지만 아마 입술은 분홍색으로 칠했을 것이다. 그녀가 매번 약속에 조금씩 늦는 이유였다. 화장을 계속 다듬다 보면 어느 순간 시간이 훌쩍 지나 있다나. 젊었을 때부터 그랬다고 한다. 그리고 그 버릇이 어디 안 가는지, 늙어서도 여전히 거울을 한참씩 들여다본다고 했다.

"언니, 오늘도 분 좀 칠했어요?"

영소 씨는 슬쩍 농담을 건네며 종숙 언니의 옆에 섰다. 조용했다. 이상했다. 평소였다면 종숙 언니는 크게 웃음을 터뜨리며 영소 씨의 손을 잡았을 것이다. 그녀가 미안함을 표현하는 방식이었다. 하지만 지금, 종숙 언니는 말이 없었다. 그러고 보니 차림새도 조금 이상했다. 그녀는 늘 화사한 색깔의 옷만 입었는데, 오늘은 검은색 점퍼 아래 짙은 군청색 와이셔츠를 입었다. 심지어 점퍼는 계절에 맞지 않게 두꺼워 보였다. 손에 집히는 대로 입고 나온 것 같았다.

남편 때문이군.

영소 씨는 곧장 눈치를 챘다. 종숙 언니의 남편은 이 년 전 우울증 진단을 받았다. 그는 약을 먹기 전까지 몇 달 동안 지속적으로,

종숙 언니에게 온갖 폭언을 쏟아냈다. 당신은 끔찍한 사람이야. 아주 엉망진창이고, 이루 말할 수 없이…… 이제 그는 그런 말을 전혀 하지 않았다. 하지만 무기력했고, 거의 온종일 누워만 있었다. 물론 종숙 언니는 지금이 훨씬 낫다고, 살 만하다고 했지만 답답함을 이기지 못하는 때가 있었다. 그런 날 그녀의 기분은 한없이 가라앉았다. 바로 지금처럼.

"가자."

종숙 언니가 건조한 목소리로 말했다. 그들은 함께 걷기 시작했다. 길에는 아무도 없었다. 굴다리가 가까워졌다. 종숙 언니가 다시 입을 열었다.

"영소 씨."

"응?"

"내가 어제 꿈을 꿨어."

"무슨?"

지난밤, 종숙 언니는 방문을 열어둔 채 자리에 누웠다. 방 안에서 현관문이 보였다. 아이고, 방문을 닫아야 하는데. 그렇게 생각만 하다가 까무룩 잠이 들었다. 그러다 현관문이 열리는 소리에 눈을 떴다. 누군가의 목소리가 들렸다. 점검 왔습니다. 점검? 무슨 점검? 무엇을 점검한다는 거지? 하지만 몸이 움직이지 않았다. 문가에 서 있는 이도 움직이지 않았다. 그저 서 있기만 했다. 그러다가 현관의 불이 스윽 꺼졌다. 이제 그 사람은 보이지 않았지만, 그가 그곳에 있다는 걸 그녀는 분명 알 수 있었다. 종숙 언니는 일어나야겠다고 생각했다. 누군가 집에 왔는데 가서 인사는 해야지, 보리차라도 대접해야 하지 않겠어? 그래서 몸을 움직이려는데, 이번에도 일어날 수 없었다. 누군가 그녀의 몸을 꽉 누르고 있는 것 같았다. 그러면서 급작스럽게 다시 잠에 빠져들었다. 얼마나 지났을까. 종숙 언니는 눈을 번쩍 떴다. 일어나야 해. 일어나자. 그러나 그녀는 또 잠이 들었고, 눈을 떴고, 또 잠이 들었다. 그렇게 몇 번을 반복했을까. 그 사람은 계속 그곳에 서 있었다. 움직이지 않았다. 말도 없었다. 하지만 계속 그녀를 지켜보는 것 같았다. 마침내, 그녀는 겨우 몸을 일으켰다. 잠이 계속 쏟아졌지만 비틀거리며 거실로 걸어나왔다. 그는 아직 그곳에 있었다. 확실했다. 그 순간 갑자기 어지러웠다. 그녀는 눈을 감고 문가에 이마를 기대고 섰다. 잠시 후 눈을 떴을 때, 그곳에는 아무도 없었다. 아무도.

영소 씨와 종숙 언니는 굴다리 밑에 들어섰다. 빛이 사라졌다. 그때 영소 씨는 또 그 소리를 들었다. 커다란 철문이 움직이는 소리. 그녀는 뒤를 돌아봤다.

"그런데 있잖아."

그 목소리에 영소 씨는 고개를 돌렸다. 아무것도 보이지 않았다. 어둠뿐이었다. 종숙 언니의 목소리만 들려왔다.

아버지가 돌아가신 뒤, 종숙 언니는 엄마가 집을 팔 거라고 생각했다. 그 오래된 한옥. 밤이면 목재가 안에서부터 뒤틀리며 집이 부서지는 듯한 소리가 났다. 겨울이면 뜨겁게 달궈진 구들장 때문에 온몸이 익을 것 같았다. 여름이면 마당의 퇴비 냄새 때문에 머리가 지끈거렸다. 종숙 언니는 '어쩌면'이라고 생각했다. 자신과 동생들이 독립하면, 엄마는 어쩌면 그때 집을 팔 생각일지도 모르겠다고. 하지만 종숙 언니가 결혼한 이후에도, 동생들이 집에서 나간 이후에도 엄마는 그 집 안방에 홀로 앉아 있었다. 이해할 수 없는 일이었다. 시간이 갈수록 집은 관리하기 어려운 애물단지가 되어가고 있었다. 사실 동네 전체가 다 그랬다. 쇠락했고, 새로운 건물들이 들어서고 있었다. 발 빠른 사람들은 서둘러 집을 팔았고, 살던 곳을 떠났다. 하지만 엄마는, 그 세련된 여자는 도대체 어떤 이유에서인지 죽어도 집을 팔려 하지 않았다. 누군가 좋은 가격으로 흥정을 해와도 태도를 바꾸지 않았다. 오히려 그녀는 집을 파는 이들이 한심하다며 혀를 찼다.

"왜?"

언젠가 종숙 언니가 답답함을 참지 못하고 물었다. 엄마는 대답했다.

"왜라니? 이 집이 얼마나 유서 깊은 곳인지 모르는 거니?"

아 그래? 그런 거였어? 언제는 한평생 아파트 근처에도 못 가봤다며 화를 냈잖아. 아들도 아닌 자식 셋 키우느라 허리가 휘어서, 가진 거라고는 싸구려 집밖에 없다며 한숨만 쉬었잖아. 손만 많이 가는 집이라고 지긋지긋하다고 했잖아. 구질구질하게 사는 티 나는 집이라서 싫다고 했잖아. 싫다며. 싫어 디지겠다며? 그래서 우리도 다 꼴도 보기 싫다며? 그러니까 빨리빨리 알아서 돈벌이하라며. 알아서 살라며. 그러면서 애는 낳지 말라고? 솔직히 우리가 엄마한테 애 키워달라고 할까봐, 도와달라고 할까봐 그러는 거잖아. 결혼하라는 말 한마디라도 했다가 우리한테 구실 잡힐까봐 그러는 거잖아. 그래서 아무 말도 안 하는 거잖아. 아니, 엄마. 나 진짜 궁금한데 말이야. 그렇게 애를 싫어하면서 왜 셋이나 낳았어? 아버지랑 결혼하자마자 이건 아니다 싶었다면서, 급 떨어져서 살기 싫었다면서, 근데 어쩌자고 애를 셋이나 만들었어? 둘이 왜 그랬어? 대체 왜 그랬어? 그런데 걱정하지 마. 엄마처럼은 안 살 것 같아. 이미 그렇게 안 살아. 엄마는 겨우 공무원이냐고 했지만, 그 공무원은 월급을 꼬박꼬박 갖다주거든. 자기를 특별한 사람으로 여기지도 않거든. 내가 겨우 계약직 사무원이라며 무시하지 않거든. 그래서 우리는 한집에 같이 살면서 서로에게 독살스럽게 굴지 않거든. 나는 우리 둘이 합해 얼마 못 버는 것도 괜찮고, 죽도록 아끼며 사는 것도 괜찮아. 전혀 근천스럽지 않아. 하나도 안 촌스러워. 이제 곧 집도 살 거야. 대출을 얼마를 끼고 사든, 나는 자신 있어. 다 갚을 수 있어. 김 서방하고는 뭐든 다 할 수 있어. 엄마, 가족이란 원래 이런 거야? 내가 몰랐던 거야? 이런 게 진짜 가족이야? 그런 거지? 왜 이런 걸 안 가르쳐줬어?

그러나 종숙 언니는 머릿속에 떠오른 그 말들을, 단 한마디도 하지 않았다.

그해 겨울, 종숙 언니의 남편은 후배의 보증을 섰다.

월급이 차압당한 첫 달, 그는 형을 찾아갔다.

두 번째 달, 둘째 처제를 찾아갔다.

세 번째 달, 친구를 찾아갔다.

네 번째 달, 장모를 찾아갔다. 그렇게 종숙 언니를 제외한 모두
가 진실을 알게 됐다. 장모는 그가 찾아간 이들 중 유일하게 돈을
내주지 않은 사람이었다. 대신, 그녀는 이렇게 말했다. 지금 사는
곳의 전세금을 빼서 돈을 갚고, 당분간 이 집에 들어와 살라고.
　유서 깊은 집.

　서른둘, 종숙 언니는 그렇게 집으로 돌아왔다. 엄마는 종숙 언
니의 부른 배를 보며 말했다.
　"나는 애는 못 봐준다. 알아서 해."

빚이 보였다.

　그들은 계곡으로 들어섰다. 곳곳에 찬기가 아직 서려 있었다.
스산했다. 물은 차가웠고, 산에는 이제 겨우 풀이 돋아나고 있었

다. 메마른 나무들 때문에 풍경은 더 황량해 보였다.

다슬기가…… 있으려나?

하지만 종숙 언니는 영소 씨에게 다슬기 망 하나를 건네주더니, 아무렇지 않게 물에 발을 담갔다. 영소 씨는 잠시 고민하다 그녀를 따라 신발과 양말을 벗었다. 바지를 걷어 올렸다. 천천히 물에 들어갔다. 차가웠다. 아직 완전히 가시지 않은 겨울의 냄새가 났다.

그러나 역시, 다슬기는 없었다. 아무리 찾아도 없었다. 시간이 얼마나 지났을까. 영소 씨는 허리가 아파 몸을 일으켰다. 한참 동안이나 물속을 들여다봤더니 눈도 아팠다. 그녀는 마스크를 벗어 주머니에 넣었다. 눈을 깜빡거리며 숨을 들이마셨다. 어느새 종숙 언니는 꽤 깊은 곳까지 들어가 있었다. 언니의 다슬기 망도 텅텅 비어 있었다. 더 찾아보려고 저곳까지 들어간 모양이었다. 하지만 다슬기가 저렇게 깊은 곳에 있나? 영소 씨는 종숙 언니가 걱정되었다.

"언니. 거기 너무 깊어요. 들어가지 마요."

"에이, 괜찮아."

그러면서 종숙 언니는 앞으로 조금 더 걸어 들어갔다. 영소 씨는 불안했다. 이끼와 맞닿은 발바닥이 미끌거렸다. 그녀는 종숙 언니를 다시 불렀다. 그러나 종숙 언니는 고개만 살짝 끄덕일 뿐이었다.

"언니, 우리 이제 그만 가요. 여기에는 아무것도 없어요."

종숙 언니는 못 들은 척했다. 허리를 더 굽혔다. 영소 씨는 확 겁이 났다. 저러다 물에 빠지면 어쩌려고? 그녀는 종숙 언니를 향해 걸어갔다. 그녀의 다리도 물에 깊이 잠겼다. 천천히, 그녀는 종숙 언니의 어깨를 잡았다. 그러나 종숙 언니는 조금 더 찾아보면 어디엔가 다슬기가 분명 있을 거라며 고집을 피웠다. 영소 씨는 조금 짜증이 났다. 결국 종숙 언니의 팔을 잡아끌었다. 언니, 여기에는 아무것도 없어요. 그러나 종숙 언니는 영소 씨를 쳐다보지도 않았다. 이에 영소 씨는 말할 수 없이 기분이 상했고…… 그녀는 종숙 언니에게 마음대로 하라고 쏘아붙이며 돌아섰다. 그러다 균형을 잃었다. 아이고! 그녀는 공중에서 팔을 허우적댔다. 그때 종숙 언니가 영소 씨의 허리를 힘껏 잡았다. 그 덕에 영소 씨는 똑바로 섰다. 그녀의 입에서 안도의 숨이 길게 흘러나왔다. 후…… 아이고, 언니 고마워요. 고마워. 바로 그 순간, 종숙 언니가 균형을 잃었다.

"언니!"

종숙 언니는 영소 씨의 시야에서 사라졌다. 물속으로 떨어졌다.

엄마는 정말로 아이를 봐주지 않았다.

종숙 언니는 종종 생각한다. 왜 나는 이 모든 것들을 굳이 기억하는 것일까. 계속 되풀이해 말하는 것일까. 왜 잊지 못하는 것일까.

왜. 어째서?

임시라고 생각했다. 상황은 금방 좋아질 거고, 그럼 다시 이 집을 떠날 수 있으리라. 그러나 많은 것은 종숙 언니 뜻대로 이루어지지 않았다. 빚은 생각보다 많았고, 그녀와 남편은 근천스러운 것 이상으로 아껴야 했다. 그녀는 밤늦게까지 자주 회사에 남았다. 남아야 했다. 계약 연장 날짜는 너무 빨리 돌아왔고, 그녀는 불안했다. 늘 불안했다. 모든 것이 그런 식이었다. 아이에게 설탕을 먹이지 않겠다는 다짐이 돌 전에 무너졌던 것처럼, 분홍색과 파란색을 똑같이 좋아하게 만들겠다는 다짐이 처음부터 아예 실현되지 않았던 것처럼, 왜냐하면 여자아이들의 물건은 대부분 분홍색이었고, 분홍색 물건들이 다른 것들보다 훨씬 예뻤기에, 아이가 매번 분홍색 물건을 집어 드는 것을 막을 수 없었던 것처럼, 종숙 언니는 무엇도 뜻대로 할 수 없었다.

엄마에게 아이를 부탁하지 않고는…… 그냥 그건 불가능했다.

그날은 그런 날이었다. 남편은 회식이 있었고, 종숙 언니는 야근이 예정되어 있었다. 놀이방은 5시면 끝났다. 아이는 18개월이었다. 종숙 언니는 엄마에게 밤 9시까지는 돌아올 테니 딱 네 시간만, 그동안만 애를 봐달라고 했다. 엄마는 대답했다.

"나는 그럼, 애를 보기만 할 거다. 다른 건 안 한다."

종숙 언니는 그게 무슨 말인가 했다. 어쨌든 오늘 문제를 해결했다는 생각에 안심했을 뿐이다. 그리고 역시나 계획대로 되지 않았다. 10시가 되도록 일은 끝나지 않았다. 9시부터 10시까지, 엄마는 전화를 네 번 했다. 10시가 넘었을 때, 종숙 언니는 그냥 전화를 받지 않았다. 집에 돌아왔을 때는 이미 12시가 넘어 있었다. 그리고…… 종숙 언니는 그제야 엄마가 무슨 말을 한 건지 알아들었다.

왜 굳이 모두 다 기억하는 걸까. 잊지 못하는 걸까.

화장실 앞에 아이의 옷과 기저귀가 쌓여 있었다. 엄마는 아이를 정말로 보기만 했다. 배고프지 않도록, 심심하지 않도록, 혼자 있다는 생각에 공포에 젖지 않도록, 봐주었다. 쳐다봤다. 그리고 먼지와 땀과 눈물로 얼룩진 아이의 옷을 벗겨 화장실 앞에 던져두었다. 똥오줌을 싼 기저귀를 벗겨 그대로 쌓아두었다.

종숙 언니는 한 시간 반 동안 아이의 옷과 기저귀를 빨았다.

방에 들어왔다. 남편이 코를 골며 잠들어 있었다.

그녀는 방에서 나갔다.

마루에 나와 문을 열었다. 머리를 문가에 기댔다. 어디선가 스르륵 소리가 났다. 바퀴벌레겠지. 이제 그녀는 별로 놀라지도 않왔다. 삼 년 만에 집에 돌아왔을 때 깨달은 건, 이건 집이 아니라는 사실이었다. 오래된 나무판자 사이에 벌레들이 들끓었고, 기와 아래에는 개미 떼가 집을 지었다. 구들장 아래에는 바퀴벌레가 진을 쳤고…… 마루 위를. 아이 방을. 침대 밑을. 엄마가 이 유서 깊은 집을 팔지 않는 이유는 명확했다. 아버지가 엄마에게 해준 유일한 보은이기 때문이었다. 그러니까, 집의 명의를 엄마 앞으로 바꿔놓은 것. 덕분에 누리게 된 것들을 놓치고 싶지 않았기 때문이었다. 동네 땅을 매입하려는 사람들, 그래서 집을 팔라고 설득하는 사람들이 계속 찾아오기 때문이었다. 아이고 여사님, 오늘은 더 젊으시네. 아주 아름다우시네. 그 소리를 들을 수 있기 때문이었다. 엄마는 그것 없이는 살 수 없는 사람이었다. 내가 대단한 사람이라는, 특별한 사람이라는 기분을 누리는 것. 그저 허울뿐인 말이라도, 엄마는 그것을 느껴야 했다. 그것이 엄마를 살게 했다. 그렇게 살아야 했다.

그 세련된 여자는.

그랬다.

영소 씨는 종숙 언니를 부축해 물가로 걸어나왔다. 그녀는 종숙 언니의 외투를 벗겨내고, 소매와 바지, 셔츠 끝 부분을 비틀어 물을 짜냈다. 하지만 그게 무슨 소용이었겠는가.

"언니, 우리 빨리 집에 갑시다."

영소 씨는 급히 종숙 언니의 발에 신발을 신겼다. 종숙 언니의 이가 딱딱 부딪쳤다. 영소 씨는 종숙 언니를 끌어안았다. 두 사람의 머리에서 물이 뚝뚝 떨어졌다. 잠시 그들은 그렇게 있었다.

그리고 걸어온 길을 함께 되돌아가기 시작했다. 물에 젖은 발자국이 길에 남았다. 서둘러 굴다리 아래를 건넜다. 바람이 그들 사이를 거세게 지나갔다. 종숙 언니가 재채기를 했다. 영소 씨는 손바닥으로 그녀의 축축한 등을 쓰다듬어주었다. 굴다리를 다 통과해 나올 즈음, 종숙 언니가 떨면서 말했다.

"여기 오기 전에 딸이랑 통화를 했어."

"그랬어요?"

"걔는 나한테 대체 왜 그럴까."

"뭐가요?"

종숙 언니는 대답하지 않았다. 영소 씨는 종숙 언니의 팔을 세게 끌어안았다. 그리고 바로 그 순간, 그녀는 종숙 언니가 무슨 말을 한 건지 알아들었다. 너무도 잘 알아들었다. 그녀는 종숙 언니의 손을 꽉 잡았다. 말했다.

"내 딸도 그랬어요."

종숙 언니가 영소 씨를 쳐다봤다. 영소 씨는 나지막한 목소리로 덧붙였다.

"걔도 내가 싫댔어요."

"언제?"

"죽기 전까지요."

어째서, 세월이 아무리 지나고, 이렇게 나이를 먹어도 무감해질 수 없는 걸까. 상처를 받는 일은 끊임없이 생기는 걸까. 종숙 언니는 열심히 살았다. 다르게 살았다. 그러니까, 자식들을 앞에 두고 "네 아버지 때문에 나까지 급이 떨어진다"라고 말하는 삶, 자식보다 자신이 특별한 대접을 받는 것이 더 중요한 삶, 그것 때문에 다 썩어빠진 집에서 냄새를 풍기며 늙어가는 삶. 그것과는 다른 삶. 이 년 전, 남편은 종숙 언니에게 당신은 장모님과 똑같은 사람이라고 말했다. 남편의 반대에도 불구하고, 그녀가 그들 재산의 일부를 주식에 투자하고 모두 잃었을 때였다. 그는 그녀에게 치를 떨며 말했다. 당신은 끔찍한 사람이고, 엉망진창이고, 이루 말할 수 없이…… 똑같아. 당신 엄마랑 똑같아. 사는 내내 그녀는 그를 몇 번이나 용서했다. 그것이 그녀의 삶이었다. 다른 삶이었다. 그런데 그 세월 동안 단 한 번, 오직 단 한 번의 실수 앞에서 남편은 그녀를 용서하지 않았다. 어떻게 그럴 수 있단 말인가. 어떻게?

오늘 아침, 딸이 말했다.

"엄마는…… 이게 처음이라고 생각하는 거야?"

그래?

정말 그래?

그러나 이건, 종숙 언니와 그 딸의 이야기가 아니다.

"딸이 다른 말은 안 했어?"

종숙 언니가 영소 씨에게 물었다. 영소 씨는 대답하지 않았다. 그들은 벤치를 지나, 산책로 끝으로 다가갔다. 영소 씨는 언덕 위의 아파트 동에 살았고 종숙 언니는 그 아래 동에 살았다. 저 멀리, 종숙 언니의 아파트 동이 보였다. 이제 헤어질 시간이었다. 하지만 영소 씨는 팔짱을 풀지 않았다. 그녀는 종숙 언니에게 집 앞까지 데려다주겠다고 말했다. 그리고 덧붙였다.

"걔가 그러더라구요."

"뭐라고?"

영소 씨가 종숙 언니의 손등을 어루만지며 대답했다.

"과(過)는 과고, 공(功)은 공이래요. 그러니까……."

"응."

"괜찮대요."

"그랬어?"

"네. 그랬어요."

종숙 언니가 되물었다.

"그래서…… 영소 씨는 뭐라고 했어?"

아무 말도 안 했다. 그때, 영소 씨는 정말로 내게 어떤 말도 해주지 않았다. 미안하다고도 하지 않았고, 알았다고도 하지 않았다. 때문에 나는 영소 씨가 무슨 생각을 하는지 전혀 알 수 없었다. 그래서 나는 끈질기게 그녀를 쳐다보았는데, 그건 내가 끝을 향해 걸어가고 있다는 걸 알았기 때문이다. 생의 마지막 순간, 나는 듣고 싶었다. 그녀의 마음을 알고 싶었다. 무엇이든, 어떤 것이든. 그러나 영소 씨는 끝까지 어떤 말도 해주지 않았다. 그랬다. 나는 그렇게 죽었다.

"그래." 종숙 언니가 말했다. "우리는 그럴 때, 무슨 말을 못 하지. 못 하는 사람들이지."

영소 씨는 종숙 언니가 집으로 들어갈 때까지 그 뒷모습을 한참 동안이나 바라보고 서 있었다. 바닥에 물이 흥건했다. 다슬기는 한 마리도 잡지 못했다.

*

영소 씨는 집에 돌아와 거실 소파에서 잠이 들었다. 꿈을 꾸었다.

발코니에 누군가 서 있었다. 영소 씨는 소파에서 일어나려 애를 썼지만, 몸이 움직이지 않았다. 그녀는 잠들었다 깨어나기를 여러 번 반복했다. 발코니의 사람은 창문 밖을 응시하며 계속 그곳에 서 있었다. 아니, 그 사람은 영소 씨를 바라보는 것 같았다. 집 안을 둘러보는 것 같았다. 배회하는 것 같았다. 우는 것 같았다. 웃는 것 같았다. 사실이었다. 나는 영소 씨의 주변을 떠돌았다. 영소 씨는 나를 보았고, 나는 영소 씨를 보았다. 이내 영소 씨가 무거운 몸을 간신히 일으켰다. 아직 완전히 잠이 달아나지 않은 듯했다. 나는 그 모습을 바라보다 몸을 돌렸고, 창문 밖으로 천천히 걸어나왔다. 멀리 산책로가 보였다.

얼마나 걸었을까. 문득, 누군가 조용히 속삭이는 소리를 들었다.

있잖아.

나도 모르게 대답했다.

응.

길 위에는 아무도 없었다. 그곳에는 오직 나 혼자였다.

그 사람의 목소리가 또 들려왔다.

있잖아.

응.

나…… 너무 미워하지 마.

이건, 누구의 이야기도 아니다.

누구도

……아직 대답할 수가 없다.

이전의 여자, 이후의 여자

손 보 미

손 보 미

2009년 《21세기문학》 신인상을 수상하고, 2011년 동아일보 신춘문예에 단편소설 〈담요〉가 당선되면서 작품활동을 시작했다. 소설집 《그들에게 린디합을》 《우아한 밤과 고양이들》 《맨해튼의 반딧불이》, 중편소설 《우연의 신》, 장편소설 《디어 랄프 로렌》 《작은동네》가 있다. 2012년 젊은작가상 대상, 한국일보문학상, 김준성문학상, 대산문학상을 수상했다.

버스에서 내린 그녀는 커다란 짐 가방을 옆에 세워두고는 주위를 천천히 둘러보았다. 탁한 하늘 위로 칙칙한 구름이 빠르게 흘러가고 있었고, 날아오른 검은 새들이 하늘을 가로질렀다. 하루에 두 번밖에 버스가 서지 않는다는 정류장 앞 이차선도로 건너편으로는 노르무레한 초겨울의 들판이 넓게 펼쳐져 있었다. 들판 위로는 길게 자란 황토색 줄기들과 거기서 뻗어나온 잎들이 바싹 마른 채로 마구잡이로 엉켜서 바람에 흔들렸다. 들판 너머로 농가들이 드문드문 서 있었다. 건물들은 비교적 현대식으로 잘 정비되어 있었는데 슬레이트 지붕이 모두 파란색으로 똑같았다. 어떻게 이렇게 쥐 한 마리도 얼씬거리지 않는걸까? 생각하며 왼쪽으로 고개를 돌리던 그녀는 전봇대와 전봇대 사이에 매어둔 커다란 현수막이 바람에 펄럭이는 걸 발견했다.

아기를 보호해주세요.

아기를 찾아주세요.

그리고 그 아래 빨간색으로 적힌 전화번호. 도대체 저게 뭐란 말인가? 하다못해 아기의 사진이라도 현수막에 있어야 하는 게 아닌가? 하지만 그녀는 그런 생각을 그만두기로 했다. "네 발밑을 조심해, 남의 발밑까지 신경 쓸 필요는 없다." 그녀의 어머니는 그녀에게 말했었다. 그녀는 그렇게 살아왔다. 애쓰지 않아도, 자연스럽게 그렇게 되었다. 때로는 무력감이 들었다. 물론 그녀의 부모님이 말하는 '네 발밑'에는 부모님 자신이 포함되어 있었고, 바로 그 이유 때문에 그녀는 지금 이 황량한 정류장에 서서 자신을 데리러 올 사람을 기다리고 있는 것이었다.

그녀의 목적지는 버스 정류장에서 차로 이십 분 정도 더 달려야 하는 곳에 있었다. "제가 2시까지 버스 정류장으로 나갈 겁니다. 조금 늦을 수도 있지만, 그래봤자 십 분 내외일 겁니다. 그냥 거기에 꼼짝 말고 서서 저를 기다려주십시오." 일주일 전, Q씨는 그녀에게 전화를 걸어 그렇게 말했다. 그 말을 들었을 때, 그녀는 얼마나 안심이 되었던지 약간 어지러울 지경이었다.

그녀는 합격한 것이다.

보름 전쯤 서울의 한 카페에서 만난 Q씨는 시종일관 그녀에게 깍듯하게 굴었지만—아니, 바로 그 이유 때문에—그녀는 차를 마시거나 찻잔을 내려놓는 자신의 방식, 혹은 어떤 단어들을 선택하거나 말을 멈추는 시기를 조정하는 자신의 그 사소하고 미묘한 기준들이 모두 낱낱이 평가의 대상이 되고 있다는 사실을 깨달았다(하긴, Q씨는 그런 의도를 숨길 생각조차 없었을 것이다). Q씨는 고상한 태도를 유지하며, 온갖 종류의 질문을 던졌다(부모님은 살아계신가요? 수영을 배운 적이 있나요? 맨손으로 개구리를 잡아본 적이 있나요? 동물에게 물린 적이 있나요? 등등). 그녀의 대답을 듣는 동안 Q씨는 냉정하고 신랄한 표정으로 고개를 끄덕였다. Q씨의 태도가 다소 유별나다고 말할 수는 있었지만 그녀는 어쨌든, 그게 고용주로서 가져야 하는 당연한 태도라고 생각했다. 자신의 아이들을 맡길 생각이라면 더더군다나.

여덟 살 쌍둥이 남자아이들의 입주 가정교사를 구합니다. 홈스쿨링 중. 악기를 다룰 수 있거나 그림을 잘 그리시는 분이라면 더 좋습니다. 편찮으신 할아버지가 계시지만, 마주치실 일은 없습니다. 절대.

그녀는 인터넷 구인광고 사이트에서 이 글을 발견했다.

그녀가 이 구인광고에 끌렸던 건 무엇보다 돈이 필요했기.때문이었다. 보수가 무척 높았고, 몇 달치 선지급도 가능했다. 그녀는 당장 돈이 필요했다. 이번엔 그 어느 때보다 큰돈이 요청되었다. "애 큰일 났다, 정말 큰일이 났어." 언제나 그런 문장으로 시작되는 요청. 그녀의 사정을 잘 아는 사람이 있다면 대수롭지도 않다는 듯이 이렇게 말할지도 몰랐다. "아, 걔는 언제나 돈에 쪼들렸는 걸요." 하지만 다행히도 그 정도로 그녀의 사정을 잘 아는 사람은 별로 없었다. 대학 동창들은 오히려 그녀가—그녀 자신이 처한 것보다—좋은 환경에서 자라났다고 생각했다. 물론 그녀의 사정을 아는 사람이 아예 없는 건 아니었다. 몇 명 있긴 했다. 이를테면 그녀가 다니던 피아노 학원의 선생들. 선생들은 그녀가 이사를 갈 때마다—그녀 가족은 이사를 자주 다녀야 했다—어머니에게 전화를 걸어 언제나 신신당부를 했다. "제발 그 애가 피아노 배우는 걸 멈추지 않도록 해주세요. 그 애는 정말로 소질이 있어요." 바로 이 말 때문에 그녀의 부모님은 무리를 해서 그녀를 예중과 예고에 보냈다. 아니, 무리를 한 건 어머니였고, 아버지는 모녀가 분수를 모른다고 비난했다. "네 분수를 알아라." 하지만 그녀에게 손을 벌릴 때에는 부모님은 일심동체가 되었다. "너 하나 잘되게 하려고 우리가 얼마나 희생했는 줄 아니?" 그녀의 사정을 알게 된 선생들 중 몇몇은 그녀에게 '장학금'을 주었다. 음대에 합격했을 때, 꽤 큰돈을 준 선생도 있었다. 그 선생은 그녀에게 이렇게 말했다. "나중에 훌륭한 사람이 되면, 그때 갚으렴."

대학에 진학한 후, 등록금을 마련하려고, 유학 자금을 마련하려고 그녀는 이리 뛰고 저리 뛰어야만 했다(유학 자금은 끝내 마련할 수가 없었다). 레슨 아르바이트를 하기 위해 그녀는 매일같이 이집, 저 집의 초인종을 누르곤 했다. 인터폰 스피커에서 "누구세요?"라는 목소리가 들리고, 문이 열리기까지의 짧디짧은 시간의 공백이 그녀는 자신의 삶 속에서 가장 굴욕스러운 순간 중의 하나라고 느꼈다. 그 피해를 회복할 새도 없이 그 순간은 너무도 빨리, 자주 돌아왔다. 단 한 방으로 무릎 꿇게 만드는 것이 아니라, 지속적으로 야금야금 그녀의 마음을 갉아먹어서 종국에는 신음소리를 흘릴 기회조차 허용하지 않을, 아니 그런 생각조차 하지 못하게 만들 일종의 영구운동과도 같은 타격. 레슨할 집을 방문할 때, 그녀는 언제나 회초리를 하나 가지고 갔다. 보란 듯이 한 손에 꼭 쥐고서. 그 가느다랗고 짧은 회초리(그건 정말로 짧아서 한 뼘 정도의 길이밖에 되지 않았다. 그녀는 언제나 회초리의 끝부분을 아슬아슬하게 잡고 있었다). 그걸 위협적으로 보는 학부모는 단 한 사람도 없었다(그들이 굳이 왜 그래야만 할까? 그들은 원하는 때에 언제나 그녀를 주시할 수 있을 텐데!). 그녀는 그 회초리로 피아노 건반의 가장자리를 탁탁 소리 나게 쳤다. 인내심을 잃어버리지 않으려고, 분노를 느끼고 있다는 사실을 들키지 않으려고, 필사적으로 고개를 절레절레 흔들면서, 그녀는 이렇게 말을 했다.

"아, 아니야, 그게 아니야, 다시, 다시."

그녀가 그 구인광고에 끌렸던 다른 이유도 있었다(어쩌면 이게 더 중요한 이유였을까?). 마지막 문장 때문이었다. "편찮으신 할아버지가 계시지만, 마주치실 일은 없습니다. 절대." 그 문장에는 자신들의 치부를 드러낸다는 듯한 태도가 있었지만, 무기력하거나 주저하는 느낌은 찾아볼 수가 없었다. 기세등등하고 간명해서, 오히려 천진난만하게 느껴질 정도였다. 우린 더 이상 말할 게 없어요. 왜냐하면 우리는 모든 걸 당신에게 보여줬기 때문입니다,라고 말하는 듯한. 그래서 그녀는 카페에서 Q씨의 질문에 최대한 솔직하게 대답했고, Q씨가 궁금한 걸 물어보라고 했을 때는, 그런 건 없다고 대답했었다.

Q씨는 2시 10분에 버스 정류장 앞에 도착했다. 마치 어디선가 그녀를 훔쳐보고 있다가 시계의 분침이 10분에 도달하기 바로 직전에 차를 출발시킨 사람처럼, 아주 정확하게, 한 치의 오차도 없이(그들이 애초에 약속한 시간은 2시였고, Q씨는 정확하게 10분 늦은 것이었다. 아주 정확하게 한 치의 오차도 없이 시간을 지켰다는 그녀의 생각은 틀린 것이었다). Q씨가 몰고 온 차는 독일 브랜드의 대형 세단이었다. 깨끗했지만 딱 봐도 연식이 오래되었다는 걸 알 수 있었다. Q씨는 그때, 카페에서 만났을 때와 똑같은 옷차림─종아리의 절반을 덮는 검정색 모직 코트와 초록색 체크무늬 머플러─과 머리 모양─새치가 군데군데 보이는 단발을 하나로 묶은─을 하고 있었다. 그들이 탄 차는 황량한 들판 옆을 달리다가 폐업한 식당이 즐비하게 늘어선 길로 들어섰고, 잠시 후에는 흙으로 된 좁은 길을 달리기 시작했다. 풍경이 너무 휙휙 바뀌는 것 같아서 그녀는 정신을 차릴 수가 없었다. 그러다가 Q씨가 전나무 숲이 펼쳐진 길가에 갑자기 차를 멈췄다. 잎이 다 떨어진 진회색빛의 줄기만 하늘로 높이 솟아 있는 나무숲. 그녀가 어리둥절한 표정으로 Q씨를 바라보자, Q씨가 말했다.

"다 왔습니다. 주차를 하고 올 테니 여기서 잠깐만 기다리고 계세요."

차를 주차하고 나타난 Q씨와 그녀는 을씨년스러운 전나무 숲 사이로 난 좁은 흙길을 걷기 시작했다. 길이 너무 좁아서 Q씨가 앞장서고 그녀가 뒤를 따라야만 했다. 그들은 아무 말도 하지 않았고, 그녀가 끄는 캐리어의 바퀴가 지면과 마찰하는 소리만 주위를 맴돌았다. 얼마나 걸었을까? 어느새 나무의 숫자는 줄어들고 길이 넓어지다가 문득, 탁 트인 평지가 나왔다. 지면에는 폭이 넓은 돌담길이 펼쳐져 있었고, 돌담길이 끝나는 양쪽 경계부터는 오래전에 생명력을 잃은 것 같은 노란 잔디가 깔려 있었다. 그들이 서 있는 정면으로, 길의 정가운데에, 돌로 만든 작은 분수대가 보였다. 물은 한 방울도 없었다. 겨울이라서 그런 것이 아니라, 마치 만들어진 이래로 한 번도 젖은 적이 없다는 듯이, 마치 그러한 무용함이 자신의 장기라도 된다는 듯이 견고하고 단단한 자태로.

분수에서 십 미터쯤 떨어진 뒤쪽에 그녀의 목적지가 있었다.

서양식으로 지어진 거대한 이층집. 벽면은 창백한 회색으로, 건물 중앙의 작은 석조 계단을 올라가면 청록색 현관문이 나왔고 현관문 양옆으로부터 시작된 작은 테라스가 건물의 사면을 두르고 있었다. 현관문 위쪽, 2층에 길쭉하고 커다란 창문이 하나 나 있고, 그리고 시선을 그 위쪽으로 옮기면 지붕의 한가운데가 책을 엎어놓은 듯한 모양으로 솟아 있었다. 현관문을 기준으로 좌우대칭으로 각 층에 같은 크기의 창문이 두 개씩 더 있었다.

"1930년대에 지어진 건물이랍니다."

딱딱한 말투였지만 그녀는 Q씨가 이 건물에 자부심을 느끼고 있다는 걸 알 수 있었다. 그녀는 약간 얼이 빠진 것 같은 기분이 들었다. 세상에, 이 건물은 얼마나 오랫동안 여기에 있었단 말인가? 그녀는 고개를 들어 2층 방의 창문을 바라보았다. 창문에는 모두 하얀색 커튼이 쳐져 있었다. 건물에 어울리지 않게 커튼은 지나치게 하얗고 깨끗했다. 저곳에 진정 사람이 살 수 있을까? 당연히 이건 완전히 잘못된 생각이었다. 왜냐하면 여기에는 이미 사람이 살고 있으니까. 그녀는 2층 창문 뒤로 누군가—성인 여성 정도의?—의 실루엣이 잠깐 드러났다가 사라진 걸 보았다.

"저기 누가 있네요?"

"어디에 말입니까?"

그녀는 손가락으로 2층 오른쪽 창문을 가리켰다.

"저기요. 아까 누가 서 있었는데."

Q씨는 그녀를 보며 살짝 미소를 지었지만, 그건 아주 잠깐 동안이었다.

"잘못 보신 거예요. 저긴 빈방입니다. 지금 2층엔 할아버지만 계실 텐데 그분은 거동을 못 하신답니다. 게다가 저 방은 할아버지 방도 아니고요."

Q씨가 너무 단호하게 말해서, 그녀는 더 이상 다른 질문을 할 수가 없었다. Q씨는 분수대를 지나 계단을 천천히 올라간 후 현관 앞에 서서 그녀를 향해 뒤를 돌았다. 그러고는 마치 그녀에게 마지막 선택지를 주려는 사람처럼 물었다.

"지금, 저와 같이 들어가실 건가요?"

그녀는 캐리어 손잡이를 쥔 손에 힘을 꽉 주었다. 그러고는 고개를 끄덕였다.

집 안은 어둑했고 가구들은 모조리 오래되어 보였지만, 정성 들여서 돌본 흔적이 있었다. 삐걱거리는 마루, 벽돌로 만들어진 벽난로, 그리고 건물 전체를 휘감고 있는 달큰한 냄새가 있었다. 마치 극도로 숙성된 과일에서 풍길 것 같은 향기. 그녀는 그 냄새가 집 안 곳곳에 켜놓은 향초 때문이라는 걸 알 수 있었다. 거실 소파에 나란히 앉아 있던 두 남자아이가 그녀를 보자마자 자리에서 일어나서 예의 바르게 인사를 했다. 남자아이들은 또래보다 조금 더 작아 보였다(카페에서 Q씨는 아이들이 몸이 약해서 학교를 다닐 수가 없다고 말했었다). 영양상태가 특별히 나빠 보인다거나 허약한 느낌은 없었다. 왼쪽으로 가르마를 낸 머리는 리젠트 스타일로 고정시켜놓았고, 남색 폴라티에 베이지색 면바지를 입고 있었다. 아, 완전히 작은 신사들 같잖아. 아이들 때문에 그녀는 자신도 모르게 미소가 지어졌고 방금 전까지 마음속에 남아 있던 일말의 불안감이 사라지는 걸 느꼈다. 아이들의 이름을 미리 들어서 알고 있던 그녀는 무릎을 굽히고 아이들에게 시선을 맞춘 후 물었다.

"안녕? 누가 영우고 누가 영주니? 한 번만 알려줘볼래?"

왼쪽에 있던 아이가 수줍게 자신이 형인 영우라고 알려줬다. 일란성 쌍둥이라는 점을 감안한다 하더라도 지나치게 똑같이 생긴 것 같아서 앞으로 둘을 잘 구분할 수 있을지 그녀는 조금 걱정이 되었다. 그녀와 아이들에게서 약간 떨어져서 양손을 모으고, 인사를 나누는 걸 잠자코 지켜보던 Q씨는 아이들에게 인사가 끝났으면 방에 들어가서 책을 읽고 있으라고 말했다. 아이들이 방으로 들어가자 그녀가 말했다.

"머리 모양을 만들어주시느라 애쓰셨겠어요. 매일 저렇게 해주시나요?"

그 말을 하자 Q씨는 무슨 소리냐는 듯이 그녀를 바라보며 말했다.

"아이들을 만지는 건 제가 하지 않아요. 아무리 힘드신 날이어도 그건 언제나 아이들의 어머니가 하시죠."

무언가 질문하려는 그녀를 손으로 제지한 Q씨는 안쪽 방으로 들어갔고 잠시 후 전동 휠체어를 밀고 나타났다. 휠체어에는 여자가 앉아 있었다. 종아리를 덮는 하얀 원피스 잠옷 위에 보라색 알파카 소재 카디건을 걸치고 무릎 위는 담요로 덮은 채 휠체어에 앉아 있는 여자는 그녀보다 열 살가량 많아 보였고, 머리를 땋아서 한쪽으로 길게 늘어뜨리고 있었다. 창백한 피부, 쌍꺼풀이 없는 커다란 눈, 쭉 뻗은 잘생긴 코, 약간 튀어나온 광대. 어딘가 모르게 불안해 보이는 눈동자. 눈두덩은 약간 부어 있었으며 생기라고는 찾아볼 수 없었지만, 미인이 아니라고는 결코 말할 수 없는 그런 얼굴이었다. 허, 그렇구나, 그녀는 옆에 공손한 태도로 서 있는 Q씨를 바라보며 생각했다. 허, 그러면서 내 앞에서 주인 행세를 했던 거야? 그녀는 그제야 Q씨에게서 느꼈던 신랄함이나 냉정함이 완전한 자신의 착각이라는 사실을 인정했다. 고상함? 그런 건 더더군다나 아니었다. 부인의 옆에 서 있는 Q씨는 이루 말할 수 없이 초라하고 볼품없어 보였다. 어떻게 내가 그런 착각을 할 수 있었을까? 그녀는 자기 자신에게 분한 마음이 들었다.

"이런 몰골로 선생님을 맞이하다니 정말 너무 창피하고 죄송해요. 오늘 컨디션이 정말 좋지 않았거든요. 미안해요."

그녀가 미소를 지으며 괜찮다고 말하자, 부인이 그녀의 손을 잡고 그녀를 올려다보았다.

"여기까지 와주셔서 얼마나 고마운지 몰라요. 우리 애들은 선생님이 필요하거든요. 정말이지 착한 아이들인데."

그녀는 고개를 끄덕였다.

"불편하신 게 있으시면 주저하지 말고 Q씨에게 말씀해주세요. Q씨가 잘 처리해주실 거예요."

부인이 눈짓을 한 번 하자 Q씨는 기다렸다는 듯이 휠체어의 손잡이를 잡았다. 부인이 그녀에게 고개 숙여 인사를 하는 걸 확인한 Q씨는 부인을 방으로 데려다주었다. 잠시 후 다시 그녀 앞에 나타난 Q씨는 그녀를 1층 구석에 있는 방으로 안내했다. 크지도, 작지도 않은 적당한 크기의 방. 무척 깔끔했다. 침대와 화장대, 책상과 붙박이 장롱, 하얀색 리넨 커튼이 쳐져 있는 커다란 창문이 하나씩. 그리고 책상 위에 불 켜진(역시 달큰한 냄새를 풍기는) 향초가 두 개. Q씨는 방에는 들어오지 않았고, 문턱 바로 바깥에

서서 그녀를 가만히 지켜보고만 있었다.

"향초는 주무실 때 끄시면 됩니다. 그 전까지는 켜두는 게 좋을
거예요. 아침에 제가 와서 다시 켜드리겠습니다."

그녀는 Q씨를 바라보지도 않고 고개를 끄덕였다. Q씨는 그녀
에게 혹시 알레르기가 있거나 꺼리는 음식이 있느냐고 물었고,
그녀는 그런 건 없다고 대답한 후 코트와 목도리를 벗어서 옷장
안에 집어넣었다. 그러고는 창틀에 기대어 커튼을 살짝 걷어보았
다. 그녀의 방은 건물의 현관과는 반대쪽, 그러니까 후면에 있었
다. 북향이어서 맑은 날에도 해가 잘 들어올 것 같지는 않았다. 저
멀리 비교적 큰 규모의 저수지가 보였다. 그 주위를 둘러싼 키가
작은 관목들 사이로 쓰러진 나무가 있었는데, 지상 위로 드러난
뿌리가 그녀의 방 창문을 향하고 있었다. 거대한 나무의 몸통, 벌
레들, 그녀는 썩은 나무 뿌리에서 살아가는 벌레들이 있다는 사
실을 알고 있었다. 마치 징그러운 걸 본 사람처럼 숨을 몰아쉬며
황급히 창문 커튼을 친 그녀는 이내 창피한 마음이 들었다. 그녀
가 벌레를 보았는가? 아니다. 벌레는커녕 사실 그녀가 있는 곳에
서는 그곳 나무 뿌리의 세부 모양도 잘 보이지 않았다. 그러므로
벌레가 있었다 한들 그토록 작은 것들이 그녀 눈에 보였을 리가
없었다. 과민반응이었다.

문득 뒤를 돌아보니 Q씨는 여전히 자신의 방문 바로 뒤에 서
서 두 손을 앞으로 모은 채 그녀를 바라보고 있었다.

그녀는 저수지 근처에 혼자 서 있다. 저 멀리 저택의 후면이 보인다. 저택의 벽면은 황금색으로 빛난다. 그녀는 자신의 방에 드리워진 커튼 뒤에 누군가 서 있다는 걸 알아차린다. 누굴까? 누굴까? 누굴까? 그녀는 노래를 부르고 싶은 충동을 참기 어렵다. 어디선가 계속해서 풍기는 달콤한 냄새가 그녀의 코를 간지럽힌다. 그녀는 그 냄새의 진원지를 알고 싶어서 주위를 살핀다. 그 순간, 냄새는 흉측하게 변한다. 무엇인가가 썩어들어가는 냄새. 무엇이 썩어가고 있나? 그건 나무의 뿌리. 나무의 뿌리는 왜 썩나? 그건 아무도 모르지. 그녀는 뿌리가 뽑혀서 쓰러진 거대한 나무로 다가간다. 썩은 나무 뿌리에는 사슴벌레가 산다. 사슴벌레 수십 마리. 아닌가, 수백 마리의 벌레들. 딱딱하고 바삭거리는 몸체와 발달한 턱, 그리고 잔털이 나 있는 여섯 개의 다리. 아니 몇백 개의 다리. 벌레들이 이상한 소리를 내며 나무의 밑동을 따라 움직인다. 아, 아니야, 이건 사슴벌레의 소리가 아니야. 그녀는 그런 소리를 어디서 들었는지 떠올리려고 애쓴다. 발정기 고양이의 울음소리! 그녀는 자신이 맨발이라는 걸 깨닫는다. 너의 발밑이나 걱정하렴, 어머니의 목소리. 너의 분수를 알아라, 아버지의 목소리. 훌륭한 사람이 되면 갚으렴……

눈을 떴을 때, 그녀의 온몸은 땀투성이였고, 머리가 지끈거렸다.

창밖으로 뿌연 어둠이 펼쳐져 있었다. 빛이라고는 보이지 않았다, 고 생각했지만 그건 사실이 아니었다. 책상 위에는 그녀가 끄고 자는 걸 깜빡한 향초 두 개의 불빛이 어른거리고 있었다. 하루

종일 켜둔 향초 때문에, 거기에서 풍기는 냄새 때문에 그녀는 속이 울렁거렸고 토할 것 같은 기분이 들었다. 그녀는 향초의 불을 입으로 불어 끈 후, 창문을 조금 열어두고 창틀에 걸터앉았다. 차가운 바람이 그녀의 뇌 속까지 파고드는 것 같았다. 이런 건 별일도 아니야. 잠자리가 바뀌고 새로운 일을 시작하려니까 조금 긴장한 것뿐이야, 그녀는 손바닥으로 이마의 땀을 닦으며 자기 자신에게 속삭였다. 낮에, 여기에 도착했을 때, 2층 창문 뒤에 서 있는 누군가를 봤다고 착각한 것도 같은 이치였으리라. 부인과 아이들의 방은 1층이었고 Q씨와 할아버지의 방만 2층이었다. 계단에 리프트가 있어서 부인이 휠체어를 타고 왔다 갔다 할 수도 있지만, 그건 Q씨가 있어야 가능한 일이었다. 그러니까 누군가 거기에 서 있다고 느낀 건, 전혀 논리적이지 않았다.

"이 집에서 원하는 모든 걸 다 하셔도 좋아요. 저희 집안은 1930년대부터 이 집에서 대대로 살았답니다. 오래되긴 했지만 불편함은 없으실 거예요." 그녀는 저녁 식탁에서 부인이 했던 말을 떠올렸다. 저녁 식사 때, 부인은 웨이브가 들어간 머리카락을 풀어서 늘어뜨리고 화장을 한 채로 식탁에 나타났다. 금장 단추가 달린 트위드 카디건과 스커트를 입고 있었다(그녀가 부인의 잠옷 차림을 본 건 이 집에 도착한 직후가 유일했다). 여전히 피부색은 창백했지만 그래도 낮에 봤던 것보다는 훨씬 더 건강해 보였다. "단 한 가지, 2층에는 올라가지 않으셨으면 좋겠어요. 절대로, 무슨 일이 있어도요. 시아버지는 안정이 필요하시거든요. 남들에게 자신의 모습을 보이는 것도 싫어하시고요. 사실 타지인이 집에 와 있는 것도 좀 불편하게 느끼실지도 몰라요. 다른 걱정은 하지 마시고 2층에만 안 올라가시면 돼요." 그렇다면 진짜 고용인은 부인의 시아버지, 아이들의 할아버지인 걸까? 하지만 그녀는 자신의 입장에서는 부인의 시아버지나 부인이나 별로 차이가 없으리라는 사실을 알고 있었다. 그건 Q씨에게도 마찬가지이리라. Q씨는 여전히 푸석하고 거칠어 보이는 얼굴로 말없이 앉아 있었다. 부인의 사소한 눈짓 하나, 손짓 하나에서 부인이 원하는 걸 정확하게 파악해내려고, 혹시라도 부인의 요구를 놓칠까봐 온 신경을 곤두세우고서.

충실한 수족. 충성심. 고용인에 대한 과도한 충성심.

저녁 식사를 하는 동안에도 아이들은 예의 바르게 굴었다. 수저를 능숙하게 사용했고, 음식 하나 흘리지 않았다. "음식은 꼭꼭 씹어 먹어야 해." 가끔 부인이 주의를 주면 아이들은 그대로 따랐고 가끔 그녀와 눈이 마주치면 생긋거리고 웃었다.

아, 어쩜 그 꼬마 신사들. 난 아무런 걱정을 할 필요가 없어. 그냥 신경이 곤두선 것뿐이야. 그녀는 창문을 닫고 커튼을 친 후, 다시 침대 위에 누웠다.

어디선가 발정난 고양이의 울음소리가 간간히 들려오다가, 어느 순간 갑자기 뚝 끊겼다.

그녀의 하루 일과는 비교적 간단했다. 아침에 일어나서 거실로 나가면 이미 집 안 곳곳에 향초가 켜져 있었다(캔들 라이터는 그 집에서 오로지 Q씨만 들고 다닐 수 있었다). 모두 함께 모여서 아침 식사를 하고 나서 부인과 Q씨, 그리고 아이들은 입안에 약―마그네슘과 비타민D, 칼륨제 등등―을 털어넣었는데 아이들은 커다란 알약을 아무런 불만도 없이 꿀떡꿀떡 잘도 삼켰다. 그런 후, 그녀를 뺀 나머지 사람들―부인과 Q씨, 그리고 쌍둥이―은 2층으로 올라갔다. 그녀가 방으로 돌아오면 Q씨가 언제 켜두었는지 책상 위 향초의 불이 어른거리는 걸 볼 수 있었다.

그녀는 주중 하루에 다섯 시간―오전 두 시간과 오후 세 시간씩―아이들에게 국어―책을 읽어주는 것―와 산수―초등학교용 문제집을 같이 풀어주는 것―와 악기―피아노―를 가르쳤다. 때때로 그림을 함께 그릴 때도 있었다(그녀는 전문적으로 그림을 배운 적이 없었지만 아이들이 그리는 것을 그저 지켜보고만 있으면 되었다). 아이들은 꼬마 신사 같은 차림으로 자신들의 방 책상에 앉아 그녀를 기다렸다. 머리 모양은 언제나 그대로였지만, 옷은 매일 바뀌었다. 아이들은 얌전하고 예의 바르게 굴었다. 글도 잘 읽고 영리해서 그녀가 속을 끓일 일도 없었다. 다만 둘의 얼굴을 잘 구분하지 못해서 이름을 부를 때마다 그녀는 도박을 하는 심정이 되었다. 확률 50퍼센트의 도박. 수업을 시작한 지 5일 째가 되었을 때, 여전히 이름을 틀리게 말하는 그녀에게 영우가 말했다.

"엄마는 선생님이 우리를 구분하는 게 어려울 거라고, 이름을 틀리게 불러도 실망하지 말라고 하셨어요. 저희는 실망하지 않아요. 그러니까 괜찮아요."

그녀는 쌍둥이를 바라보며 대답했다.

"일주일만 지나면 너희를 구분할 수 있게 될 거야."

"약속할 수 있어요?"

그녀는 아이들과 새끼손가락을 걸었다. 주말 중 하루는 이 집에 머물면서 아이들과 함께 시간을 보내야 했지만, 일주일 중 하루, 그리고 주중에도 수업을 하는 다섯 시간을 제외한 시간은 완전한 자유였다. 물론 이 집에 머무는 동안 그녀에게 허락되지 않는 게 있긴 했다. 한 가지는 2층에 올라가는 것, 그리고 다른 한 가지가 더 있었다. 회초리, 그녀가 피아노 레슨을 할 때 사용하는 가녀리고 볼품없는 회초리가 그 집에서는 금지되었다. 피아노 수업이 있던 첫날 그녀가 피아노 교재와 회초리를 들고 피아노실로 가고 있을 때 Q씨가 공손하지만 단호한 말투로 그녀를 제지한 것이다.

"그걸 들고 아이들을 만날 수는 없습니다."

그녀는 Q씨가 오해를, 그것도 심각한 오해를 하고 있다는 생각이 들어서 고개를 저으며 대답했다.

"아, 이걸로 아이들을 때리지 않아요. 그런 일은 절대 없어요."

Q씨는 아무런 대답도 하지 않고 두 손을 앞으로 모아 그러쥔 채로 그녀를 가만히 바라보기만 했다. 그녀는 적극적으로 자신을 변호할 필요성을 느꼈다.

"전 절대 아이들을 때리지 않아요. 그런 적은 맹세코 한 번도 없어요. 이건 그냥 제가 피아노 레슨 때 습관처럼 들고 있는 것뿐이에요."

"아이들을 때리고 안 때리고는 중요한 문제가 아닙니다."

그럼 뭐가 중요하단 말인가? 그녀는 묻고 싶었다. Q씨는 눈을 내리깔고 바닥을 바라보다가 잠시 후 고개를 바짝 들고는 말했다. 표정의 변화 같은 건 하나도 없었다.

"선생님이 그걸 들고 이 집을 걸어다닌다는 게 문제인 겁니다. 이 집의 주인은 절대 허락 안 하실 겁니다."

결국 Q씨와 그녀는 부인의 휠체어 앞에 나란히 서게 되었다. 부인은 Q씨와 그녀의 손에 들린 회초리를 번갈아 보다가 난처한 표정으로 한숨을 쉬었다. 하지만 곧 위엄을 되찾았고, 차분하게 말했다.

"나중에 이 집을 나가실 때 돌려드릴게요."

부인은 그녀를 향해 한쪽 손바닥을 내밀었다. 그녀는 회초리를 그 손바닥 위에 올려놓을 수밖에 없었다. 회초리를 감싸 쥔 부인이 그녀를 향해 살짝 웃어 보였고, 그녀 역시 부인에게 미소를 지어 보였다. 그녀는 고개를 돌려서 Q씨가 어떤 표정을 짓고 있는지 확인하고 싶은 마음이 굴뚝같았지만, 결국 그 마음에는 굴복하지 않았고 그런 자신이 자랑스러웠다.

피아노실에는 피아노 두 대가 있었다. 똑같이 생긴 검정색 업라이트 피아노가 두 대. 방에 들어서자 똑같은 옷을 입고 의자에 앉아 있는 아이들의 뒷모습이 보였다. 그녀는 아이들이 뒤돌아보기 전에 먼저 영우야, 하고 이름을 불렀다. 왼쪽에 있던 아이가 뒤를 돌아보고 생긋 웃었다. 영주야,라고 부르자 오른쪽에 있던 아이가 뒤를 돌아보고 생긋 웃었다(그후로도 언제나 영우는 왼쪽, 영주는 오른쪽에 앉아 있었지만 그녀는 피아노실에 들어갈 때마다 이름 부르는 것을 멈추지 않았다). 그녀는 안심이 되었다. 도박하는 심정으로 이름을 던지지 않아도 되어서. 피아노를 한 번도 배운 적이 없는 것 치고는 아이들은 그녀의 수업을 아주 잘 따라왔다. 그녀는 분노할 필요가 없었고, 그러므로 자신이 회초리로 피아노의 건반을 두드릴 이유도 없다는 것을 알고 있었다. 하지만 때때로 그녀는 자신의 내부, 아주 깊은 곳으로부터 솟아오르는 무언가를 억지로 꾹꾹 눌러 담아야 했다.

그 집에 머문 첫 번째 주 동안 그녀는 한 번도 시내로 외출한 적이 없었다(카페에서 면접을 볼 때 Q씨는 외출을 하고 싶다면 집에 있는 차를 사용할 수 있다고 말했었다. 그녀가 운전을 할 줄 모른다고 하자, Q씨는 원하는 곳이 있다면 언제든 어디든 데려다줄 수 있으니까 걱정하지 않아도 된다고 대답했다). 특별히 외출을 할 필요성을 별로 느끼지 못한데다가 계속 긴장 상태여서 그랬는지 여기에 온 첫날밤을 제외하고는 일이 끝나면 저녁 식사도 하지 않고 곯아떨어지기 일쑤였기 때문이었다. 하지만 일요일에 잠에서 깼을 때, 그녀는 문득 혼자만의 시간을 가지고 싶어졌고, Q씨에게 운전을 부탁해서 시내에 나가봐야겠다는 생각이 들었다.

그날 아침 식사 시간에 부인이 나타나지 않았다. Q씨는 부인이 몸이 좋지 않아서 하루 종일 방에서 나오기가 힘들 거라고 통보해주었다. 부인이 먹을 음식을 챙겨서 쟁반에 담는 걸 지그시 바라보던 아이 중 한 명이 입을 열었다.

"나도 엄마랑 방에서 같이 밥 먹어도 돼요?"

Q씨는 손을 멈추고 아이들이 있는 쪽으로 몸을 돌렸다.

"영주야, 너 지금 뭐라고 했니?"

영주가 아무런 대답도 하지 않자, Q씨는 두 아이를 번갈아 바라보다가 입을 열었다.

"너네, 나쁜 아이처럼 굴거니?"

그 말에 입을 연 아이는 낙심한 듯 고개를 숙였다. 그녀는 옆에 잠자코 앉아 있기만 했던 아이가 당혹스러워한다는 것을 알아차렸다. Q씨가 음식이 든 쟁반을 들고 식당을 나가자, 영우가 혼잣말을 하듯 가만히 속삭였다.

"난 아줌마에게 아무런 말도 하지 않았어. 난 나쁜 아이처럼 굴지 않았어. 나쁜 아이처럼 군 건 영주뿐이야."

그녀는 아이의 머리를 쓰다듬어주며 말했다.

"그래, 나도 알고 있어. 나쁜 건 아주머니야."

아이는 깜짝 놀랐다는 듯이 고개를 들어 그녀를 바라보았다. 그녀가 아이를 향해 웃어 보이자 아이는 고개를 숙이고 밥을 먹기 시작했다. 잠시 후 식당으로 돌아온 Q씨는 그녀에게 물었다.

"어제 외출을 안 하셨으니까, 오늘 하실 거죠? 차를 준비해놓을까요?"

애, 네 발밑을 조심해, 남의 발밑까지 신경 쓸 필요는 없다. 어째서 그 순간 어머니의 그 말이 떠올랐을까? 이건 그저 작은 호의에 불과한 것뿐인데. 그녀는 고개를 숙이고 밥을 먹고 있는 아이들—그 아이들은 밥 한 톨도 식탁 위에 흘리는 법이 없었다—을 바라보다가 입을 열었다.

"아니에요. 갈 곳도 특별히 없는 걸요. 오늘 제가 아이들과 함께 있을게요. Q씨는 부인을 돌보아주세요."

Q씨는 특별히 고마워하는 기색은 아니었지만, 그래도 이렇게 말했다.

"감사한 말씀이네요. 다음 주에는 주말 이틀 모두 자유 시간을 드리도록 할게요. 아마 부인이 그렇게 하는 걸 원하실 겁니다."

그녀는 아이들의 손을 잡고 집 바깥으로 나갔다. 날씨는 맑았지만, 겨울이 성큼 다가온 탓에 공기는 차가웠다. 아이들은 분수대 옆에 있는 고리버들 그네를 타고 놀았고 그녀는 그런 아이들을 바라보다가 문득, 돌로 만든 분수대 쪽으로 다가가보았다. 역시 바짝 말라 있었다. 분수대를 좀 더 자세히 살펴보려고 했을 때, 그네를 타는 게 싫증이 났는지 아이들이 그녀에게 다가와서는 저수지에 데려가달라고 말했다. 아이들이 집을 벗어나려면 허락을 맡아야 했기 때문에 그녀는 집 안으로 들어가 Q씨를 찾아보기로 했다. 하지만 그 어디에도—피아노실을 비롯한 방들과 식당과 거실과 서재, 세탁실 등등—Q씨가 보이지 않았다. 닫힌 부인의 방문 앞에서 조심스럽게 Q씨를 불렀지만 전혀 기척이 없었다. 2층으로 올라간 건가? 그녀의 예상은 맞았다. 리프트가 2층에 고정되어 있었다. 2층에는 절대 올라가면 안 돼요. 절대요. 무슨 일이 있어도 절대 올라가면 안 돼요. 부인의 말을 떠올리며 계단 앞에 서서 위를 올려다보던 그녀는 한 발자국 한 발자국 올라가기 시작했다…… 그녀는 계단을 한 발자국, 한 발자국 꾹꾹 밟고 내려온 후 곧장 현관문을 열고 바깥으로 나갔다. 실외 공기를 생전 처음 들이쉰 사람처럼, 그게 익숙하지 않은 사람처럼, 그녀는 눈앞이 아찔해지는 기분이 들었다. 아이들이 기대에 찬 표정으로 그녀를 올려다보았다.

"그래, 우리 저수지에 가보자."

가까이 다가간 저수지는 훨씬 더 스산했다. 물은 더러웠고, 낙엽, 비닐봉지, 담배꽁초를 비롯한 쓰레기들이 수면 위에 둥둥 떠다니고 있었다. 나무들은 반쯤은 시들어 있거나 생기가 없었다. 그래도 아이들은 물가에 앉아서 나뭇가지로 수면을 휘저으며 즐거워했다. 그녀는 뒤쪽에 서서 아이들이 노는 걸 지켜보았다. 아, 그래, 아무리 을씨년스러워도 물은 물이고, 바람은 바람이고, 햇살은 햇살이야. 그때 영우(아닌가? 영주인가?)가 달려와서 그녀의 소매를 끌었다.

"이것 좀 보세요."

영우가 그녀를 끌고 간 곳은 자신이 방에서도 본 적이 있는 나무―쓰러진 나무―였다. 나무는 너무 거대했다. 그녀가 양팔을 벌려 안아도 두 손이 닿지 않을 만큼. 게다가 나무의 뿌리는 아직 썩지 않은 것 같았다. 아직? 아니다. 전혀 썩지 않았다. 그리고 영원히 썩지 않을 것이다. 그녀는 냇가의 다른 관목들과 달리 지상에 누워 있는 이 거대한 나무의 줄기가 생생하게 건강한 기운—너무 건강해서 징그럽게 느껴지기까지 하는—을 내뿜고 있다는 것을 알아차렸다.

영주—그 순간 그녀는 그 애가 영주라는 걸 확신할 수 있었다—가 무언가를 손가락으로 가리켰다. 그녀는 그곳으로 천천히 다가갔다. 저게 뭐지? 그게 뭔지 알 수 없어서, 좀 더 가까이에서 보고 싶어서, 그녀는 쭈그리고 앉았다. 쪼그라든 길쭉한 살덩이 같은 것. 무엇이지 저건?

"저걸 수집해요. 저걸 할아버지에게 가져다드려야 해요."

"할아버지에게?"

그녀는 어느새 아이들이 사라지고 자신 혼자 나무 앞에 서 있다는 것을 깨닫는다. 하지만 다음 순간 그녀의 시야에서 나무도 사라진다. 쪼그라든 살점도 사라져 있고, 저수지도 사라졌다. 저 멀리 그녀의 방 커튼 뒤에서 누군가 자신을 바라보고 있다. 그때, 그녀는 소리를 듣는다. 가느다란 회초리가 공기를 가르는 소리, 잘못했어요! 아니다, 그건 수백 개의 벌레가 나무 뿌리를 휘감는 소리다. 아니, 아니야, 그 소리가 아니야. 그건, 발정난 고양이의 소리!

"헉"

번쩍, 눈이 뜨였다. 상체를 일으켜 세운 그녀는 깊은 숨을 뱉어 냈다. 마치 물속에 있다가 수면으로 방금 솟구쳐 올라온 사람처럼. 창밖으로는 희뿌연 어둠이 펼쳐져 있었다. 어둠과 밝음의 경계에 선 시간. 일요일에 아이들과 냇가에 다녀온 후로 나흘 내내 그녀는 같은 꿈을 꾸었고, 거의 같은 시간에 깨어났다. 한번 깨고 나면 다시 잠들기가 어려웠다. 두 번째로 꿈을 꾼 날 점심 식사를 하고 잠시 자신의 방으로 돌아간 그녀는 깜빡 잠에 들었다. 그리고 Q씨가 그녀의 방문을 여러 번 두드린 후에야 잠에서 깨어날 수 있었다. 그녀는 자신이 Q씨에게 책잡힌 건 아닌지, Q씨가 부인에게 일러바치지는 않을지 걱정이 되었다. 그녀가 이상하다고 느끼는 건, 자신이 꿈속의 다른 장면은 거의 다 기억을 하는데, 2층 위로 올라간 뒤의 장면은 도통 기억을 못 한다는 점이었다. 꿈속의 나는 도대체 무엇을 본 걸까? 왜 그 부분이 비어 있는 거지?

세 번째로 꿈을 꾼 다음날, 그녀는 수업을 하다가 아이들에게 물어보았다.

"할아버지는 언제부터 아프셨어?"

일요일에 함께 냇가를 다녀온 이후로 아이들이 그녀를 대하는 태도는 조금 변했다. 어딘가 경직된 것처럼 보이던 아이들은 좀더 편하게 그녀와 시간을 보냈다. 친밀감을 느끼는 것이리라. 그날 그들이 냇가를 다녀온 건 부인과 Q씨에게는 비밀이었고, 그들 사이에는 같은 비밀을 공유하고 있는 사람들에게서 흔히 발견할 수 있는 소속감 같은 게 있었다. 하지만 그녀가 그렇게 질문을 했을 때, 아이들은 마치 그녀의 말을 못 들은 사람처럼 굴었다. 마치 그녀가 그 방에 없다는 듯이. 마치 그 공간이 그녀의 존재와 목소리를 지워버리기라도 했다는 듯이. 그녀가 똑같은 질문을 한 번 더 하자, 영우의 눈치를 보던 영주가 공책에다 연필로 숫자를 끄적이는 걸 멈추지 않으면서—그녀를 바라보지 않으려고 노력하면서—대답했다.

"그건 몰라요."

"하루 종일 누워만 계셔? 말씀도 하셔?"

"음."

영주는 손을 멈추고 잠깐 생각에 빠진 것 같았다.

"하루 종일 누워만 계시지는 않을 것 같아요."

"매일 아침 식사 후에 2층으로 올라가서 할아버지의 말동무를 해드리는 거야?"

영주는 다시 산수 노트에 시선을 두고 고개를 끄덕였다. 옆에서 입을 꾹 다물고 있는 영우에게서는 미묘한 분위기가 풍겼다. 지루함? 아니다. 더 이상 그 주제에 대해서 이야기하는 것을 멈추라는 태도. 스물스물 올라오는 경계심. 그녀는 배신감을 느꼈다. 대단치는 않더라도 피부에 죽 그어진 상처처럼, 그녀는 분명히 배신감을 느꼈다.

그때, 나흘째 되는 밤에 또 잠에서 깨어났을 때, 그녀는 2층 계단으로 올라가서 본 장면을 기억해내려고 노력하고 있었다. 하지만 아무리 노력을 해도 그 부분이 도무지 떠오르지 않아서 애가 타는 심정이 되었다. 어디선가 고양이 울음소리가 어렴풋하게 들려오는 것 같았는데, 정말로 그런 건지 아니면 자신이 아직도 꿈속을 헤매고 있는 건지 잘 구분이 되지 않았다.

그 다음날, 아침 식사 때 그녀의 얼굴을 본 부인이 말했다.

"얼굴이 너무 수척하세요. 걱정스럽네요. 어디가 아프신 건 아닌지."

그 한마디에 그녀는 가슴이 철렁 내려앉는 것 같았다. Q씨가 부인에게 뭐라고 말을 한 걸까? 고용주에게 피곤하다는 인상을 줘서는 안 된다는 건 그녀가 가지고 있는 불문율 중 하나였다. 그녀는 미소를 지으려고 노력하면서, 자신의 목소리가 최대한 쾌활하게 들리기를 바라면서 대답했다.

"아니에요. 간밤에 잠을 잘 못 자서 그래요."

"몸이 중요하죠. 안 그래요? 사람들은 흔히 마음이 중요하다고 말하지만 사실 마음보다는 몸이 중요하답니다."

부인이 눈짓을 하자 Q씨가 수저를 내려놓고 싱크대 선반에서 약을 한 알 꺼내서 그녀에게 권했다.

"마그네슘이 부족하면 불면증이 올 수도 있거든요. 드시겠어요?"

그녀는 괜찮다는 의미로 고개를 저었다. 그녀는 약을 믿지 않았다. 밤에 잠을 이룰 수 없다면, 그만큼 좀 더 일찍 잠자리에 드는 것도 한 가지 방법이 될 수 있으리라. Q씨는 더 이상 권할 생각은 별로 없다는 듯이 약을 다시 선반에 넣어두었다. 그날 오전, 아이들이 산수 문제를 푸는 동안 그녀는 감기는 눈을 억지로 뜨려고 노력하고 있었다. 이렇게까지 대놓고 졸았던 적은 없었는데…… 생각하며 정신을 차리려고 해도, 지난 며칠간 누적된 피로가 그녀의 몸을 엄습하는 것 같았다. 그 애들은 그녀가 꾸벅꾸벅 조는 동안에, 자신들이 알아서 산수 문제를 풀었다. 다 푼 후에는 조심스럽게 그녀를 깨웠다.

그날 오후에 피아노를 배우는 시간에는 좀 다른 일이 벌어졌다. 처음에는 모든 것이 괜찮았다. 그냥 평소와 같았다. 피아노실에 들어가자마자 아이들의 이름을 차례로 부르고(아이들의 얼굴과 이름을 확인하고), 바이엘 연주곡을 연습하게 했다. 언제나 그랬듯 아이들은 똑같은 곡을 똑같은 빠르기로 연습했다. 마치 한 사람이 건반을 누르는 것마냥. 그 애들은 그걸 정말 잘했다. 연습이 끝나면 그 애들이 차례로 자신들의 실력을 그녀에게 검증받을 것이고, 그러면 그녀는 소리 내어서 아이들에게 말해주었다. 합격! 하지만 그날 영우 옆에 앉아서 피아노에 기댄 채로 졸고 있던 그녀는 어느 순간, 갑자기 잠이 달아나버렸다. 불협화음, 불협화음 때문이었다. 영주가 잘못된 건반을 누른 것이었다. 그것도 몇 번이나! 그녀는 영주 곁으로 다가가서 음을 바로잡아주고는 다시 영우 곁으로 다가가 앉았다. 피아노 상부에 팔꿈치를 대고 손으로 얼굴을 받친 채 그녀가 말했다.

"다시."

영주는 같은 부분에서 같은 실수를 반복했다.

그녀는 고개를 절레절레 흔들면서 영주를 바라보았다.

"다시."

영주는 똑같은 실수를 또다시 반복했고, 그녀는 손바닥으로 영우의 피아노 건반 옆을 탁탁 소리 나게 쳤다. 아, 나의 회초리, 그게 필요한데. 하, 그걸 가져가버렸어. 전에도 피아노 수업을 할 때마다 자신의 손에 회초리가 없다는 사실 때문에 불편함을 느끼곤 했지만, 오늘은 단지 그 정도가 아니었다. 그녀는 분노를 느낀 것이다. 피아노실을 감돌고 있는 그 징그럽게도 숙성된 과일의 향기가 그녀를 괴롭게 했다. 이 집에 머무는 처음 며칠 동안 그녀는 저녁 식사 후 바깥 공기를 맡으러 건물 바깥으로 나가곤 했지만 이제는 더 이상 그런 시도도 하지 않았다. 왜냐하면 다시 집 안으로 들어올 때마다 그 냄새가 더욱더 또렷하게 느껴지니까. 같은 이유로 밤에 잘 때 향초를 끄지 않고 자는 경우도 있었다. 그녀는 자신이 이상할 정도로 화가 난다는 것, 그 화를 주체하기가 어려우리라는 것을 알아차렸다. 아, 왜 이 아이들은 내가 가르쳐준 대로 피아노를 치지 않는 거지? 그녀의 바로 옆에서 연습을 하던 영우가 불안한 눈으로 그녀를 올려다보았다.

"영우야 너는 왜 연주를 하지 않는 거니?"

"못 하겠어요."

영우가 고개를 숙였다.

"왜?"

그녀의 심장이 두근거리기 시작했다. 분노. 그녀는 자리에서 벌떡 일어났고 아이들은 경직된 몸짓으로 그녀가 움직이는 대로 눈알만 굴렸다. 그녀는 피아노실을 서성거리다가 더 이상 참을 수 없다는 듯이 각각의 피아노 위에 올려져 있는 향초를 입으로 후, 불어 껐다.

그 순간 영주가 울먹이는 말투로 그녀에게 물었다.

"선생님도 우리를 떠날 건가요?"

그날 밤에 Q씨가 그녀의 방으로 찾아왔다. Q씨는 방 한가운데에 서서 두 손을 앞으로 모은 채로 그녀에게 말했다.

"선생님이 피아노실의 향초를 끄셨죠?"

그녀는 그게 그다지 잘못처럼 느껴지지도 않았고, 그런 사소한 일 때문에 정색하는 Q씨의 태도가 우습다는 생각도 들었다.

"이런 일이 다시는 일어나지 않으면 좋겠습니다."

"향초가 꺼져 있어도 이 집은 이미 냄새로 가득해요. 차고 넘친다고요."

Q씨는 고개를 갸웃거리며 그녀에게 물었다.

"화가 나셨군요?"

그녀는 Q씨를 바라보았다.

"혹시 피아노실에서 회초리로 아이들을 때리지 못해서 그런 건가요?"

그녀는 황당하다는 듯이 Q씨를 바라보았다.

"어떻게 그런 말을 하실 수가 있어요? 저는 아이들을 때린 적이 한 번도 없어요. 저는 그런 사람이 아니란 말입니다."

"그래요. 그런 상상을 하신 적도 없으시겠죠."

갑자기 그녀의 말문이 막혔다. 대체 왜? 입 밖으로 꺼낼 문장이, 반박할 말이 하나도 떠오르지 않았다. 자신이 그런 생각—아이를 때리고 싶다는—을 한 적이 단 한 번도 없다는 걸 맹세할 수 있었는데도 그랬다. Q씨가 턱을 바짝 세우고 그녀를 똑바로 바라보며 말했다.

"어쨌든 향초를 끄지 말아주세요."

그녀가 대답을 하지 않자 Q씨가 말했다.

"이게 제 뜻이라고 생각하세요? 저는 주인의 말을 전달할 뿐입니다."

Q씨가 고용주를 들먹였기 때문에 그녀는 어쩔 수 없이 알겠다고 대답할 수밖에 없었다. 인사를 하고 나가는 Q씨의 뒤통수에 대고 그녀가 물었다.

"그런데, 저 이전에도 아이들을 가르친 선생님이 있었나요?"

Q씨가 걸음을 멈추고 몸을 그녀 쪽으로 돌리고는 대답했다.

"있었죠."

"그런데, 왜 그만두셨죠?"

"이 집의 규칙 같은 건 지키지 않고, 우리가 원하는 건 제대로 하지도 못했으니까요."

우리라고? 그녀는 Q씨가 명백하게 말실수를 한 것이라고 생각했다. 그녀는 불쾌했다. 너무 불쾌해서 몸이 떨릴 지경이었다. '우리'라고? 그녀는 고개를 절레절레 흔들었다. Q씨는 은근슬쩍 자신을 이 집 주인들과 같은 위치로 격상시킨 것이다.

그날 새벽에 깬 그녀는 잠을 잘 이루지 못한 탓에 자신이 어느 정도는 예민해진 건지도 모른다는 생각이 들었다. 악순환. 예민해지니까 잠을 못 이루고, 깊은 잠에 들지 못하니까, 또다시 꿈을 꾸고…… 이건 그 누구를 위해서도 좋은 일이 아니었다. 그녀는 식당의 선반에 들어 있는 약통을 떠올렸다. 그때 Q씨가 권했던 약이 든 약통은 보라색이라는 걸, 그녀는 기억했다.

어두운 거실 한쪽으로 은은한 빛이 흘러나오고 있었다. 그녀는 최대한 조용히 걸었다. 어쨌든 Q씨는 그녀에게 한번 약을 권한 적이 있었고, 그녀는 이미 그걸 거절했었다. 그녀는 소리를 내지 않으려고 노력하면서 선반의 문을 열고 약통에서 약을 한 알 꺼낸 후 입안에 넣고 꿀떡 삼켰다. 다시 방으로 돌아가려고 거실 쪽으로 나왔을 때, 그녀는 거실 한쪽에 희미하게 뻗은 빛이 2층으로 향하는 계단에서 흘러나온다는 것을 알아차렸다. 그녀는 계단 쪽으로 다가가서 그 위를 올려다보았다. 리프트는 2층에 고정되어 있었다. 2층의 복도에서부터 흘러나오는 빛. 아니다, 저 빛은 복도 끝 할아버지의 방에서 비롯되는 빛일 것이 분명했다. 그녀는 거기에 서서 잠시 망설였다. 지금이 바로 기억에서 삭제된 꿈속

장면을 알아낼 수 있는 기회였다. 2층에서 벌어지는 일을 알 수 있을 만한, 그런 절호의 찬스.

2층에서 벌어지는 일.

하지만 2층에서 무슨 일이 벌어진단 말인가? 거기에는 아픈 노인이 있었다. 말도 하고 웃기도 하고 화를 내기도 하는 할아버지가, 이 집의 진정한 주인이. 아이들은 매일 아침 할아버지에게 문안 인사를 했을 것이고, 아마도 부인과 Q씨는 이 집을 운영하기 위해 필요한 여러 가지 일들을 상의할 것이었다. 이 집에서 잘못된 일이 일어났던가? 아니다. 아, 잘못된 건 그녀였다. 잠을 못 이루고, 이상한 꿈을 꾸고, 아이들에게 화를 낸 건 그녀였지 다른 사람들이 아니었다. 과민반응이야. 그녀는 방으로 돌아와 침대 위에 누웠다. 약을 먹었지만 쉽게 잠이 올 것 같지 않았다. 심장이 너무 쿵쾅거렸다.

다음날 아침 식사 시간에 아이들은 그녀에게 예의 바르게 인사했지만 그들 사이에 감돌았던 친밀감은 어쨌든 얼마만큼은 깎여 나간 것 같았다. 아이들의 감정은 어쩌면 저다지도 얄팍할 수 있는지. 그녀는 이 집에 오기 전, 레슨을 했던 다른 아이들을 한 번도 진심으로 사랑한 적이 없었고, 그 순간 그런 자신이 자랑스러워졌다. 영우는 그녀의 얼굴을 제대로 바라보지도 않았다. 그날 Q씨는 시내에 갔다 올 예정이었다. 점심 식사를 끝내고 오후 수업이 시작되기 전에 Q씨는 검정색 모직 롱 코트와 녹색 체크무늬 머플러를 착용한 채로 그녀의 방문 앞에 서서 말했다.

"장을 보러 나갈 거예요. 아마 밤늦게나 돌아올 겁니다. 식사 준비는 다 되어 있어요. 식탁을 차리는 건 아이들이 할 겁니다."

그녀는 창문가에 서서 커튼을 살짝 걷은 후 Q씨가 떠난 것을 확인하고는 곧바로 부인의 방을 찾아갔다. 부인의 방문을 두드리는 건 처음이었다. 잠시 후, 부인의 목소리가 들렸다. 마치 있는 힘껏 외치는 것 같은, 그런 목소리로.

"들어오세요!"

부인의 방은 아주 컸다. 그리고 사치스러웠다. 벨벳으로 만들어진 커튼과 그 위로 요란하게 달린 술, 바닥의 한 부분에 깔려 있는 페르시아산 양털 카펫, 전면부 전체에 세밀한 조각이 들어가 있는 커다란 원목 콘솔, 커다란 침대와 비단실로 자수를 해넣은 침대보까지……. 하지만 이걸 사치스럽다고 표현하는 게 옳은 걸까? 그 방에 있는 가구들은 거실에 있는 것들보다도 더 오래되어 보였다. 깨끗하게 손질된 외양을 뚫고 나오는 기묘한 기운. 응축된 시간의 견고함 같은 것. 그녀는 압도당할 것 같은 기분을 느꼈다. 방의 한가운데, 페르시안 카펫 위에 휠체어를 탄 부인이 있었다. 창백한 피부와 하나로 묶어서 틀어 올린 머리카락, 검고 기다란 속눈썹. 부인은 그 방 안에 존재하는 그 모든 것들—그녀 자신을 제외하고는—보다 짧은 시간 동안 존재했으리라. 그녀는 순간적으로 부인이 너무 연약해 보인다고 느꼈다.

"무슨 일이시죠?"

아, 그래, 연약해 보인다는 건 그녀의 착각에 불과했다. 휠체어를 조종해서 그녀 앞으로 다가온 부인이 그녀를 올려다보았다. 그녀는 무슨 말을 하려고 이 방에 들어온 것이었나?

"Q씨에 대해 드릴 말씀이 있어요."

그녀는 마치 원고를 외운 사람처럼, 주저함도 없이, 말을 멈추지도 않고 Q씨의 오만방자함에 대해, Q씨가 처음에 자신에게 주인 행세를 했던 것에 대해, Q씨가 '우리'라고 표현한 것에 대해 말했다. 그녀는 자신이 이렇게까지 논리정연하게 말을 할 수 있다는 것 때문에, 그리고 주눅들지 않고 자신의 의견을 피력했다는 점 때문에 만족감을 느꼈다. 만족감이 얼마나 대단했던지, 마치 머리끝을 누군가 살짝 간지럽히는 느낌이 들 정도였다.

"조심하시는 게 좋을 거예요."

부인은 살짝 미소를 지으며 대답했다.

"고마워요. 그런 사실을 알려주시다니."

고맙다니! 그녀는 부인의 반응이 마뜩지 않았다. 세상에, 내게 할 말이 그것밖에 없었을까? 그녀는 자신의 방 침대에 앉아서 손톱을 물어뜯으며 생각했다. 만약, 이런 이야기를, 아무것도 아닌 사람이 은근슬쩍 이 집의 주인을 자처하고 있다는 사실을 이 집의 진짜 주인이 알게 된다면 어떤 일이 벌어질 것인가? 그는 내게 무슨 말을 할 것인가?

그날 오후, 피아노 수업에 영우가 오지 않았다.

"형은 쉬고 싶다고 했어요."

그녀는 영주의 머리를 쓰다듬으며 오늘은 무슨 일이 있어도, 그 애가 피아노 건반을 계속 잘못 누르더라도 화를 내지 않으리라고, 과민반응을 하지 않으리라고, 절대로 그러지 않으리라고 다짐했다. 영주는 처음에는 아무런 문제도 없이 건반을 하나하나 정확하게 잘 눌렀다. 하지만 그 애는 어느 순간부터 똑같은 실수를 반복하기 시작했다. 그러고 싶지 않은데, 그녀는 자신의 심장이 빠르게 뛰고 있다는 사실을 깨달았다. 하지만 그녀는 그런 느낌이 자신에게 어떤 쾌감을 주고 있다는 사실을 부정할 수도 없었다. 마치 전력질주를 방금 끝마친 사람처럼 쿵쿵쿵쿵……. 그녀는 자신이 무엇을 향해 그런 식으로 달려가는 것인지도 알지 못했다. 하, 그 아이가 지금 연주하는 건 어려운 곡도 아니었다. 특별히 노력을 기울일 필요도 없는 곡이었다. 그녀는 어쩌면 영주가 자신을 기만하고 있다는, 일부러 화를 돋우고 있는 것인지도 모른다는 생각이 들었다. 그녀는 피아노 상판을 주먹으로 쾅쾅 두드렸다. 그 박자에 맞추어 향촛불이 흔들렸다.

"그만, 그만, 그만해."

그녀가 말하자 영주가 갑자기 두 손을 건반 아래로 내린 후 마치 기도하듯 손깍지를 쥐고 내지르듯이 말했다.

"죄송해요!"

그 순간, 그녀의 머릿속으로 어떤 장면이 스쳐 지나갔다. 죄송해요! 죄송해요! 소리를 지르던 아이들. 그 아이들은 2층의 할아버지의 방, 커다란 침대 옆에 서 있었다. 아이들, Q씨, 그리고 휠체어를 탄 부인. 그들에게 가려서 할아버지의 얼굴은 보이지 않았다. 다만, 하얀색 이불을 덮은 볼록한 사람의 형체. 누군가—그녀는 그게 Q씨의 목소리인지 부인의 목소리인지 분간이 가지 않는다. 하지만 부인의 목소리이리라고 추측한다—아이들에게 말을 한다. 할아버지에게 뭐라고 말을 해봐! 아이들이 입을 다물고 있자 재촉하는 목소리, 얼른! 얼른! 그러자 아이들은 합창하는 소년들처럼 동시에 목소리를 낸다. 높고 아름다운 목소리, 마치 노래를 부르는 것 같은 목소리, 죄송해요! 할아버지. 죄송해요! 할아버지. 죄송해요! 할아버지. 아, 그랬구나, 그 장면이었어. 그게 바로 내 꿈속 지워진 장면이었어. 그녀는 아이의 팔뚝을 거칠게 붙잡고 앞뒤로 흔들었다.

"할아버지에게 왜 죄송하다고 말한 거야?"

영주는 어깨를 잔뜩 움츠린 채로, 영문을 모르겠다는 표정으로 그녀를 바라보았다.

"아파요. 놔주세요!"

영주가 그녀의 품에서 빠져나가려고 바둥거렸다. 영주는 명백하게 겁에 질려 있었다.

"할아버지에게 뭘 사과한 거야? 말해봐! 너희가 저지른 잘못이 뭐니? 대체? 그걸 말해보라고!"

그녀는 아까보다 더 격렬하게 아이를 흔들었다. 몸부림을 치던 아이의 팔이 피아노 건반을 아무렇게나 눌렀고, 그 바람에 불협화음이 피아노실 안을 가득 채웠다.

"영주야, 그걸 말해봐! 말해보라고!"

그때, 누군가 피아노실의 문을 벌컥 열었다.

"내 동생을 내버려둬요!"

영우였다. 그녀는 아무런 말도 하지 않고 피아노 의자에서 일어나 한동안 서서 그 아이들을 바라보았다. 영우는 주먹을 쥐고 바닥을 내려다보고 있었고, 영주의 얼굴은 피가 빠져나간 것처럼 창백해져 있었다. 그녀는 피아노실 문을 닫고는 쌍둥이에게 다가갔다. 자신의 심장이 쿵쿵 뛰는 소리가 다시 너무 명확하게 들린다는 걸 실감하면서. 영원히 이 기분이 멈추지 않았으면 좋겠다고 간절하게 바라면서. 그녀는 그 아이들이 너무 나쁘다고, 그래서 그 아이들은 맞아야만 한다고, 자신에게는 아이들을 때릴 자격이 있다고 생각했다. 그래, 나에게는 그럴 자격이 있어, 아이들은 할아버지에게 한 것처럼 나에게도 애걸복걸하면서 용서를 빌게 될 거야.

하지만 다음 순간, 그녀는 퍼뜩 이런 생각이 들었다. 이 무슨 미친 짓이란 말인가? 아이들이 할아버지에게 용서를 구한 건 그저 꿈이었을 뿐인데! 이 아이들은 할아버지에게 잘못을 빈 적도 없는데!

아이들을 남겨둔 채, 피아노실을 뛰쳐나간 그녀는 자신의 방으로 돌아가서 문을 잠근 후, 침대 위에 누웠다. 아까까지는 심장에서 들리던 쿵쿵 소리가 이제는 머리 안쪽에서 들려오는 것 같았다. 그녀는 두통 때문에 머리를 감싸 쥐었다. 아이들이 자기가 한 행동을 부인에게 일러바칠까봐, 여기에서 쫓겨날까봐, 이미 선물로 받은 돈을 토해내라고 할까봐 몸이 덜덜 떨렸다. 하, 문득 그녀는 자신에게 돈을 줬던 피아노 선생들을 떠올렸다. 그녀는 그런 식으로 자신에게 도움을 줬던 사람들을 마음 깊이 증오했지만, 그중에서 고3때 다니던 피아노 학원의 선생은 특별히 더 증오했다. 그래, 그러니까, 뼛속까지—그녀는 그 순간 '마음'보다 '뼈'가 더 깊고 내밀한 층위를 이루고 있다는 사실을 깨달을 수 있었다—증오했다. 그때 선생은 미소 지으며 말했었다. "나중에 훌륭한 사람이 되면 갚아." 그 선생은 그녀의 미래에 몇백만 원을 투자했지만, 그걸로는 택도 없었다. 그걸 그 선생은 몰랐을까? 그녀 같은 처지의 아이들이라면 그런 식으로 부질없는 꿈을 좇는 것보다 다른 쪽의 삶을 선택하는 게 훨씬 더 이득이라는 걸, 그 선생은 정말로 몰랐을까?

만약 내가 Q씨의 오만방자함에 대해 할아버지에게 직접 말을 한다면 어떻게 될까? 그녀는 생각했다. 내가 그렇게 할 수 있을까? 그녀는 천장을 바라보며 손톱을 뜯었다. 아이들은 부인에게 다른 이야기는 하지 않은 것 같았다. 아무도 그녀의 방을 찾아오지 않았고, 그녀는 그대로 잠이 들었다.

그날 밤에도 그녀는 꿈을 꿨지만 이제까지와는 조금 달랐다. 꿈속의 첫 장면부터 그녀는 저수지 근처에 서 있었다. 그녀 혼자였고, 아이들은 없었다. 게다가 그녀는 자신이 꿈을 꾸고 있는 중이라는 사실을 알 수 있었다. 더러운 초겨울의 저수지, 바람이 불고 쓰레기가 수면을 이리저리 흘러다닌다. 하늘은 우중충하고, 저 멀리 탁한 구름이 흘러간다. 어두운 하늘 위로 날아오르는 수십 마리의 새들. 그녀는 나무가 있는 곳으로 천천히 걸어간다. 뿌리가 뽑힌 채 쓰러져 있는 거대한 나무. 주위에 있던 낮은 관목들은 마치 죽은 것처럼 보인다. 바싹 마른 채로 손으로 만지면 곧바로 가루로 변할 것같이, 겨우 형태만 유지하고 있을 뿐. 오직 하나, 오직 그 뿌리 뽑힌 나무만이 지나치게 온전한 생명력을 온 사방으로 마구 분출하고 있다. 그녀는 그 나무의 모습이, 그 나무의 뿌리가, 그 나무의 생명력이 징그럽고 혐오스러워서 견딜 수가 없어진다. 분노, 그녀는 분노를 느낀다. 쿵쿵쿵쿵, 자신의 심장이 박동하는 소리가 박자를 따라 고스란히 그녀의 신체에 새겨지는 것 같다. 어느새 그녀의 손안에는 커다란 도끼가 들려 있다. 그녀는 도끼로 나무의 뿌리를 찍기 시작한다. 마치 영구운동을 하는 기계처럼 도끼를 움직이는 일에 몰두한다. 하지만 아무리 해도 뿌리는 잘리지 않는다. 잘리지 않는 정도가 아니라 아무런 손상도 받지 않는 것 같다. 전혀, 아무것도. 그녀의 이마에서 땀이 뚝뚝 떨어진다. 그녀의 온몸은 땀투성이다. 그녀는 도끼를 움직이는 일을 그만둔다. 그러자 갑자기 나무 주변으로 쪼그라든 것처럼 보이는 살점들이 하나둘씩 나타나기 시작한다. 저게 뭐지? 그녀는 그것을 더 가까이에서 보려고 쭈그려 앉는다. 그때, 갑자기 그녀의 앞에 나타난 영우가(그녀가 앉아 있으므로 영우와 그녀의 눈높이는 같다) 그녀의 얼굴을 똑바로 바라보며 말했다.

"할아버지는 미라보다 더해요. 미라는 피를 뺐지만 할아버지는 피가 남아 있으니까, 결국 이 집보다 더 커질 거예요."

영우는 풀밭으로 가서 쪼그라든 것처럼 보이는 살점 중 하나를 제 양 손바닥에 올리고 그녀에게 다가온다. 그러고는 엄지손가락과 검지손가락으로 그걸 잡아서 그녀의 눈앞에 들이민다. 하! 그건 성기였다. 남자의 잘린 성기! 그녀는 고개를 돌린다. 그녀가 고개를 돌린 쪽에는 집이 있다. 그녀의 꿈속에서 언제나 황금빛으로 빛나던 집은, 이제는 마치 피부에 생긴 푸르스름한 멍처럼 보였다. 그녀는 건물의 모든 창문에 쳐져 있는 커튼 뒤에 사람이 서 있다는 것을 알아차린다. 거기에 서서 자신을 바라보고 있다는 것을 알아차린다. 자신을 바라보고 있는 그 수십 개의 눈동자들! 그중 하나의 커튼이 천천히 열린다. 그녀는 그 뒤에 있는 사람의 얼굴을 보려고 집중한다. 그녀는 너무 긴장해서 숨이 멎을 것 같다고 느낀다. 그녀의 신체 곳곳에 새겨졌던 심장박동 소리가 점점 희미해지는 것 같아서 애가 탄다. 하지만 그보다 더한 게 남았지. 역류, 그녀는 무언가 자신의 심장으로 꾸역꾸역 침범해 오는 것을 느낀다……. 그러므로 그녀가 잠에서 깬 건, 순전히 숨이 막혀서였다. 잠에서 깨어난 그녀는 마치 익사하기 직전의 사람처럼 숨을 몰아쉬었고, 사레들린 사람처럼 기침을 했다. 그녀의 눈에 눈물이 고였다.

눈물을 떨어뜨리지 마, 그 어디에도. 그 무엇도, 젖게 하지 마.

그녀는 두 손으로 얼굴을 가리고 숨을 골랐다. Q씨가 내게 저주를 건 걸까? 하, 내가 미친 걸까? 이런 생각을 하다니? 그녀는 침대에서 빠져나가 창문을 열어 냇가 쪽을 바라보았다. 너무 어두워서 아무것도 보이지 않았다. 그녀는 창문을 닫고 커튼을 건 후, 조심스럽게 거실로 나갔다. 마그네슘을 먹으려고 식당으로 향하던 그녀는 온 집 안이 깜깜한 어둠에 휩싸여 있다는 것을 알아차렸다. 빛이 한 점도 없었다. 그녀는 생각을 바꿔먹었다. 그래, 2층에 올라가봐야 해. 할아버지의 모습을 봐야 해. 나는 그분을 깨울 거야. 그분과 눈을 마주치고 인사를 해야 해. 이 집의 진짜 주인을 만나서 이야기를 해야 해. 이 집에서 일어나는 어떤 이상한 일들에 대해서. 논리적으로 설명을 할 수는 없었지만, 그녀는 만약 그렇게만 할 수 있다면 지금 자신에게 닥친 문제—사실 그녀는 자신에게 닥친 문제가 무엇인지도 제대로 알 수가 없었다. 아, 문제는 그것인가? 미쳐가고 있다는 것?—를 해결할 수도 있을 것 같았다. 그녀는 2층으로 향하는 계단참에 섰다. 그리고 망설이지 않고 계단을 하나하나 밟아서 2층으로 올라갔다. 그녀가 계단을 밟을 때마다 삐걱삐걱 소리가 났다.

2층 역시 완전한 어둠에 잠겨 있었다. 복도의 양쪽으로 방이 늘어서 있었지만 그녀는 망설임 없이, 복도 끝에 있는 방으로 곧장 걸어갔다. 굳게 잠긴 문틈으로 과일의 냄새, 썩기 직전까지 숙성된 과일의 냄새가 풍겨오는 게 느껴졌다. 그녀는 손잡이를 꽉 잡고는 천천히 돌렸다. 의외로 문은 한번에, 아주 부드럽게, 낡은 경첩이 낼 법한 소리 하나 없이 스르르 열렸다. 문 옆 협탁에 향초가 하나 켜져 있었다. 빛은 미약했지만, 거기서 뿜어져나오는 향기는 놀라울 정도로 강력했다. 썩기 직전까지 숙성된 과일에서 나는 향기? 아니다, 이건 썩은 과일의 냄새이다. 과연 그런가? 그녀는 문득 언젠가부터 자신이 그 두 가지를 구분하기 어려워졌다는 것을 깨달았다. 방 안은 너무 넓었고, 향초가 켜져 있는 문 주위를 제외하고는 깜깜해서 아무것도 보이지 않았다. 손으로 더듬더듬 허공을 휘저으며 그녀는 침대 곁으로 조심스럽게 걸어갔다. 아, 누군가 누워 있다. 그녀는 노인이 내는 희미한 숨소리를 들으려고 집중했다. 그녀는 침대 가장자리에 손을 올린 후, 노인의 숨소리에 박자를 맞추는 것처럼 일정한 속도로 손바닥으로 침대보를 쓸듯이 움직였다. 천천히, 아주 천천히, 그렇게 그녀의 손가락 끝이 노인의 손목 쪽에 다다랐다. 노인의 손은 너무 딱딱했다. 그녀는 빠른 걸음으로 문 옆 협탁 위에 놓여 있는 향초를 가지고 왔다. 그런 후 향초를 노인의 얼굴에 가까이 가지고 갔다.

노인은 완전히 빠싹 말라 있었다. 피부가 너무 얇아서 마치 뼈만 남아 있는 것처럼 보일 정도였다. 머리카락은 몇 가닥 남아 있지 않았고, 얼굴 피부 곳곳에는 검은 반점이 올라와 있었다. 하지만 이상했다. 기묘한 위화감 같은 것이 있었다. 그녀는 촛불을 이불 밖으로 나온 노인의 몸에 조심스럽게 비추어보았다. 뼈만 남은 것 같은 피부에서 느껴지는 이상하리만치 건강해 보이는 혈색, 주름 하나 찾을 수 없는 팔뚝, 두꺼워 보이는 손톱과 발톱…… 그녀는 노인이 누워 있는 침대 안쪽과 벽 사이에 작은 침대가 하나 더 있다는 것을 알아차렸다. 침대의 상판 부분에는 모빌이 이어져 있었다. 아기 침대, 비어 있는 아기 침대, 이 집에 아기가 있었나……? 그 순간, 그녀의 머릿속에 버스 정류장에서 보았던 현수막이 떠올랐다. 바람에 펄럭이던 그 현수막, 아기를 보호해주세요. 아기를 찾아주세요. 그리고 밤마다 들리던 발정난 고양이의 울음소리…… 세상에! 그녀는 두 손으로 입을 틀어막았다. 그 바람에 방 바닥으로 떨어진 향초가 데구르르 문 앞까지 굴러갔다. 그랬구나, 하, 여기에 아기가 있었구나!

어떻게 그걸 알아차리지 못했던 걸까? 이 방을, 이 집을 나가야 해. 하지만 몸이 움직이지 않았다. 바닥으로 떨어진 향초의 불은 여전히 꺼지지 않고 수직으로 타오르고 있었다. 그녀는 마치 저주에 걸려서 움직이지 못하게 되기라도 한 것처럼 두 손으로 입을 막고 문 앞에 떨어진 향초에 시선을 둔 채로 숨을 몰아쉬기만 했다. 그때, 문 뒤, 어둠 속에서 손이 하나 나타났고, 향초를 들어 올렸다.

Q씨였다.

Q씨는 향초를 협탁 위에 올려둔 후 두 손을 앞으로 모은 채로 어둠 속에서 그녀를 바라보다가 입을 열었다. 아주 조그마한 목소리로, 그녀의 죄를 묻기라도 하겠다는 듯이.

"궁금한 점이 있으면 물어보라고 했을 때, 그런 건 없다고 하셨죠."

"당신들은 미쳤어요, 그렇죠?"

그때, 휠체어를 탄 부인이 방으로 들어오며 말했다.

"당신은 Q씨가 나쁘다고 내게 고자질을 했죠."

"당신들이 아기를 납치해왔어요, 그렇죠?"

"2층에는 절대 올라오지 말라고 했는데, 그 말도 어겼어요."

"아기를 어떻게 했어요? 아기를……. 아기를……."

그녀는 그다음 단어는 차마 입 밖으로 꺼낼 수가 없었다. 영원히 움직이지 않을 것 같았던 몸이 조금씩 풀리는가 싶었는데, 이제는 부들부들 떨리기 시작했다. 부인의 뒤로 쌍둥이가 들어왔다. 어두웠지만 그녀는 그 애들이 여전히 머리 모양을 단정하게 하고, 옷도 갖춰 입고 있다는 사실을 알 수 있었다. 쌍둥이는 마치 합창을 하듯 입을 모아 그녀를 향해 소리를 질렀다.

"선생님은 우리의 이름을 구분할 거라고 한 약속을 어겼어요."

"아니야, 나는 너희를 구분할 수 있어! 내가 피아노실에서 너희 이름을 불렀던 걸 기억하지 못하는 거니?"

"그건 속임수였어요! 선생님은 우리에게 속임수를 썼어요!"

이번에도 쌍둥이는 입을 모아 그녀에게 말했고, 그 말을 듣자 순식간에 그녀의 눈에 눈물이 고였다. 눈을 한 번 깜빡이자 눈물이 볼을 타고 흐르다가 방바닥으로 떨어져서 물의 흔적을 남겼다. 부들부들 떨리는 몸, 눈 밑이 너무 떨려서 그녀는 자신의 얼굴이 조각나는 중이라는 착각에 빠져들었다. 흘러넘치는 눈물, 완전히 통제를 벗어난 그녀의 신체. 왜 이런 일이 벌어진 거지? 내가 분수를 몰라서? 내가 남의 발밑을 걱정했기 때문에? 내가 증오해서는 안 되는 사람을 증오했기 때문에? 그녀는 떨지 않으려고 애쓰면서―하지만 그녀의 입술은 계속 덜덜 떨렸다―물었다.

"나를 죽일 거예요?"

"오, 세상에."

부인이 한숨을 쉬며 그녀를 바라보았다. 경악스럽다는 듯한 말투, 그녀가 왜 그런 말을 하는지 도통 이해할 수 없다는 듯한 분위기. Q씨가 그녀 앞으로 성큼 다가섰다. 그녀는 다리 힘이 풀려서 금방 쓰러질 것 같았다. Q씨가 그녀의 어깨를 잡고 그녀의 몸을 돌려서 침대 위에 누워 있는 노인을 향하게 했다. 그녀는 노인을 보지 않으려고, 노인 옆에 있는 아기 침대를 보지 않으려고 눈을 감았다.

"눈을 뜨고 이 노인을 보십시오."

Q씨는 그녀의 귓가에 자신의 입을 바짝 대고 귓속말을 했다. 젖은 숨이 그녀의 귓가에 들어올 때마다 눈 아래의 경련이 더 심해지는 것 같았다. 그녀는 가쁜 숨을 몰아쉬었다.

"이 노인이 모든 일의 원흉입니다."

모든 일? 그녀는 Q씨가 말하는 모든 일이 얼마만큼의 모든 일을 뜻하는 건지 몰라서 어리둥절해졌다. Q씨는 마치 그녀가 무슨 생각을 하고 있는 줄 이미 알고 있다는 듯이 말했다.

"모든 일은 모든 일이지요. 당신이 겪은 그 어려움들조차도 말입니다."

Q씨가 그녀의 어깨를 너무 꽉 잡아서 그녀는 자신의 어깨뼈가 서서히 부스러지고 있다고 느꼈고 언젠가는 산산조각이 날 것 같았다. 그래, 마음보다는 언제나 뼈가 중요한 법. 정신보다는 언제나 신체가 중요한 법이었다. 그래서 그녀는 눈을 떴다. 그리고 노인을 바라보았다.

"이 노인을 죽여주세요."

그녀는 고개를 돌려서 Q씨의 얼굴을 바라보았다. 굳게 다문 입술, 신랄한 표정, 냉정한 눈동자. 그날, 처음으로 만났던 카페에서 그녀를 바라보던 눈! 그녀를 탐색하던 눈!

"우리는 이분을 벗어날 수 없어요. 이분이 시키는 대로 해야 해요. 이분이 이렇게 살아 있는 한, 우리는 계속 이분의 삶을 유지시키기 위해 원하는 것을 내줘야 합니다."

그녀는 고개를 절레절레 흔들면서 항변하는 듯한 말투로—대체 그녀가 무엇에 항변해야 한단 말인가?—최대한 목소리를 죽이려고 노력하면서 말했다.

"당신들이 죽이면 되잖아요?"

이번에는 그녀와 Q씨의 뒤에서, 가만히 바라보고 있던 부인이 대답했다.

"우리는 이 노인을 죽일 수가 없어요. 왜냐하면 우리는, 왜냐하면 우리는, 피로 얽혀 있는 사이니까요."

"Q씨는 아니잖아요. Q씨는 피가 섞이지 않았잖아요."

이제까지 평정심을 유지하던 Q씨의 목소리가 점점 떨리기 시작했다.

"모르시겠어요? 저에게는 이 집의 피가 흐르고 있습니다. 그래서 저는 절대로 이분을 건드릴 수가 없습니다. 무고한 아기들이 희생되는 걸 원하세요? 그 애들을 그냥 내버려둘 거예요?"

그리고 그녀의 뒤, 휠체어에 앉아 있던 부인의 목소리가 들렸다.

"당신이 바로 이곳으로 올라왔어요. 당신 스스로의 결정에 따라, 당신 스스로의 욕망에 따라. 그러므로 당신에게는 자격이 부여된 겁니다. 저 노인을 죽일 수 있는 자격이요. 당신이 끝내 여기에 스스로 올라오지 않았다면 당신에게는 아무런 자격도 부여되지 않았을 거예요."

그녀는 벌벌 떨며 고개를 절레절레 흔들었다. 이 방에서 뛰쳐나가고 싶었지만, Q씨가 여전히 그녀의 어깨를 잡고 있어서 도저히 그럴 수가 없었다.

"제발요, 그냥 두 손으로 저 노인의 목을 누르기만 하면 됩니다. 그리 어려운 일도 아닙니다. 30초면 됩니다."

Q씨가 초조하다는 듯이, 더 이상 무언가를 참을 수 없다는 듯이 말을 했다. 뒤를 돌아보지 않아도 그녀는 기대에 찬 눈으로 자신을 바라보고 있는 부인과 아이들의 호흡을 느낄 수가 있었다.

그들의 몸도 역시 통제를 벗어나려고 한다는 것을 알아차릴 수가 있었다. 아마, 그들도 지금 이 순간 눈 밑이 덜덜 떨리고 있으리라. 숨소리가 거칠어지고, 입가가 떨리고, 손과 발이 덜덜 떨리게 되리라. 그녀는 그들의 경련이 이 집으로 전달되고 있다는 것을, 집이 흔들리고 있다는 것을, 깨달았다. 덜덜덜덜, 덜덜덜덜, 그래, 마지막에는 액체의 범람이 있으리라. 그들의 신체에서 흘러나온 액체들이 이 집을 뿌리 뽑게 되리라. 그녀는 생각했다. 얘, 네 발 밑만 조심하면 돼. 남의 발밑까지 신경 쓸 필요는 없다. 오, 세상에.

Q씨가 그녀의 어깨를 잡고 있던 손의 힘을 풀었다. 그녀는 천천히 침대 위로 올라가서 노인의 배를 깔고 앉았다. 그런 후, 두 손으로 노인의 목을 누르기 시작했다. 나는 아기를 살리는 중이야. 나는 아기를 보호하는 중이야. 그녀는 노인의 목을 누른 손에 미친듯이 힘을 줬다. 목뼈가 부러질 정도로. 그녀가 그렇게 하면 할수록 집의 떨림은 심해졌다. 하, 어떡하면 좋아. 어느 순간, 그녀는 자신이 누르고 있는 손으로 전해지는, 노인의 목에서 일정한 속도로 뛰고 있는 맥박을 명백하게 느낄 수 있었다. 둔탁하고 흐리터분하지만 의심할 바 없는, 여전히 살아 있다는, 가냘픈 유기체의 신호. 너무 두려워서, 숨을 쉴 때마다 그녀의 목구멍에서는 쉭쉭거리는 소리가 났고, 눈에서는 눈물이 뚝뚝 떨어졌다. 그녀의 눈물은 노인의 얼굴을 타고 흘렀다. 침대 위 그녀의 몸이 이리저리 흔들렸다. 물론 그녀에게 깔려 있는 그 노인의 몸도 함께.

옆에 있던 아기 침대 위 모빌의 각종 모형—새와 나비와 토끼 기타 등등—들이 춤을 추듯 움직였다. 아, 나는 할 수가 없어. 한순간, 노인의 목을 잡고 있던 그녀의 손에 힘이 풀렸다. 여전히 노인의 배 위에 앉아서 두 손으로 노인의 목을 잡은 채로 그녀는 고개를 돌려 Q씨와 부인과 아이들을 바라보았다. 그들은 흔들리는 방 안에서 용케도 균형을 잡고 있었다. 벽에 길게 늘어진 그들의 그림자만이 촛불에 끊임없이 일렁거렸다.

"멈추면 안 돼요. 제발요. 제발요. 맥박 소리에 속지 말아요!"

부인이 말했다. 온몸을 벌벌 떨면서, 애걸복걸하듯이. Q씨 역시 몸을 벌벌 떨면서 양손을 앞으로 모아 쥔 채로 두 눈을 부릅뜨고 있었다. 그녀는 영주가 고개를 숙인 채 울고 있다는 것을 알아차렸다. 그녀는 고개를 돌리고 영주에게 한쪽 손을 내밀며 말했다.

"영주야, 선생님하고 이 집을 나가자. 내가 너를 데리고 나갈게."

그러자 영주가 고개를 들고 눈물범벅이 된 채, 그녀를 똑바로 바라보며 말했다.

"나는 영주가 아니에요! 나는 영우예요! 선생님은 속임수를 썼어요!"

그때, 갑자기 향초가 꺼졌다. 갑자기 집의 떨림이 멈췄다. 방은 완전한 어둠에 휩싸였고, 온통 썩은 내가 진동을 했다. 모든 것이 고요에 잡아먹힌 것 같았다. 갑자기 그녀의 아래에 깔려 있던 노인이 상체를 벌떡 일으켰고, 그 바람에 그녀는 바닥으로 나뒹굴었다. 그녀는 팔꿈치를 바닥에 대고 상체를 반쯤 일으킨 채 노인을 올려다보았다. 침대 위에 올라선 노인은 점점 부풀어올랐다. 그건 어떤 모습이었을까? 미라? 아니다, 미라보다도 훨씬 심한 것. 이 집을 뚫고 나갈 만한 그러한 것. 그녀는 자리에서 벌떡 일어났다. 하지만 더 이상 몸이 움직이지 않았다. 마치 땅에 붙박힌 것처럼. 그러니까, 그게 뭐지? 그래, 마치 나무처럼! 마치 나무처럼! 그녀와 부인과 Q씨와 아이들은 마치 나무가 된 것처럼, 땅에 뿌리를 박은 것처럼, 거기에 붙박혀 서서 점점 부풀어오르는 노인을 바라만 보고 있었다.

그해 겨울에는 눈이 많이 내렸다. 눈은 녹지 않고 저택 주위의 모든 것들을 꽁꽁 얼리는 데 일조했다. 저택의 벽면은 마치 얼음으로 만들어진 것처럼 보였다. 금이 가서 무너지지 않을까? 절대 그런 일은 일어나지 않으리라. 먹을 것이 없어 배를 곯은 산짐승들이 호기롭게 근처까지 내려왔다가 아무런 소득도 없이 다시 깊은 산속으로 들어가버렸다. 겨울이 끝날 무렵이 되자, 얼음이 녹아서 포치와 창틀에 물방울이 맺혔다가 땅으로 뚝뚝 떨어졌다. 분수대에 쌓여 있던 눈이 녹아서 물로 변했다. 땅 위에 물이 질척질척거렸다. 시간이 조금 더 지나자, 영구하게 생명력을 잃은 것처럼 보이던 노란 잔디들에도 녹색빛이 돌기 시작했다. 저택 근처에 있는 숲, 전나무들도 뾰족한 가지에서 연두색 잎을 토해냈다. 어디선가 나비들이 날아와서 분수대 주변을 빙빙 돌다가 날아가버렸다. 시간이 조금 더 흐르자, 저택의 뒤편에 우두커니 서 있던 배롱나무에서 진분홍색 꽃이 피어났고, 전나무 숲은 온통 초록으로 변했다. 새들이 날아왔지만, 절대 저택의 창틀이나 지붕에는 앉지 않았다. 그래도, 새들은 노래했다. 누가 새들의 노래를 듣고 있을까? 장마철에는 분수대에 물이 가득 차다 못해, 철철 넘쳐흘렀다. 태풍이 와서 나무를 쓰러뜨리고, 그네의 줄이 끊어지고, 전나무 숲이 웅웅 울어댈 때도, 저택은 아무런 손상도 받지 않았다. 가을이 시작되자, 배롱나무와 저수지 근처 관목들, 그리고 숲의 잎들이 빨강과 노란빛을 띠었다. 그리고 시간이 조금 지나자, 잎들은 갈색빛을 띠다가 결국은 볼품없이 떨어져내렸다. 이 모든 변화가 무언가, 하나의 목표를 위해 조급하게 달려가는 것 같았다. 안달이 난 듯이? 아니다. 그것은 그저 자연의 속성이었다. 아무도 자연에 대해 조급하다고 말할 수는 없으리라.

그동안 저택의 창문에 드리워진 하얀색 커튼은 한 번도 걷어진 적이 없었다. 그동안 고리버들 그네에는 아무도 앉은 적이 없었다. 분수대에서는 인공적으로, 자연을 거슬러 물이 뿜어져나온 적이 단 한 번도 없었다. 사시사철 내내 마을의 정류장 근처에는 현수막이 걸려 있었다.

그리고 오늘 드디어 버스에서 낡은 코트를 입고 목도리를 돌돌 말은 젊은 여자가 내렸다.

새로운 여자가 왔어.

그녀는 하얀색 커튼 뒤에 서서 속삭인다. 새로운 여자가 왔어. 그녀는 그 집에 유폐된, 신체를 잃어버린 다른 여자들, 그녀 이전의 여자들이 그런 식으로 속삭이는 소리를 들을 수 있다. 새로운 여자가 왔어, 새로운 여자가 왔어, 환희와 기대와 절망과 낙망이 뒤섞인 듯한 목소리들. 여자들은 하얀색 커튼을 걷으면 안 된다는 것을 알고 있지만, 그럼에도 몇몇은 참지 못하고 그렇게 하리라는 것을 그녀는 알 수 있을 것 같았다. 커튼을 걷으면 무엇을 보게 될까? 아마도 낡은 캐리어를 끌고 온 여자가 공손하게 손을 모으고 Q씨의 옆에 서서 정교하게 만들어졌지만 무용한 분수대에, 일년 내내 죽어가는 것처럼 보이는 잔디의 모습에, 처참하게 생명력을 분출하고 있는 이 저택에 정신을 빼앗긴 걸 보게 되겠지.

그녀는 새로운 여자가 이 집에 머무는 동안―자신을 포함한―이전의 여자들보다 훨씬 더 많이 분노하고 많은 원한을 느끼게 되기를, 자기 자신의 뼛속 깊이 새겨진 고통과 모멸감의 정체를 깨닫게 되기를, 더 이상 그것을 참지 못하게 되기를 바랐다. 그녀는 새로운 여자의 얼굴이 너무 보고 싶어서, 그 마음을 절대로 참을 수 없어서 결국은 커튼을 조금, 아주 조금만 걷어보았다.

단영

임솔아

임 솔 아

2013년 중앙신인문학상 시부문을, 2015년
문학동네 대학소설상을 수상하며 작품활동
을 시작했다. 소설집 《눈과 사람과 눈사람》,
장편소설 《최선의 삶》, 시집 《괴괴한 날씨와
착한 사람들》 《겟패킹》이 있다. 신동엽문학
상을 수상했다.

조는 밥솥을 열었다. 입김을 불었다. 주걱으로 완두콩을 조심스레 뒤섞었다. 완두콩이 빼곡하게 모인 부분을 우선 밥그릇에 담았다. 완두콩이 드문드문 박힌 부분은 두 개의 밥그릇에 나눠 담았다. 나머지에는 쌀밥을 담았다. 주는 오른손으로 두부를 부쳤다. 왼손으로 비지찌개를 휘저었다. 쟁반 위에 반찬들을 차례차례 올렸다. 아란이 부엌으로 들어왔다. 두 팔을 크게 뻗어 쟁반을 들었다.

"얘는 왼쪽으로 가."

조가 완두콩이 빼곡한 밥그릇을 가리켰다. 왼쪽 상에는 효정이 혼자 앉았다. 그 옆에 아란과 단영이 마주앉았다. 마지막 상에는 조와 주가 있었다. 밥알을 씹어가며, 단영은 쉴 새 없이 재잘거렸다. 대훈이가 자기 연필을 부러뜨렸다거나. 여기는 여자들만 있어서 자기를 괴롭히는 사람이 없어 안심이 된다거나. 아이들과 다 같이 떠들었는데 자기만 담임에게 혼났다거나. 청하가 솔로 앨범을 냈다거나. 아무도 반응하지 않았다. 단영은 더 필사적으로 종알거렸다. 한 손으로 소매를 잡아가며 두부를 자르던 효정이 젓가락을 내려놓았다.

"단영아."

효정은 단영에게 웃음을 지어 보였다. 단영은 조용해졌다. 밥상을 물렸다. 단영은 등교 준비를 하러 나갔다. 효정은 아란에게, 오랜만에 피아노 소리 좀 들어보자고 했다. 아란은 피아노 뚜껑을 열어 건반에 손끝을 올렸다. 처음 이 피아노를 쳤던 건 칠 년 전이었다. 그때 아란은 열일곱이었다.

"제가 피아노 치는데 그 자식이 실실 쪼개잖아요."

효정이 이곳에 온 이유를 묻자 아란은 대뜸 이 말부터 했다. 폭행이 처음은 아니었다. 대안학교도 종류별로 다녔다. 아란은 굳이 문제아를 연기할 필요가 없다는 걸 이곳에 온 지 얼마 되지 않아 파악했다. 화난 것을 보여주기 위해 눈썹을 찡그릴 필요가 없었다. 바닥에다 찍 소리를 내며 침을 뱉을 이유도 없었다. 그런 것을 보여줄 사람이 없기 때문이었다. 서열다툼을 할 또래도 없었다. 훈계하는 교사도 없었다. 화장을 해야 할 이유도, 매칭을 세련되게 하기 위해 거울 앞에 서서 옷차림을 살펴볼 필요도 없었다. 아란은 머리카락을 질끈 묶고 다녔다. 효정이 건네준 밴딩바지

두 벌을 바꿔가며 입었다. 이곳 사람들은 대체로 아란을 예뻐했다. 어리다는 이유만으로 아란은 사랑받았다. 방에서 나와 얼굴을 비추기만 해도 사람들로부터 간식거리를 듬뿍 얻었다. 피아노만 쳤다 하면 모두들 모여들어 박수갈채를 보냈다. 예술고등학교에 입학한 이후로는 칭찬이란 것을 받아본 적 없는 피아노 실력이었다.

효정이 주머니에서 천 원짜리 다섯 장을 꺼내 아란에게 건넸다.
"차 마셔야지."
아란은 부엌에서 쟁반을 챙겨 자판기로 향했다. 밀크커피 두 잔은 주와 조의 것이었고, 율무차 세 잔은 효정과 아란, 그리고 단영의 것이었다.
"같이 걸을까?"
종이컵을 든 채 효정과 아란은 걸었다.
"아무것도 없는 곳에 나를 혼자 보내셨지."
효정은 그 시절을 간명하게 요약했다. 눈을 반쯤 내리깐 채 미소를 지었다. 효정의 얼굴에는 암담했던 한 시절을 회상하는 표정이 잠시 머물렀다 거둬졌다. 이내 성공을 거머쥔 특유의 자부심으로 환해졌다.
종단에서 하은사에 약속한 건 초기 공사 비용뿐이었다. 그 비용으로는 대웅전도 완공할 수 없었다. 신도가 필요했다. 공사장 같은 사찰을 찾아오는 사람은 당연히 없었다. 처음 효정은 기도 하는 법밖에 몰랐다. 공사가 중단되고 인부들이 떠난 뒤에도 기도만 했다. 그렇게 이 년이 지났을 때, 효정의 은사 스님이 서울의 신도들을 이끌고 하은사를 방문하겠다는 연락을 해왔다. 효정은 그들을 위해 안동에서 삼베 침구를 주문했다. 근근한 생활비와 운영비를 접대비로 모두 썼다. 방문자들의 이름을 미리 적어 연등 아래에 하나하나 매달아두었다. 면접을 앞둔 취업 준비생처럼 설교도 철저히 준비했다. 암기하고 암기했다. 그러나 방문자들을 감동시켰던 건 질경이 장아찌였다. 식사를 하던 신도 한 명이 이 음식이 무엇이냐고 물었다. 효정은 질경이라고 답했다. 미안한 마음에 약간의 의미를 보탰다. 삼베 침구도, 효정의 설교도, 자신들의 이름이 적혀 있던 연등도 신도들의 눈에 들지 못했다. 그 대신 집으로 돌아갈 때에 손에 들린 질경이 장아찌 한 병에서 그들은 부처님의 은덕을 느꼈다.

"그때 잭팟이 터졌지."

효정은 아란에게 진담을 말했다. 농담처럼 들렸다. 귀한 손님에게는 산초 장아찌를 대접해야 했지만, 그때 제철이 아니었다. 8월 중순의 열흘 정도 기간에, 열매가 갓 맺혔을 때에만 톡톡 터지는 식감의 산초를 구할 수 있었다. 어렵게 구해 장아찌를 담가도, 최소 삼 개월은 익혀야 맛이 들고 일 년 정도는 묵혀야 제맛을 냈다. 질경이는 어디에서나 뜯을 수 있었다. 밟아도 죽지 않는데다, 굳이 뜯어 음식으로 먹는 사람도 드물었다. 한 달이면 충분히 숙성됐다. 효정에게 질경이는 차선책이었다. 다른 사찰들이 귀한 손님에게 관례처럼 내어주는 산초 장아찌가 이 신도들에게는 오히려 당연한 음식이었다.

효정은 질경이 장아찌를 대량 생산하기로 했다. 인력센터에서 사람들을 사왔다. 한밤중에 일을 진행했다. 하은사의 밤하늘은 간장 냄새로 뒤덮였다. 곳간에 수천 개의 유리병이 차곡차곡 쟁여져갔다. 효정은 질경이 장아찌를 판매용으로 사용하지 않았다. 거액의 불사를 하는 신도에게만 질경이 장아찌를 선물했다. 신도들은 비구니가 만든 사찰 음식을 자신의 집 냉장고에서 두고두고 꺼내 먹기 위해 절을 찾아오는 것처럼 보였다. 비구니에게 기도나 설교는 바라지 않았다. 영험한 말씀을 원했다면 비구를 찾았을 거였다. 이 점을 효정은 정확하게 파악했다.

다른 유명 사찰이 유튜브에 법회 영상을 올리거나 홈페이지로 온라인 예불을 모시며 시대를 앞서가는 걸 표방할 때에, 하은사는 은둔하는 사찰을 추구했다. 그게 경쟁력이 있다고 효정이 믿었던 건 아니었다. 하은사의 인력으로 온라인 사업은 엄두를 낼 수 없었다. 물건이 좋으면 팔린다. 효정의 소신이었다. 좋은 물건은 좋은 의미를 부여해야 한다. 사찰 안에서 저절로 자라나는 잡초에 영험함을 부여하는 것이 효정의 전략이었다. 스피커에서 흘러나오는 예불 소리를 듣고 자란 식재료라 영적인 효험을 보장한다고 신도들에게 자주 말했다.

수익사업은 나날이 확장세였다. 기복 없이 번창했다. 주요 사업은 입시 발원문이었다. 하은사의 발원문은 특화되어 있었다.

어머니의 마음을 이어받아 기도를 올린다고 광고했다. 자신의 아이만을 위한 기도는 효험이 없고, 모든 자녀들을 위하여 대의적 기도를 함께 올려야 부처의 마음이 움직인다는 점을 강조했다. 자기 자식의 합격 발원문만 올리는 데에는 비용이 많이 들지 않았지만, 효험이 더 좋은, 모든 아이를 위한 대의적 발원문은 비용이 셌다. 효정과 통성명을 하며 지내는 대부분의 신도는 당연히 대의적 발원문을 내고 거액을 불사했다. 수능 100일 전부터는 줄을 서야지만 발원문을 받을 수 있었다.

효정에게는 재정문제보다 해결하기 더 어려운 문제가 있었다. 효정의 뒤를 이어 하은사를 맡아줄 후계자가 없었다. 노인 부양 문제가 불교계에서도 중요한 이슈가 된 지 오래였다. 고아인 단영을 키우고 있었으나, 단영은 어려서부터 무엇이든 해보고 싶어 하는 아이였다. 티브이를 보면 코미디언이 되고 싶다고 했고, 태권도를 보면 태권도를 배우고 싶다고 했다. 꿈이 많은 단영의 모습을 효정은 석연치 않게 지켜봤다. 동자를 더 구해야 한다는 생각을 효정은 한켠에 늘 품고 있었다. 아이들이 필요했다. 같이 살아보며 싹이 보이는 아이 한 명을 골라야 했다. 많은 아이들을 손쉽게 거둬들일 사업이 필요했다. 어떻게 해야 투자에 대한 손실 없이 아이들을 데려올 수 있는가가 효정에겐 고민이었다.

"얼마나 많은 돈을 벌어야 그 많은 아이를 다 구할 수 있나."

효정은 신도들 앞에서 자주 이 말을 했다. 구원에 대한 원대한 포부가 담긴 것 같은 말투를 일부러 사용했다. 효정은 예불 시간에 신도들에게 말했다.

"하은사는 대안학교가 될 겁니다."

신도들이 박수를 쳤다. 효정이 무슨 말을 하든 신도들은 박수를 쳤다.

"지원 보살님은 오늘부터 음악 교사이십니다."

효정은 신도 한 명 한 명을 즉석에서 교사로 임명했다. 대안학교의 커리큘럼도 즉흥적으로 만들어졌다. 효정은 신도들을 교사로 등록시켰다. 명상센터의 VIP룸을 리모델링했다. 거실과 욕실과 침실이 잘 구비된 1인 기숙사가 완성되었다. 공익사업을 하는 비영리단체로서 대안학교 승인절차를 쉽게 통과했다. 시내에 있는 가장 큰 서점에서 인문학과 불교 분야의 청소년 도서를 모조리 구입했다. 거실 한 면에 짜 맞춘 목재 책꽂이를 한 번에 채웠다.

한 달에 한 명씩, 일 년 동안 열두 명의 십대 여성이 하은사에 머물렀다. 하은사가 삼백억 규모의 자산을 가진 절이라는 것과 비구니가 되기로 한다면 이 모든 것을 물려받을 수 있다는 것을, 이곳에 입주해 지내다 보면 누구나 금세 알 수 있었다.

효정은 아란에게 행자생활을 권했다. 아란은 자신의 단발머리가 모두 사라진 두상에 대해 상상했다. 승복을 입는 것도 머리를 깎는 것도 나중의 일이었다. 지금은 달라질 게 사실상 없다고 효정은 말했다.

"주민등록증만 주면 돼."

나머지 절차는 효정이 밟겠다 했다. 아란에게 지내왔던 대로 지내기만 하면 된다고 했다. 아란이 지갑 속의 주민등록증을 효정에게 건네기만 한다면. 육 개월의 행자생활을 마치고 수미계를 받고 정식 후계자가 된다면. 효정의 설명대로라면. 아란에게 그리 어려운 과정은 아니었다.

"며칠 생각해볼래?"

아란은 고개를 끄덕였다.

스피커를 통해 염불 소리가 퍼져나갔다. 신도들이 차례차례 법당으로 들어갔다. 11시 예불이 시작되었다. 아란은 수련원 옆길로 빠져나갔다. 주차장 옆으로 늘어선 음식점과 기념품 가게를 지나 등산로로 방향을 틀었다. 삼나무 숲이 나타났다. 숲 한가운데에서 끊긴 길과 만났다. 산을 타고 올라갔다. 너무 오래 걷는 것 같다는 느낌이 들 즈음 바위가 나타났다. 자세히 보지 않는다면 불상이라는 걸 알아챌 수 없었다. 불상의 머리는 반쯤 깨져 있었다. 이목구비도 없었다. 손가락 윤곽이 사라진 불상의 손바닥 위에 크래커 부스러기가 떨어져 있었다. 단영이 크래커를 올려놓으러 어제쯤 이곳에 혼자 왔을 것이다.

"불상이야. 내가 찾아냈어."

단영은 법당에는 발을 들여놓지 않았다. 신도에게 받는 예쁨이 싫다고 했다. 신도들이 쥐여주는 떡과 과자가 싫다고 했다. 스님이 되라는 말도, 스님은 되지 말라는 충고도 싫다고 했다. 칠 년 전에 두유병을 손에 들고 다니던 다섯 살 단영은 이제 열두 살이 되어 하은사의 거의 모든 것을 싫어하게 되었다. 단영은 아이돌 노래를 찾아 들었다. 그들의 영향을 흡수하며 영 앤 리치가 꿈이라고 말했다. 방과후에는 롯데리아에서 햄버거를 사 먹었다. 여분의 햄버거를 포장해서 책가방에 숨긴 채로 절에 돌아왔다. 효정에게 햄버거가 발각되었을 때, 자신은 출가를 하지 않을 것이니 햄버거를 먹어도 된다고 단영은 대들었다. 이것은 명백한 아동학대라고 덧붙였다.

"무슨 절이 이래요? 스님은 스님이에요? 사업가예요? 여긴 전부 다 가짜 아니에요?"

단영은 참아왔던 말을 효정에게 쏟아냈다.

"너 같은 중생에게 내가 가짜로 보여도 나는 상관이 없다."

장래희망이 승려라고 외쳐오던 단영은 햄버거를 위하여 서슴없이 꿈을 버렸다. 아무도 모르는 이 불상에, 아무도 몰래 찾아와서 크래커를 두고 가는 것은 단영에겐 이 절에서 누리는 유일한 즐거움이었다. 늘 크래커는 사라졌다. 다람쥐일 거라고 단영은 아란에게 말했다.

"다람쥐가 이 손바닥에 앉아서 크래커 먹겠지? 너무 귀여워!"

단영은 이 정체불명의 불상에는 흥미가 없었다. 불상의 손바닥에 올라앉을, 한 번도 만난 적 없는 다람쥐와 크래커로 우정을 쌓고 있었다. 다른 종단에서 만든 불상에 공양물을 바치는 건 용납

되지 않았다. 사이비 행위였다. 단영이 아란을 믿어서 이런 비밀을 누설하는 것은 아니었다. 단영이 믿는 것은 아란의 묵언수행이었다. 아란은 침묵하며 지냈으므로 당연히 비밀 또한 누설할 리 없었다.

아란의 눈앞에 숲이 펼쳐졌다. 눈을 가늘게 떴다. 이 시간에 숲을 바라보는 것이 아란의 유일하게 소중한 비밀이었다. 나뭇잎에 초점을 맞추었다. 바람이 지날 때마다 한 장 나뭇잎은 미세하게 흔들렸다. 나뭇잎의 앞면과 뒷면의 색감 차이가 나뭇잎을 반짝이게 했다. 이 반짝거림을 좇다 보면, 바람의 동선을 읽을 수 있었다. 바람과 함께 눈동자로 숲을 타고 다녔다. 밤나무는 유난히 반짝였다. 밤나무를 알아보는 방법을 알려준 건 능원이었다.

"기다려. 바람이 불 때만 알아볼 수 있어."

능원은 아란이 하은사에 돌아온 며칠 후에 이곳에 왔다.

그날 아란은 양말 두 겹을 겹쳐 신었다. 새벽은 사계절 내내 겨울이었다. 법당은 유독 서늘해서, 무릎을 꿇고 있어도 발이 저리지 않았다. 무감각해지기 때문이었다. 그래서 동상에 걸리지 않는 것이 중요했다. 점퍼까지 껴입으면 종송이 시작되었다. 차갑게 내려앉은 공기를 아란은 가로질렀다. 종이 울릴 때마다 숫자를 셌다. 열다섯 번에서 스무 번 사이에 대웅전에 도착할 수 있었다. 촛불만 밝힌 대웅전은 어두웠다. 촛불이 흔들릴 때마다 불상의 얼굴에 맺힌 그림자가 휘청였다. 무릎을 꿇고 있는 능원의 옆

모습을 아란은 보았다. 능원은 새벽 예불 시간에만 법당에 나타났다. 사람들과 식사를 하지도, 제사나 저녁 예불에 참여하지도 않았다. 묵언수행을 하고 있는 것도, 참회기도를 하고 있는 것도 아니었다. 능원이 방에서 혼자 무엇을 하는지는 아무도 알 수 없었다. 누군가는 종일 핸드폰으로 웹툰을 볼 게 뻔하다고 했다. 누군가는 종일 잠만 잘 거라고 했다. 조와 주도 공짜로 먹고 논다며 능원을 흘겨보았다. 능원의 눈은 반쯤 감겨 있었다. 입꼬리는 무심하게 늘어져 있었다. 능원은 지루하고 심드렁해 보였다. 예불을 모시기 위해서가 아니라 능원을 훔쳐보기 위해 아란은 새벽에 일어났다.

효정은 능원에게 웰컴센터를 맡겼다. 신규 신도를 등록하고, 홍보 메일을 발송하는 업무를 맡겼다. 밤이면 능원은 베개를 끌어안고 아란의 방을 찾아오기 시작했다. 혼자 자는 것이 어렵다고 했다. 능원과 아란은 나란히 베개를 베고 누워 이야기를 나누다 잠들었다. 어쩌다 여기에 오게 되었는지에서부터 시작된 내밀한 대화는 온갖 상처들을 전시회처럼 방 안에 펼쳐놓는 대장정으로 이어졌다. 아무에게도 말한 적 없는 이야기까지 모두 꺼내어 공유했다. 누구나 백 번쯤 들어봤을 법한 호랑이 생일잔치 유머를 아란이 꺼내자, 능원은 배를 잡고 한참을 웃었다. 아란의 방에서는 밤마다 입을 틀어막고 키득대는 두 사람의 웃음소리가 새어 나왔다.

아란과 능원은 똑같은 염주를 찼다. 낮에도 밤에도 쌍둥이처럼 붙어 있었다. 아란은 웰컴센터에서 능원의 업무를 돕기 시작했다. 능원이 도량을 돌며 야생화 사진을 찍어 오면, 아란이 그것을 포토샵으로 옮겨 포스터를 제작했다. 가을이 되면 같이 밤을 줍기로 약속했지만, 능원은 어느 날 사라졌다. 작별 인사는 없었다. 능원의 연락처조차 모른다는 사실을 아란은 그때야 알았다. 그의 본명도 알지 못했다. 능원은 중학생 때 감자칩 한 박스를 훔친 적이 있었다. 그게 능원의 가장 행복한 기억이었다. 능원이 키우던 개가 자신이 낳은 강아지를 잡아먹은 적이 있었다. 토란국을 좋아했다. 드림캐처를 좋아했다. 유난히 작은 자신의 외꺼풀 눈동자를 좋아했다. 칸나꽃을 싫어했다. 청설모를 무서워했다. 능원에 대해 아란은 알고 있는 것이 많았다. 그냥 그게 다였다.

능원이 떠나자 아란은 말을 하지 않기로 했다. 자신이 느끼고 있는 상실감을 극명하게 드러내려면 이 방법밖에 없다고 느꼈다. 누군가 보다 못해 아란에게 능원에 대한 정보를 알려주게 되기를 기다려보기로 했다. 사람들은 아란이 묵언수행을 시작했다고 믿었다. 아란은 자신이 효정처럼 언제나 미소를 짓고 있다는 걸 나중에야 알았다. 누가 어떤 말을 하든 아란은 부드럽게 웃어 보였다. 누구도 능원에 대한 회고는 하지 않았다. 능원은 원래부터 없었던 사람 같았다.

효정이 사랑채를 향해 걸어갔다. 아란과 신도가 효정을 뒤따랐다. 사랑채의 다도실에 효정이 들어섰다. 신도는 벽면 가득 장식된 찻잔들을 보자 감탄했다. 찻잔의 문양과 재질이 모두 달랐다. 같은 찻잔은 하나도 없었다. 신도는 찻잔 하나를 꺼내 손바닥에 올려보았다. 조심스럽게 찻잔을 구경했다.

"마음에 드십니까."

효정이 신도에게 물었다. 신도는 고개를 끄덕였다.

"어떤 건 천 원짜리입니다. 어떤 건 천만 원짜리죠."

효정은 부드럽게 미소를 지었다.

"직접 골라보세요. 드릴게요."

효정이 턱을 들어올렸다. 아란도 미소를 지어 보였다. 신도는 화려한 무늬의 찻잔을 들었다가, 민무늬 찻잔을 들었다가, 찻잔의 바닥을 살펴보았다. 마침내 하나를 들고 효정 앞에 섰다. 자신이 고른 찻잔의 가격을 물었다. 효정은 웃었다. 팔을 뻗어 방석을 가리켰다.

"앉으세요."

효정과 신도가 마주앉았다. 아란은 청홍보 앞쪽에 자리를 잡았다. 차를 만들기 시작했다. 차가 완성되면 아란은 신도가 고른 찻잔에 차를 따를 것이다. 신도는 찻잔에 입술을 가져다 댈 것이다. 그러고 나면 효정과 신도의 대화가 시작될 것이다. 일주일에 한 번씩 효정은 이 일을 반복했다. 아란이 침묵한 다음부터 이 일에 아란을 동참시켰다. 차를 만드는 것이 아란에게 맡겨진 울력이었다. 다도실에서는 입이 없는 일손이 필요했다.

두 손으로 찻잔을 들었다. 차를 마시며 아란은 신도와 효정의 대화를 들었다. 칠 년 전에 하은사를 떠나던 날이 떠올랐다. 교육 기간이 끝난 것을 그때의 아란은 아쉬워했다. 그날 효정은 아란을 끌어안았다. 언제든 이곳을 다시 찾아오라 말했다. 기다리겠다는 말을 덧붙였다.

"다녀왔습니다."

단영은 주차장에서부터 소리를 지르며 뛰어왔다. 단영의 버릇이었다. 자신의 하교를 모두가 알아야만 한다는 듯한 외침으로 단영은 하은사의 단조로움을 단박에 깨트렸다. 조와 주가 끙 소리를 내며 일어났다.

"벌써 와버렸네."

단영의 귀가는 조와 주에게 알람이었다. 휴식은 끝났다. 공양 준비를 시작할 시간이었다. 조와 주는 밥을 짓고, 설거지를 했다. 해우소를 청소하고, 빨래를 했다. 그런 후 잠깐의 오수 시간을 즐겼다. 두 개의 시곗바늘처럼 머리를 맞대고 곤히 낮잠을 잤다.

신도들은 반찬이 좋을 때는 조와 주를 공양주 보살이라 불렀고, 시원찮을 때에는 조선족이라 불렀다. 조와 주는 서로에게 꼬박꼬박 '보살님'이란 호칭을 썼다. 조와 주는 저녁 설거지를 마치면 샤워를 하고 파스를 붙이고 드라마를 보았다. 그리고 곧장 깊은 잠에 들었다.

단영은 요사채에 책가방을 던져두고 도량으로 뛰어나왔다. 하은사에서는 일출도 노을도 목격이 불가능했다. 사방이 산으로 둘러싸인 탓이었다. 자궁터라고 했다. 어머니의 자궁이 그렇듯이 이런 자리에는 평화가 깃든다는 점 때문에 신도들은 하은사를 더 더욱 숭배했다. 일출과 노을을 볼 수 없으니 감정의 기복이 생기지 않아 수행자에겐 더욱 좋은 장소라고 했다.

이 시간이면 단영은 아란을 불러내 도량을 산책했다. 단영은 쉬지 않고 말을 했다. 춤도 췄다. 걸그룹 댄스를 배워 왔는데 봐달라거나. 다람쥐 아파트를 발견했다거나. 곳간에 캔커피가 몇 박스씩 쌓여 있길래 먹어봤더니 유통기한이 지나 있었다거나. 산에서 찬 기운이 내려올 즈음이면 단영은 소매로 코를 닦았다. 코를 훌쩍거리고 몸을 떨면서도 단영은 밖에 있고 싶어 했다. 범종각 난간에 올라앉아 단영은 다리를 흔들었다.

"언니, 쥐 눈 본 적 있어?"

단영의 이야기에 답하지 않아도 단영은 아란이 자신의 이야기를 듣는다 믿었다. 단영은 요사채 천장에 쥐 가족이 산다고 말했다. 밤마다 레이스를 한다고. 낮에는 쥐 죽은 듯 살다가 밤만 되면 뛰어다닌다고. 엊그제 새벽에는 쥐가 천장에서 떨어졌다고 했다. 효정 스님 방으로 떨어져버렸다고. 스님의 비명소리에 조와 주가 잠옷 바람으로 쥐를 잡겠다고 뛰어다녔다고 했다. 조와 주가 쥐처럼 뛰어다녔다고, 단영이 흉내를 냈다. 어제는 조와 주가 천장에다 쥐 끈끈이를 설치했고, 단영이 아침에 일어나 책상을 밟고 올라가 천장을 들여다보았다고 했다.

"쥐들이 끈끈이에 붙어 있었어. 쥐 눈이 엄청 예쁘다. 새까매.

까만 게 엄청 까마면 빛이 난다? 빛이 나는데 울고 있었어."

단영은 주변을 둘러보았다. 귓속말을 하겠다는 단영의 신호였다. 아란은 허리를 굽혀 키를 낮춰주었다. 단영이 아란의 어깨에 손을 얹고 말했다.

"효정 스님이 쥐들을 산 채로 묻었어."

단영이 이제 햄버거에 대해 아란에게 이야기하게 된다는 걸 아란은 알고 있었다.

"내가 햄버거 먹었다고 호통칠 때는 언제고."

단영은 또 코를 닦았다.

"효정 스님이 너를 키워줄 신도를 찾고 있어."

아란이 단영에게 말했다. 단영은 눈을 동그랗게 떴다.

"데려가면 아파트를 준댔어. 너 여기서 쫓겨날 거야."

단영은 아란을 올려다봤다.

"나한테 그거 말해주려고 지금 묵언수행 깬 거야?"

단영은 기쁜 표정이었다.

효정은 신도에게 일 년을 제안했다. 일 년만 키워보고 어떤 방식으로든 결정을 내리면 된다고 했다. 일 년이 지난 후에 단영과 함께 살 수 없다는 판단이 선다면 어떻게 되는 것인지 신도는 물었다. 다른 신도님들이 계시지 않느냐고 효정은 준비된 대답을 했다.

"나중에 말이야."

아란이 단영에게 말했다.

"갈 곳이 없어지면. 나를 찾아와."

아란의 얼굴을 바라보며 단영은 서 있었다. 목어를 치는 소리
가 들렸다. 아란과 단영은 목어 소리를 향해 걸었다. 요사채에 거
의 도착했을 때, 단영이 아란의 소매를 잡아당겼다.

"응."

단영이 아란에게 답을 했다. 아란은 이제 가야 할 곳이 생겼다.
단영이 찾아올 수 있는 곳에 있으려면 우선 여기를 떠나는 게 마
땅했다. 이사를 다니지 않으면서, 한 곳에서 잘 살고 있어야 했다.
그날 저녁은 공양 시간에 단영이 재잘대지 않았다.

굵은 비질 소리가 장지문 바깥에서 들려왔다. 아란은 귀를 기
울였다. 비질 소리 사이로 희미한 도량석 소리가 들렸다. 효정이
목탁을 치며 걷고 있었다. 아란은 대웅전을 빠져나왔다. 비질 소
리가 나는 쪽으로 걸어갔다. 범종 소리가 들려왔다. 효정은 하은
사의 입구에 놓인 범종 앞에 서 있었다. 서른세 번을 다 치기 전에
아란은 작별 인사를 해야만 했다. 사방이 산으로 막혀 있어 종소
리는 도량 안에서 오래 머물며 울려퍼졌다. 조와 주가 요사채 외
벽에 싸리비를 나란히 세워두던 참이었다.

"공양주 보살님."

아란이 조와 주를 불렀다. 어둠 속에서 조와 주는 아란을 돌아
보았다.

"저 가요."

밝은 어둠 속에서 조와 주의 눈동자는 어두워졌다. 어두웠으므로 더 빛이 났다. 조가 코를 찡긋거렸다. 눈을 감더니 입을 벌렸다. 재채기가 터져나왔다. 손등으로 조가 코를 닦아냈다.

"단영이 고것이 옮겼네."

주가 조와 아란을 번갈아 쳐다보았다. 그리고 아란에게 말했다.

"감기 조심해."

범종 소리가 끝났다. 효정은 저만치에서 뒷짐을 진 채 서 있었다. 봉오리를 오므린 꽃들이 스프링클러의 물줄기 속에서 해갈을 하고 있었다. 총 오천 평 부지 곳곳에 스프링클러가 일제히 야생화를 적시고 있었다. 아란 역시 작별 인사 없이 사라진 여자로 기억될 것이다.

"이 꽃을 다 심는 데에 십 년이 걸렸다."

색이 화려하고 세간에서는 보기 힘든 꽃을 효정은 골라 심었다. 극단적으로 소박해 보이는 꽃과 극단적으로 화려해 보이는 꽃을 번갈아 심었다. 효정은 소박해서 아름다운 하은사를 화려해서 눈이 부신 절로 변모시키기로 마음먹었다. 소나무에는 빨간 연등을 주렁주렁 달았다. 위엄 있고 중후한 건축 양식은 피했다. 곡선이 많이 들어간 설계를 택했다. 산신각은 너와지붕을 얹어 동화에 나올 법한 오두막을 연상시켰다. 영산전에 모시는 나한들은 볼이 통통하고 귀여운 인상을 선택했다. 확장공사 이후 하은사는 명성을 더 얻어갔다. 곳곳에 아기자기한 핸드메이드 소품들을 배치했다. 비신도들이 무리 지어 찾아와 그 소품 앞에 서서 사진을 찍었다. 한국에서 아름다운 절로 소문이 나기 시작했다. 무향의 차 대신 색깔별로 말린 꽃차를 카페에서 판매했다. 발우공양 대신 꽃밥을 대접했다. 기도가 이상적으로 이루어질 것이라는 판타지를 심어주기 위해 그에 걸맞는 판타지를 시각적으로 구현해나갔다.

효정이 하은사에 온 이후로 처음 얻은 깨달음은 불경 어디에도 적혀 있지 않은 것이었다. 출가를 한 승려는 무성의 존재로 살아가야 한다는 규율은 누구나 다 아는 전제조건이지만, 비구니는 결코 무성으로는 살아남을 수 없다는 것. 신도들은 이상적인 여성성을 하은사에서 만끽하고 싶어 했다. 효정은 그들의 욕망에 부합하는 것이 쉬웠다. 어떤 감정 속에 놓여 있든 부드러운 미소를 지을 수 있게 되었을 때, 하은사는 유명한 비구니 사찰이 되었다. 효정은 은사 스님으로부터 주지 직책을 받았다. 두 명의 제자가 더 있었지만 은사 스님은 세 번째 서열인 효정을 주지로 택했다. 비구니에게 가장 필요한 것은 온화한 미소였다는 사실을 가장 잘 이해한 효정의 승리였다.

다른 관광객처럼 꽃에 대한 소문을 듣고 아란도 하은사의 대안학교를 기대했다. 블로거들이 여행사진으로 올려둔 하은사는 꿈에서나 볼 법한 모습이었다. 처음 아란은 이곳에서 언제나 놀라워하며 꽃밭 주변을 걸었다. 멍하니 꽃만 보았다. 꽃을 좋아해본 적은 없으나 꽃을 좋아하는 사람의 마음은 이해할 수 있게 되었다.

"이제 다들 가셔요."

효정이 두 팔을 휘저으며 비신도와 신도들을 내보냈다. 효정은 아란 옆에 자주 와서 앉아 있었다. 아란이 바라보는 꽃밭을 효정도 내려다봤다.

"꽃이 너무 아름다워요."

열일곱 아란이 효정에게 처음으로 한 말이었다. 효정은 두 손으로 아란의 손을 붙잡았다. 효정의 손톱 밑에 오래 묵은 흙때가 끼어 있었다. 효정의 손은 거칠었지만 따뜻했다. 효정은 부드럽게 미소를 지었다. 신도들은 효정의 미소가 차를 닮았다고 했다. "만약 당신이 춥다면 차는 당신을 덥혀줄 것이고 만약 당신이 덥다면 차는 당신을 식혀줄 것이고 만약 당신이 우울하다면 차는 당신을 위로해줄 것이고 만약 당신이 지치고 피곤하다면 차는 당신을 진정시켜줄 것이다." 해우소 세면대 거울에 적혀 있던 문구였다. 누군가 한심하게 굴거나 누군가를 무시하고 싶거나 누군가에게 화가 날 때에도 효정은 한결같이 이 미소를 사용했다. 아란은 그때까지만 해도 효정의 미소를 미소로 읽었다.

아란은 하은사 앞 가게에서 맥주 한 캔을 샀다. 그리고 지장전 지붕에 올라갔다. 칠 년 전에 아란은 자주 지장전 지붕 위에서 밤 시간을 보냈다. 열일곱 살의 아란은 유난히 밝은 어둠과 유난히 어두운 어둠을 구분할 줄 알게 되었다. 그때 그 지붕 위에서 아란이 할 수 있는 놀이는 그것밖에 없었다. 아란은 어둠을 분류했다.

유난히 흔들리는 어둠. 유난히 시끄러운 어둠. 가장 짙고 지나치게 적막해서 오히려 마음이 다 개운해지는 어둠. 아란은 지장전 지붕에서 고양이처럼 웅크리고 앉았다. 열일곱 살에 그랬던 것처럼 한 손에는 캔맥주를, 다른 손에는 담배를 들었다.

많은 젊은 여성이 하은사를 거쳐갔다. 대안교육 명령을 받은 아란 같은 청소년들. 낙태를 하고 찾아온 십대. 신혼여행을 다녀오자마자 이혼을 한 여자. 십 년 동안 임용고시에서 떨어진 채 낙담한 여자. 퇴사를 하고 명상을 하겠다고 나타난 여자. 효정은 그들에게 방을 내주었다. 먹을 것과 입을 것을 제공했다. 삼천배를 올리고 철야기도를 한다는 조건이었다. 여자들은 산나물을 땄다. 밭을 갈았다. 야생화의 이름을 학습했다. 소원초를 만들고 노트에 불경을 필사했다. 뉘우치기 위해 명상했다. 뉘우칠 것이 없다는 사실도 뉘우치기 위해 명상했다. 그러다 밤이 오면, 여자들은 잠들지 못했다. 9시에 잠자리에 드는 생활은 쉽게 익숙해질 수 없었다. 어느 날부터 밤을 걸어다녔다. 방이 너무 좁아서. 산책을 하면 잠이 올까봐서. 하늘에 별이 너무 많아서. 가끔 고라니가 울었다. 누군가는 벤치에 앉아 밤새 울었다. 누군가는 조깅하듯 도랑을 뛰어다녔다. 누군가는 누군가에게 전화를 걸었다. 누군가는 누군가를 찾아 밖으로 나갔다. 누군가는 누군가를 찾아왔다.

효정은 모른 체했다. 부드럽게 웃으며 눈감아주었다. 여자들은 그 점을 못 견뎌했다. 왜 아무것도 묻지 않는지. 효정의 침묵을 야속해했다. 누군가는 한낮에도 벤치에 앉아 울었다. 누군가는 신도를 붙잡고 자살하고 싶다는 고백을 했다. 쉽게 소문으로 번졌다. 그런 여자들은 곧 하은사에서 사라졌다. 작별 인사는 없었다. 여자가 어디로 갔는지 아무도 궁금해하지 않았다. 여자의 증발을 모두가 안도했다. 이상한 여자, 거짓말 하던 여자, 헛소리하던 여자로 취급되었다. 결국 모든 젊은 여자가 차례차례 하은사를 떠났다. 능원은 가장 어린아이 같은 방법으로 베개를 끌어안고 아란의 방에 찾아오는 것으로 이런 밤을 버텼다.

꽃밭 한가운데에 효정이 서 있다. 효정이 화단을 성큼성큼 걸어다녔다. 한 발 한 발 조준하듯 꽃을 짓밟고 다녔다. 한 걸음마다 발을 비틀어 꽃밭을 으깼다. 효정은 밤마다 남몰래 저런 식으로 화단을 망쳐놓았다. 다음날 아침이면 인부들을 불렀다. 망가진 화단을 정리하고 새 꽃을 사들여 심었다. 3월에 피는 꽃은 3월에 다 시들었다. 4월에 피는 꽃은 4월에 다 시들었다. 5월도 마찬가지였다. 벚꽃처럼 아름답게 지는 꽃은 드물었다. 꽃대는 휘어지고 잎은 갈변했다. 어떤 꽃잎은 시든 채로 축 처져 매달려 있을 뿐 떨어지지도 않았다. 지저분하게 지는 꽃을 보기 위해 사람들이 하은사를 방문할 리 없었다. 그래서 효정은 밤마다 꽃을 짓밟고 다녔다.

삼각지붕 아래 여자

지 혜

지   혜

2018년 경향신문 신춘문예에 단편소설
〈볼트〉가 당선되어 작품활동을 시작했다.

아케이드 안의 상가들은 오래된 잠에 빠진 듯 모두 불이 꺼져 있었다. 옷가게와 잡화점들이 양쪽으로 들어서 있었지만 행인은 한 명도 보이지 않았다. 십여 미터쯤 걸어가자 돌연 둥근 모양의 천장이 끝나고 익숙한 풍경이 눈에 들어왔다. 칠영동(七靈洞). 일곱의 영험한 신이 살았다는 동네. 할 일을 마친 신들이 동네 곳곳에 자신들의 보물을 숨기고 떠나버렸다는 이야기를 칠영동에 사는 사람이라면 누구나 알고 있었다. 이를테면 버려진 동네에 대한 오래된 이야기들. 아무도 믿지 않지만 몸에 난 점처럼 떼어버리기엔 귀찮고 지니기엔 흉물스러운, 그런 이야기 말이다.

짧은 아케이드를 지나자 익숙한 풍경이 나타났다. 텅 빈 건물들 위로 칠영 슈퍼와 여인숙, 양장점과 피자집이 있던 풍경이 수면 위의 물결처럼 떠올랐다. 여인숙의 간판에는 'ㅕ'와 'ㄴ'을 제외한 나머지 글자가 보이지 않았고 주변의 많은 집들이 허물어졌거나 증축 중이었다. 나는 세 갈래로 나눠지는 골목 교차로에 서서 주변을 둘러봤다. 눈에 익은 것들과 아닌 것 사이에서 풍경은 빠르게 재구성됐다. 골목 저편에서 다가오는 중년 여자를 발견했을 때 나는 어릴 적으로 돌아간 것 같은 착각이 들었다. 여자는 빠르게 걸음을 옮기다가 돌연 고개를 돌리고 나를 쳐다봤다.

"너 매향이네 살던 애 아니니? 어쩐 일이야?"

칠영 아줌마였다. 칠영 아줌마는 칠영 라사(羅紗) 주인의 아내로, 내가 태어나기 전부터 동네에 살던 사람이었다. 아줌마는 나를 만난 게 무척이나 반가웠는지 이런저런 얘기를 꺼내기 시작했다.

"엄마는 잘 있니? 안 그래도 네 엄마한테 한번 연락하려고 했는데…… 나 만났다고 꼭 좀 전해줘. 불쌍한 것."

나는 예에, 하며 건성으로 넘기다가 순식간에 아줌마의 화제에 빠져들었다. 서로의 가족 안부—아저씨는 잘 계시죠?—에서부터 건강검진—너 요즘도 장이 안 좋니?—과 동네 근황—아주 재개발에들 미쳐가지고!—까지 순식간에 많은 얘기를 나눴다. 거의 이십여 년 만이었지만 아줌마와 나는 엊그제 만난 사람들처럼 자연스럽게 대화를 이어나갔다. 심지어 그 두서없는 이야기를 듣다 보니 그곳을 아주 잘 아는 사람처럼 느껴지기까지 했다. 그 이야기 속에 오랫동안 내가 있던 것처럼.

"참!"

갑자기 아줌마는 잊었던 무언가가 생각난 듯이 짧게 소리를 지르고는 아까 가던 길을 향해 고개를 돌렸다. 그러고는 우연히 만났을 때처럼 황급히 개천을 향해 걸음을 옮겼다. 순식간에 사라진 칠영 아줌마의 뒷모습을 보며 나는 어릴 적 살던 집으로 이사 왔다고, 매향 이모네 집에서 살게 되었다고 말할 타이밍을 놓치고 말았다.

칠영동 매향이네. 동네 사람들은 내가 살던 집을 그렇게 불렀다. 매향 이모는 젊은 시절을 일본에서 보내고 고향으로 돌아와 칠영동에 자리 잡은 반 교포였다. 그가 살던 안채 곳곳에 걸린 색색의 노렌들이 기억난다. 마루와 부엌을 구분 짓는 아치형 통로에는 바지처럼 가운데가 갈라진 짙은 남청색 천이 걸려 있었다. 거기에는 각각 左와 右라는 한자가 흰색 붓글씨로 큼지막하게 적혀 있었는데 그건 모두 매향 이모가 직접 쓴 것이었다. 거실 한쪽의 커다란 유리장 위에는 빨간색 기모노를 입은 여자아이 인형과 연녹색의 산요 카세트 플레이어가 놓여 있었고 희뿌연 먼지가 손가락에 묻어날 만큼 쌓여 있었다. 플레이어에서 흘러나오던 일본 노래들. 경쾌하지만 어딘가 슬프기도 한 아름다운 멜로디. 나는 아직도 그 노래들의 가사를 알지 못한다. 그럼에도 어떤 노래들은 가끔 나를 일제 카세트 플레이어가 놓인 마루로 데려간다.

항구가 가까운 칠영동에는 오래된 일본식 가옥과 상가가 많았다. 매향 이모는 귀향 후 낡은 적산가옥 한 채를 샀다. 매향 이모가 자리를 잡았을 즈음 칠영동은 아주 잘나가는 동네였을 것이다. 매향 이모는 오랜 시간을 들여 마당을 넓히고 바깥채를 만들어 세를 놨다. 그 집에 처음으로 들어온 사람이 바로 우리 엄마였다. 그때 엄마는 나를 임신한 채 혼자서 집을 구하러 다녔는데 매향 이모가 무슨 생각으로 엄마에게 집을 빌려주게 되었는지는 알 길이 없다.

엄마는 이사하고 반년 뒤 동네의 한 산부인과—지금은 사라진—에서 나를 낳았다. 태어나자마자 울음을 터트리지 않아 원장이 나를 거꾸로 들고 엉덩이를 때렸다는데 당연하게도 나는 전혀 기억나지 않는다. 울지 않는 아기. 그들은 날 그렇게 불렀을까? 울지 않던 아기와 남편도 없이 아기를 낳으러 온 젊은 여자. 나는 엄마와 그곳에서 초등학교에 입학하기 직전까지 살았다. 말하자면 나에게는 매향 이모네 집이 고향이자 본적인 셈이다.

매향 이모를 생각하면 떠오르는 장면이 하나 있다.

두꺼운 안경을 쓰고 한텐을 입은 매향 이모는 나이를 가늠하기 어려운 사람이었다. 정갈하게 쪽진 회색 머리에 자그마한 체구, 속을 알 수 없는 작고 까만 눈동자를 보고 있으면 집주인이 아니라 오래된 지박령을 마주한 것 같았다. 어느 날 매향 이모가 마당에서 놀고 있는 나를 불렀다. 매향 이모는 나에게 불쑥 삶은 계란 하나를 건넸다.

"오카네가 아루노?"

매향 이모는 종종 일본어로 말을 걸었다. 그 집의 누구도 매향 이모의 말을 알아듣지 못했지만 나는 그가 무슨 말을 하는지 알 수 있을 때가 있었다. 나는 살짝 토라진 마음을 숨기며 대답했다.

"안 먹을래요."

나는 수중에 돈이 없었고 있더라도 매향 이모에게 줄 돈은 없었다. 매향 이모가 살던 안채 곳곳에는 삶은 계란과 말린 대추, 곶감이나 약과가 든 바구니가 놓여 있었다. 걸을 때마다 바닥이 삐걱거리는 안채에서는 습기를 머금은 목재 냄새가 났고 썩기 직전의 달콤한 과일 향이 집 안에 가득했다. 매향 이모는 나중에 커서 갚으라며 손수 계란을 까 내 입에 넣어주었다. 계란은 크고 따뜻했다. 안채에 돌던 온기처럼 그때의 기억은 오랫동안 나에게 남아 있었는데 그게 호의가 아니라 사실 어린애를 상대로 일수를 친 걸지도 모른다는 생각이 들었을 즈음 매향 이모가 죽었다는 소식을 들었다. 칠영동이 아닌, 여수의 한 요양병원에서, 홀로.

이모에 대한 기억은 후에 짙은 남청색 기모노를 입은 여자가 등장하는 꿈으로 이어졌다. 꿈속의 여자는 매향 이모와 달리 큰 키에 차가운 인상이었지만 나는 그가 매향 이모라는 걸 알았다. 아마 그의 젊을 적 모습이거나 다른 차원의 매향 이모—나는 다른 차원이 있다고 믿는다—일 것이다. 여자는 오래된 집의 복도 구석에서 천장을 향해 손을 뻗었다. 그건 천장에 숨겨진 다락 계단을 꺼내는 행위였다. 그 집—안채—에 다락이 있었던가?

엄마와 내가 살던 바깥채—셋방—와 달리 안채는 1층 같기도 하고 2층 같기도 한 오묘한 외관이었는데, 여러 번의 개조와 증축을 거듭한 뒤 원래 모습의 삼분의 일 정도를 잃고, 마침내 나와 이모와 엄마가 살던 삼각지붕 집이 되었다. 내가 그 집에 살던 칠 년 동안 이모는 안채의 썩은 보를 들어내거나 망가진 회벽에 시 멘트를 바르는 등 잠시도 집을 가만히 두지 않았다.

당시 텔레비전에서는 '산소 같은 여자'라는 광고 카피가 유행 이었다. 짙은 화장에 반짝이는 드레스를 입고 화면 가득 클로즈 업된 이영애의 얼굴은 어딘가 비현실적인 구석이 있었다. 현실이 아닌, 이곳이 아닌. 끊임없이 집을 고치던 이모의 행위는 집을 넘 어서고자 하는 일종의 초월적인 행위가 아니었을까. 이모는 집을 고쳐서 무엇을 얻고자 했을까? 더 허물 데도, 고칠 데도 없이 망 가지기만 하던 삼각지붕 집을. 그 집은 대체 어떻게 이모를 견뎠 을까?

마당에는 철마다 다른 꽃과 나무를 심었는데 그걸 관리하던 사 람이 매향 이모 한 명뿐이었는지는 모르겠다. 그러는 와중에도 건물 윗부분에 세워진 중세식 박공—삼각—지붕은 누구의 방해 도 받지 않고 그 자리를 지켰다. 산소처럼, 바다처럼.

한번은 매향 이모네 대청에서 낮잠을 잔 적이 있다. 엄마가 일 을 나가면 나는 혼자 시간을 보냈다. 어린아이 혼자 집을 지키는 일을 대수롭지 않게 여기던 때였다. 그날 매향 이모도 없고 엄마 도 없는 집에서 나는 긴 단잠을 잤다. 꿈은 기억나지 않는다. 대청 마루와 마당 사이에는 일본식의 길고 좁은 복도가 있었다. 복도 한가운데 비스듬하게 누우면 마당의 조경과 네모난 하늘을 한꺼번에 볼 수 있었다. 복도는 마치 어둠을 위해 만들어진 것 같았다. 어떤 빛도 복도를 거치면 완벽하게 집 안으로 들어오지 못했다. 나는 그게 좋았다.

눈을 떴을 때 밖은 일몰 직전이었다. 건물 밖으로 삐져나온 지붕 끝으로 새빨간 구름이 퍼져나가고 있었다. 하늘을 가득 메운 붉고 푸른 구름들. 나는 순간 그 구름들을 오래 보고 싶다는 열망에 사로잡혔다. 지붕과 하늘과 네모난 건물이 잠에서 덜 깬 뜨거운 몸으로 한꺼번에 들어오는 것 같았다. 그 순간이 영원하기를, 눈앞의 아름다운 풍경을 눈에 담으며 설명하기 어려운, 무언가 갈망하는 마음을 최초로 경험했다. 경험. 그걸 겪은 뒤에는 다시 전으로 돌아갈 수 없는. 그때의 풍경은 집을 떠난 뒤에도 종종 떠올랐다. 만약 누군가—칠영신이라든가— 나를 원하는 시간으로 보내준다고 한다면 나는 망설이지 않고 그날 낮잠을 자던 대청으로 돌아갈 것이다.

*

매향 이모네 집으로 돌아간 후 나는 매일 골목을 산책했다. 골목의 형태는 예전과 달라진 게 없었지만 사라진 건물로 텅 빈 자리와 외관이 바뀐 집들 때문에 낯설어 보였다. 골목의 끝에서 끝까지 두어 바퀴를 돌고 삼거리에 도착하면 개천의 분주한 풍경이 눈에 들어왔다. 장 보러 가는 사람들. 개천 너머 떠나는 사람들.

그들을 뒤로 하고 골목으로 돌아오면 예전에는 보지 못한 새로운 길이 나타나곤 했다. 칠영 라사가 있던 삼거리, 순지네 목욕탕이 있던 골목 입구, 개천으로 향하는 뒷길이 모두 하나의 길로 이어졌다. 건물과 건물 사이의 좁은 틈을 지나 처음 보는 골목으로 들어서면 방금까지 산책한 삼거리의 입구가 도로 나왔다.

매향 이모의 집에도 바뀐 곳이 있었다. 골목을 향해 세워진 돌담을 허물고 그곳에 대문을 설치했다. 바깥채와 담장, 나무 대문을 없앤 자리에 녹색 철제 대문이 들어왔고 그건 볼품없이 녹슨 상태였다. 무엇보다 삼각 지붕이 있던 자리에 파란색 슬레이트가 올라간 모습을 보자 나는 배신감을 느꼈다. 어떻게 그 지붕을 없앨 생각을 했을까? 이름 모를 건축업자에 대한 분노가 생겼다. 삼각 지붕을 없애고 볼품없는 슬레이트를 올린 집에서 매향 이모는 홀로 무슨 생각을 했을까? 모두 매향 이모의 선택이었을까? 다행히 좁은 복도와 미닫이문, 마당에 깔린 판석은 예전 그대로였다. 대들보를 교체했던 천장에는 낡았지만 정갈한 느낌의 미색 벽지가 발라져 있었다. 층고는 어릴 적 기억보다 한참 낮았다. 직사각형의 목판이 타일처럼 깔린 거실 바닥에는 미세한 틈이 있었고 그곳으로 바닥의 어둠이—마치 우물처럼—보였다. 부엌 입구의 바닥을 밟으면 집 전체가 흔들린 것처럼 요란한 소리가 났다. 산책을 마치고 돌아와 벽지가 찢어진 거실 벽에 등을 대고 앉으면 단단한 벽돌의 질감이 그대로 느껴졌다. 집의 약점. 만약 이 집을 부수고 싶다면 거실 바닥이나 허물어진 벽 한쪽부터 시작하면 될 것이다. 오랜 병으로 조금씩 허물어져가는 육체처럼 집은 내가 없던 사이에 서서히 안쪽부터 썩기 시작했다.

나는 산책을 마치고 돌아와 한참동안 복도에 앉아 있곤 했다. 잠시 후 미닫이를 열면 안채에서 오랫동안 묵혀 있던 탁한 공기가 쏟아져나왔다. 나는 그 속에 숨은 썩은 나무와 과일 냄새를 맡기 위해 숨을 들이쉬었다. 희미한 지린내와 습기, 한동안 비어 있던 집의 고요함. 마침내 낡은 복도에 누워 하늘을 바라봤을 때 골목 어딘가에서 요란한 소리가 들려오기 시작했다. 굴착이었다.

*

어릴 적, 내가 읽고 쓰기를 떼고 색칠공부도 끝낸 뒤 《헨젤과 그레텔》을 다 읽고 나서도 할 일이 없을 때, 홀로 집 안에서 심심하다는 단어를 곱씹을 정도가 되었을 때 동네에 돌던 이상한 소문을 기억한다. 소문이 아니라 실체, 그러니까 한 여자에 대한 이야기이다. 깊은 밤, 한 여자가 동네를 돌아다니며 집집마다 문을 두드린다. 그리고 소리친다. 열어줘! 들여보내줘! 대체 어떤 여자가 잘 모르는 집의 문을 두드리며 열어달라고, 자신을 들여보내달라고 사정한다는 것인가? 소문은 맥락이 없을수록 쉽게 몸을 부풀리는 법이다. 아무도 여자의 기행의 이유를 몰랐고, 어린아이인 나에게 설명해주는 사람 역시 없었다.

그 여자에 대해 처음 들었을 때 겁에 질린 내 얼굴을 보며 엄마는 이렇게 말했다. "창아리 어신 년." 그건 엄마의 험한 말 컬렉션 중 중상에 속하는 표현이었는데, 그게 나에게 하는 말인지 그 여자에게 하는 말인지 알 수 없어 나는 혼란스러웠다. 그때 나는 창아리라는 단어의 뜻을 몰랐지만 그게 굉장히 중요하다는 걸 본능적으로 알 수 있었다. 입안에서 굴리기에는 어딘가 석연치 않은, 가시가 많은 민물고기를 먹을 때와 같은 찝찝함.

"걱정 마. 우리 집엔 안 와. 아니 못 와."

엄마가 어째서 그런 말을 했는지 모르겠지만, 그건 아마 경험에 의한 판단이었을 것이다. 나는 안심한 마음으로 엄마의 품에 파고들며 그 여자에 대해 나름의 결론을 내렸다. 그 여자는 못 와. 아니 안 와. 어쩌면 지금쯤 다른 동네에서 소문의 주인공이 되었을지도 모르지.

지금 생각하면 그 여자는 동네에서 일종의 엔터테인먼트에 가까웠다. 그게 오락거리가 아니면 뭘까. 무언가에 대해 다수가 동일하게 느끼는 공포는 동일하게 낄낄대는 것과 비슷한 소리를 낸다는 걸 나는 그 여자를 보며 알았다. 엄마는 그 여자에 대한 두려움과 흥분으로 밤마다 철저히 문단속을 했다. 당시 낡은 철제 미닫이 새시는 우리 집—방 한 칸과 부엌 겸 다용도실로 이루어진—의 유일한 출입구였고 몇 번의 합을 맞추고 나서야 맞물리는 잠금장치는 너무도 쉽게 열릴 것처럼 허술했다. 때때로 날이 어두워지면 불투명한 유리문 너머 사람인지 짐승인지 알 수 없는 형체가 어른거렸고 그때마다 엄마는 어서 자라고, 밤늦도록 자지 않는 아이를 데려가는 늙은 신들에 대해 얘기하곤 했다.

근데 엄마, 저건 매향 이모야. 맨날 저기 있잖아.

중얼거리는 일본어. 나지막한 목소리. 나는 그 말을 삼키며 엄마의 품에서 금세 잠에 빠졌다. 그럴 때면 칠영신의 모습을 한 낯선 존재들이 골목 앞을 서성거리는 꿈을 꿨다. 골목. 내가 어떻게 그 골목을 잊을 수 있을까? 슈퍼, 여인숙, 양장점, 문 닫은 피자집이 있던 오래된 풍경. 마치, 창아리같은. '창아리'라는 말을 들여다보면 길게 이어진 깜깜한 길이 떠오른다. 그 속에 무엇이 돌아다니는지 모르는 채, 창아리는 이미 어딘가로 떠나버린게 아닐까? 그 혹은 그들이 찾던 게 고작 쉽게 잠들지 못하는 아이 하나였을까? 적어도 '창아리'에 준하는, 신체의 내장과 맞먹을 중요한 건 아니었을까?

잠에서 깼을 때 밖은 어두웠다. 요란하게 땅을 파던 소리도 들리지 않았다. 골목에 세워진 가로등이 깜빡거리더니 불이 들어왔다. 연녹색 불빛이 들어온 창가가 환했다. 대문 밖에서 누군가 어슬렁거리고 있었다. 집 앞 골목은 인적이 드물었고 사람이 드나드는 경우도 거의 없었다. 칠영 아줌마였다. 아줌마는 대문 앞을 서성이다 골목 저편에서 무언가를 발견한 듯 급하게 달려갔다. 그러고는 다시 돌아와 대문 앞에서 나를 향해 소리쳤다.

"얘! 너 한자 봤니?"

"누구요?"

"한자 말이야. 너 한자 몰라?"

고한자. 어떻게 한자를 잊을 수 있을까? 한자의 이름을 알려준 사람이 바로 칠영 아줌마였다. 어릴 적, 칠영 아줌마는 우리 집에 놀러오는 유일한 사람이었다. "한자 말이야. 어휴, 불쌍한 것." 그 불쌍한 것 중에 엄마와 나도 포함된다는 걸, 내가 그 사실을 알고 있었다는 걸 칠영 아줌마는 정녕 몰랐을까? 칠영 아줌마는 말끝마다 '불쌍한 것'이라고 하는 버릇이 있었다. 매향 이모네 대청에 앉아 대추의 썩은 부분을 손톱으로 도려내며 엄마와 칠영 아줌마는 자주 수다를 떨었다.

동네에서 엄마의 평판은 그리 좋지 않았는데 홀로 아이를 낳고 키우는 여자에 대해 사람들은 무언가 해명을 요구하는 것 같기도 했고 그냥 미워하는 것 같기도 했다. 칠영 아줌마는 바구니에서 꺼낸 계란으로 얼굴 한쪽을 문지르며 동네의 최신 이슈와 정보를 적절하게 부풀려 말해주었다. 그럴 때면 안채의 라디오 소리가 슬그머니 줄어드는 걸 나는 알고 있었다. "고한자라고 예전부터 이 동네에 살던 애야. 저번에 시장 가다 만났는데 글쎄 애가 맨발인거 있지. 얼굴은 곱딱해가지고. 쯧쯧, 불쌍한 것."

아줌마는 그 여자, 고한자를 알고 있었다. 아줌마에 따르면 고한자는 개천 너머 판자촌에 살았는데 젊을 적 고생을 많이 해서 정신을 놓아버렸다고 했다. 판자촌. 젊을 적. 정신. 놓아버리다. 그 단어들이 머릿속에서 잘 이어지지 않았다. 얼마나 고생하면 정신을 놓아버리나? 사람이 미칠 만큼 힘든 일이란 게 뭐지? 그런 일이 있을 수 있나? 나는 엄마와 칠영 아줌마 그리고 매향 이모를 떠올렸다. 만약 그들이 어떤 힘든 일을 겪어 정신을 놓아버린다면, 밤마다 동네를 돌아다니며 문을 열어달라고 한다면 어떻게 해야 하지? 내가 뭘 할 수 있지?

칠영 아줌마는 한자에 대해 묻더니 대답도 듣지 않고 황급히 골목 저편으로 사라졌다. 나는 자리에서 일어나 외출 준비를 했다. 이모가 요양원으로 들어간 뒤 집은 몇 달간 홀로 방치된 상태였다. 몇 달이 아니라 몇 년, 아니 사실 아무도 그곳에 산 적이 없는 것처럼. 찬장 안에는 유통기한이 지난 깻잎 통조림과 보리차 티백, 믹스커피 한 박스가 먼지와 함께 나뒹굴고 있었다. 부엌 한쪽에는 거실에 놓여 있던 수납장이 옮겨져 있었는데 연녹색의 카세트 플레이어와 히나 인형, 수첩과 바구니 같은 잡동사니가 두서없이 들어 있는 모습이 꼭 어린시절의 나 같았다. 유리문에는 거미줄처럼 희미한 금이 가 있었고 칠이 벗겨진 모서리 한쪽을 쓰다듬자 송진같이 끈끈한 가루가 묻어나왔다. 수첩은 전에 본 적 없는 것이었다. 검은 가죽으로 겉을 둘러싼 자그마한 수첩은 때가 타고 여기저기 흠이 나 있었지만 오래된 바닥처럼 윤기가 났다. 누군가 가까이 두고 자주 들여다본 물건 같았다. 수첩 안에는 한자와 일본어가 빼곡하게 적혀 있었는데 매향 이모의 글씨 같기도 하고 아닌 것 같기도 했다. 각 장마다 연도와 월

일이 적혀 있는 걸로 봐서 일기나 장부처럼 보였다. 나는 수첩을 이리저리 둘러보다 수납장 안에 도로 넣었다. 부엌 입구에는 노 렌이 걸려 있던 자국이 선명하게 남아 있었지만 집 안 어디에도 일본식 천으로 된 가리개는 보이지 않았다. 몇 개의 못 자국만이 그곳에 무언가 있었다는 사실을 알려줄 뿐이었다.

시장으로 가는 길은 여러 가지가 있었다. 그중 개천 위의 다리 를 건너는 방법이 가장 빨랐다. 다리 아래에는 밤 산책을 나온 사 람들이 보였다. 손을 잡고 걸어가는 연인들, 아이나 개와 함께 혹 은 혼자 온 사람들. 나는 오래전 그곳에서 한자를 만난 적이 있었 다. 혼자는 아니었다. 순지. 그때 나는 언제나 순지와 함께였다.

순지네 가족은 동네 초입에서 목욕탕을 운영했는데, 세신을 담 당하던 순지 엄마의 우렁찬 목소리가 떠오른다. 요란한 무늬의 속옷 세트를 입고 탕 안팎을 바삐 오가던 순지 엄마는 나를 볼 때 마다 "아가, 느 때 안 미나?" 하고 물었다. 그럴 때면 괜찮아요, 어 제 밀었어요, 하고 받아쳤지만 사실 내가 씻는 걸 싫어한다는 걸 모르는 어른은 없었을 것이다. 순지는 자신의 엄마와 달리 말수 가 적고 부끄러움이 많았다. 나보다 키도 한 뼘이나 작아 나는 동 생을 돌보듯 순지의 손을 잡고 동네를 돌아다녔다. 우리의 하루 일과는 주로 동네의 이곳저곳을 쏘다니며 시간이 가길 기다리는 것이었다. 버려진 대야와 목재가 쌓인 철물점, 인적이 드문 공사 장을 찾아다니며 숨바꼭질을 하거나 칠영천에서 물놀이를 했다. 그 개천, 칠영천은 항구와 수산시장, 방파제로 이어지는 산책 코스 덕분에 관광객들이 더러 찾아오는 관광지이기도 했다. 개천을 기준으로 한쪽에는 내가 살던 매향 이모네 골목이 있었고, 저쪽에는 판자촌이 있었다.

그 풍경을 뭐라고 하면 좋을까. 판자촌은 멀리서 보면 색색의 지붕이 알록달록 자리 잡은 한 폭의 그림처럼 보였다. 사람이 살 수 없는 아름다운 그림. 그곳에는 일본식 가옥뿐 아니라 볏짚으로 지붕을 엮은 오래된 초가집들도 더러 있었다. 개천의 저편으로 갈수록 초가도 한옥도 아닌 특이한 형태의 건물들이 똬리를 튼 뱀처럼 틈 없이 붙어 있었다. 흙벽 위에 석고나 나무로 된 판자를 얹고 방수포와 고무를 씌워 얼기설기 엮은 지붕들은 멀리서 보면 마치 커다란 짐승의 비늘처럼 보였다. 말라 죽어버린 용의 등 같은. 때론 아무런 장치 없이 합판을 얹어 천장을 가린 집―집이 아닌 것 같은―들도 있었다. 그곳에 한자가 살았다.

개천에 쪼그려 앉아 손바닥 위로 차가운 물을 흘려보내는 나에게 순지가 속삭였다. "저기 봐, 그 여자야." 순지의 재촉에 고개를 들자 맞은편 천변에 서 있는 낯선 여자가 보였다. 한자였다. 순지가 등 뒤로 다가와 옷자락을 쥐었다. "그렇게 잡으면 늘어나." 나는 옷을 쥔 순지의 악력이 거슬렸다. 왜 그렇게 잡아? 순지는 작고 귀여운 겉모습과 달리 힘과 악력이 셌다. 잘 먹고 잘 자란 부잣집 아이였으므로 고집이 세고 주변 사람 중 누가 자신을 사랑하지 않으면 화를 냈다. 순지는 내 등 뒤에 숨어 고개를 내밀고 여자와 나를 번갈아 쳐다봤다. 나와 순지, 그 여자―한자―는 개천을 사이에 두고 서로를 마주봤다. 한자는 짧은 머리카락에 짙은 분홍색 원피스 차림이었는데 마른 발목 아래 드러난 커다란 발에는 신발을 신지 않았고 모양새는 듣던 것보다 훨씬 왜소했다. 개천을 사이에 둔 덕에 얼굴이 자세히 보이지는 않았지만 엄마보다는 늙고 매향 이모보다는 어린 것 같았다. 나는 자리에서 일어나 순지의 손을 잡았다. 순지의 손은 열이 나는 것처럼 뜨거웠다. 우리는 개천의 끝을 향해 걸음을 옮겼다. 어쩌면 걷는게 아니라 걷는 행위를 흉내낸 것인지도 모른다. 나는 조금만 가면 빠져나갈 골목이 나올거라고 생각했지만, 길은 끝이 보이지 않고 이어졌다. 순지의 작은 손이 땀으로 축축했다. 어쩌면 내 손에서 나온 땀일지도 몰랐다. "어떡해? 우리 어떡해?" 순지는 거의 울먹거렸다. 순지 또한 한자를 알고 있었다. 순지의 엄마가 한자에 대해 떠들지 않았을 리가 없었다. 동네의 모든 사람들은 한자를 알고 있었고, 함부로 떠들었고, 쉽게 미워했다. "가만있어봐." 나는 앞으로 일어날 수 있는 모든 상황을 머릿속으로 상상했다. 한자가 다가온다. 우리는 도망간다. 한자가 사라진다. 우리는 걸어간다. 그날따라 주변에는 지나가는 사람 한 명 보이지 않았다. 나는 그동안 한자에 대해 상상했던 이미지가 —병약하고, 못생기고, 이상하고, 동화 속의 고약한 마녀 같은— 실제 모습과 조금도 닮지 않아 당황했다. 마녀라기보다 어린애 같았고 금방이라도 이쪽으로 달려와 말을 걸 것처럼 호기심에 차 있는 한자의 모습에 나는 크게 실망했다. 빈약한 나의 상상에. 기대보다 훨씬 멀쩡한 한자의 모습에.

한자는 개천 너머에 한참을 우두커니 서 있기만 했다. 우리는 손을 잡고 모른 척, 한자를 보지 않은 척했다. 잠시 후 나는 한자가 순지와 내가 아닌 우리 너머의 어딘가를 보고 있다는 것을 알았다. 우리가 사는 골목, 칠영 라사가 있는 삼거리, 매향 이모네 집과 순지네 목욕탕, 칠영 슈퍼 그리고 문 닫은 피자집과 여인숙이 있는…… 우리 동네. 나는 불현듯 한자에 대한 소문이 과장되었고 그건 정말 소문에 불과할지도 모른다고, 진실이 아닐 수도 있다는 의혹에 빠졌다. 어떻게 그럴 수 있었을까? 개천 너머의 저 창백하고 힘없어 보이는 여자가 밤마다 돌아다니며 동네를 쑥대밭으로 만들었다는 소문을, 어떻게 의심 없이 믿을 수 있었을까?

8시도 되지 않았는데 시장은 파한 분위기였다. 호떡을 파는 한 노점 앞에서 어물쩡거리며 파장하는 가게 앞을 서성거렸다. 천막을 정리하고 있던 중년 여자가 나에게 말했다.

"끝났어! 내일 와!"

대답이 없는 나에게 손짓과 표정으로 오늘의 장사가 끝났다고 말하는 여자에게 나는 문득 알 수 없는 동질감을 느꼈다. 상대방이 알아듣지 못한다고 생각하지만, 사실 당신의 모든 말을 알아듣는다고, 이해한다고, 그렇게 말하지 않는 사람 앞에서 내일을 기약하는 일. 나는 그가 천막을 내리고 노점의 문을 완전히 닫을 때까지 우두커니 서 있었다. 그가 시장을 떠나기 전, 나를 바라보며 말했다.

"아시타?"

아시타. 그건 '내일'이라는 뜻이었다. 여자는 이곳이라는 뜻으로 검지를 세워 땅바닥을 가리켰다. 바닥을 향해 뻗은 굵고 뭉툭한 검지손가락은 내가 본 어떤 손보다 강하고 늙어 보였다. 나는 흰 가루와 반죽 때문에 아기의 얼굴처럼 보이는 주름 가득한 손을 보며 아시타, 하고 따라 말해보았다.

나는 시장 입구의 마트에서 감자와 당근, 포장육과 카레 가루, 재스민 티백을 샀다. 카레는 내가 어렵지 않게 완성하는 유일한 요리였다. 개천에서는 조명 쇼 준비가 한창이었다. 개천 제방 위로 색색의 조명과 대형 스피커가 놓였고 사람들이 모이기 시작했다. 나는 어릴 적 자주 지나다니던 한 골목을 향해 발길을 돌렸다. 그 골목에는 붉은 벽돌로 장식된 화려한 양옥이 있었지만 지금은 골조만 남은 폐가뿐이었다. 칠영동 곳곳에는 그런 집들이 많았다. 나는 황량하게 남은 집의 흔적 앞에서 걸음을 멈췄다. 골목 어느 곳에서든지 무언가 튀어나와도 이상할 것 없이 어두웠다. 귀신. 혹은 집을 떠난 칠영신들. 그들이 다시 이곳으로 돌아올 이유가 있을까?

폐가의 입구는 완전히 부서져 황량한 안쪽이 다 보일 지경이었다. 세간 하나 없는 방 안에는 버려진 공사 도구와 삐져나온 철근, 콘크리트 조각들이 나뒹굴었다. 나는 골목에 서서 희미한 가로등 빛이 머문 폐가 한쪽 구석을 들여다봤다. 회색 벽돌이 드러난 건물의 잔해는 마치 어둠을 위해 존재하는 것 같았다. 어둠이 머무는 곳. 그때 부스럭거리는 소리와 함께 건물 뒤편에서 재빠르게 무언가—혹은 누군가—가 튀어나왔다. 나는 소리를 지르며 집 앞에서 한 발짝 물러났다. 그건 확실히 사람의 형상을 하고 있었다. 어둠에서 어둠으로. 형상은 순식간에 골목을 벗어나 개천 반대편 골목으로 사라졌다.

문득 개천 너머 우두커니 서 있던 한자의 모습이 어둠 속에서 겹쳐 나타났다. 캄캄한 골목 너머 사라진 누군가의 뒷모습을 보며 나는 나도 모르게 한자,라고 중얼거렸다.

혹시, 한자일까?

어째서 그 뒷모습을 한자라고 생각했을까? 그러나 한자가 살아 있지 않을 이유는 어디에도 없다. 한자는 어떻게 살아왔을까? 나는 왜 한자가 죽었을 거라—막연히—생각했을까. 한자야말로 칠영동이 사라지더라도 홀로 살아남을 수 있는 유일한 사람이 아닐까?

조명 쇼의 시작을 알리는 브라스 소리가 들리고 축제의 시작을 알리는 폭죽이 터졌다.

집으로 돌아왔을 때 온몸은 땀으로 흠뻑 젖어 있었다. 보일러를 켜고 온수가 나오길 기다렸다. 나는 복도에 앉아 숨을 고르며 동네에 남은 멀쩡한 집들을 헤아렸다. 남아 있는 주민은 얼마 없었고 있더라도 모두 임시로 살고 있는 사람뿐이었다. 사람들은 예전과 달리 칠영동을 영원한 거처라고 생각하지 않는 것 같았다. 재개발이 추진되었지만 지지부진한 일정과 이권 다툼으로 동네는 계속 비어갔다. 그때 번쩍거리며 천장에 매달린 전구가 깜빡이더니 잠시 후 불이 꺼졌다. 밖은 해가 져 완전한 어둠이었다. 골목에 세워진 가로등도 함께 꺼졌다. 나는 마당으로 나와 대문을 열고 불빛을 찾아 두리번거렸다. 개천에서 색색의 조명이 밝아졌다 어두워지길 반복하며 현란하게 연출되고 있었다. 조명 쇼를 위해 소비되는 전력은 모두 칠영동 부지에 매립돼 있었다. 자주색과 파란색, 노란색으로 이어지는 조명은 화려함을 넘어 조악했고 삽시간에 바뀌는 댄스 음악의 리듬에 심장이 따라 울리는 것 같았다. 나는 집 안으로 들어와 불이 켜지길 기다렸다. 조명 쇼가 끝나면 불도 다시 켜질 것이다. 한 집의 불이 켜지면 다른 집의 불이 꺼지는 동네. 이십여 년 전의 그때인지 지금인지, 시간이 섞여버린 것 같았다. 대청에 누워 하늘을 바라봤다. 드물게 반짝이는 빛이 보였지만 위성인지 별인지 구분할 수 없었다.

*

개천에서 한자를 만나고 돌아온 날 나는 심한 몸살에 걸렸다. 꿈을 꿨는데 개천에서의 일이 여러 번 반복되는 식이었다. 한자는 어느 순간 순지 엄마, 매향 이모, 칠영 아줌마의 순서로 변했다. 변한 얼굴들이 모두 다른 목소리로 말을 걸어, 나는 누구에게 먼저 대답해야 할지 몰랐다. 저것은 한자일까? 나에게 말을 걸기 위해 내 꿈에서 나에게 장난을 치는 걸까? 다음날 엄마는 나에게 전복죽을 끓여주었다. 전복은 내가 아니라 엄마가 좋아하는 건데. 나는 어지러움을 느끼며 억지로 한두 숟갈을 입에 넣었다. 엄마는 내가 먹는 모습을 바라보다가 한숨을 쉬고는 처음 듣는 목소리로 말했다.

"너 이제부터 순지랑 놀지 마. 목욕탕도 거기 안 갈 거야."

나는 숟가락을 들고 엄마를 쳐다봤다. 뭐라고? 내가 앓는 사이 엄마와 순지 엄마 사이에 모종의 일이 있었다는 것을, 그날의 일을 시작으로 다툼이 있었다는 것을, 그 일이 좋게 끝나지 않았다는 것을 알 수 있었다. 나는 남은 힘을 쥐어짜 죽을 엎고 소리를 질렀다. 무궁화가 그려진 밍크 담요 위로 전복죽이 쏟아졌다. 그건 마치 토사물 같았다.

"나 전복죽 안 먹어! 나 전복 싫어! 엄마나 먹으라고!"

나는 평생 엄마를 용서하지 않겠다고 다짐했다. 엄마는 악마야. 엄마는 자기밖에 모르는 미친년이야. 창아리 어신 년. 그러니까 사람들이 그렇게 엄마를 싫어하지. 엄마랑 놀아주는 사람은 얼굴에 멍을 달고 사는 칠영 아줌마와 혼자 늙어 죽을 매향 이모뿐이야. 나는 엄마처럼 안 살거야. 그렇게 속으로 퍼부어댔다.

그 후에 엄마는 정말로 순지를 만나지 못하게 했다. 그건 엄마뿐 아니라 순지 엄마도 마찬가지여서, 며칠 뒤 골목 앞을 서성이다 눈이 마주친 순지는 못 볼 걸 본 사람처럼 잽싸게 자신의 집으로 들어갔다. 뭐야, 미친년. 나는 속상한 마음에 집으로 돌아와 하루종일 울었다.

　번쩍, 하고 짧은 섬광이 나타났다가 사라졌다. 천장이 미세하게 휜 느낌이 들었다. 착각인가? 마치 천장 위의 무언가—혹은 누군가—가 움직인 것 같았다. 천장. 내가 그곳에 가본 적이 있던가? 안채는 매향 이모만의 공간이었다. 이모의 안방에는 바닥보다 반 뼘 높은 무대 같은 공간이 있었는데 한번은 그곳에 올라갔다가 크게 혼난 적이 있다. 도코노마라 불리는 방 안의 재단은 어린아이인 내가 범접하지 못하는 이모만의 성역이었다. 이불이나 옷을 쌓아두지도, 잡동사니를 놓지도 않아 빈 무대처럼 황량한 목판 위에 이모는 무엇을 모시고 있었을까? 불현듯 안채에 내가 모르는 공간이 더 있을지도 모른다는, 그게 매향 이모가 나에게 집을 준 이유와 관련이 있을지도 모른다는 생각이 들었다.

　덜컹. 다시 천장이 흔들렸다. 쥐나 고양이가 있다고 해도 놀라지 않을 자신이 있었지만, 아니 놀라는 한이 있더라도 만약 그게 쥐나 고양이가 아니라면? 야생 삵이나 커다란 바퀴벌레 무리라도 괜찮았다. 그러나 만약…… 그런 게 아니라면? 나는 미닫이문을 열고 복도로 나갔다. 컴컴했던 하늘이 조명으로 인해 번개가 친 듯 번쩍거렸다. 슬레이트. 이모는 하고 많은 것 중 왜 싸구려 철판을 지붕으로 올렸을까? 기회가 된다면 지붕을 바꿔 예전 모습으로 되돌려도 좋을 것이다. 일 잘하는 전문가를 구해 계획을 세우고…… 쿵쿵. 클라이맥스에 다다른 조명 쇼는 이제 불꽃을 쏘아댔다. 밤하늘 위로 분수 같은 빛 무리가 나타났다 사라지길 반복했다. 아슬아슬하게 걸쳐져 있던 슬레이트 지붕이 낡은 나무 바닥처럼 삐걱거리며 흔들렸다. 지붕은 그 와중에도 필사적으로 천장 위에서 떨어지지 않으려 애쓰는 것처럼 보였다. 마치 집이 지붕을 붙잡고 있는 것 같았다. 무언가 숨길 것이라도 있다는 듯이.

다락과 꿈. 천장과 계단. 혹시 천장과 지붕 사이에 내가 본 적 없는 공간이 있었다면? 지붕을 없앨 때 그곳을 없앤 것이 아니라면? 꿈에서 본 장면―복도에서 계단을 꺼내는 여자―이 사실 꿈이 아니라면?

딸깍. 불이 들어왔다. 집 안이 거짓말처럼 환해졌다.

항구 근처의 밤은 대낮과 비교해 일교차가 심한 편이었다. 시멘트와 벽돌로 여러 번 보수했지만 집의 중요한 부분은 여전히 나무였다. 보이지 않는 골조와 바닥 아래와 기둥과 바닥과 집 안에 가득한, 가공된 나무와 화학약품의 냄새. 문득 마당의 조경을 가꿔야겠다는 생각이 들었다. 날이 밝으면 근처 화원에 가서 꽃과 나무를 사야지. 고무나무, 벤자민, 라일락, 올리브, 금사철, 장미, 수국, 팬지, 갈대, 쑥, 아카시아……. 작고 아름다운 정원. 내가 그렇게 가꿀 수 있을까? 이 집에 내가 키울 땅이 있나? 그럴 수 있나?

샤워를 끝내고 거실로 나왔을 때 조명 쇼의 소란은 더 이상 들리지 않았다. 목이 말랐다. 레인지에 물을 올리고 마트에서 사 온 티백을 꺼냈다. 허기는 사라져 있었다. 머그에 티백을 넣고 물을 따르자 부엌이 재스민 향기로 가득해졌다. 곳곳에 향초를 놓아야 겠어. 계절이 바뀔 때마다 마당에 핀 꽃과 나무를 보는 일도 좋을 것이다. 매향 이모도 그런 생각으로 마당을 가꿨을까?

그때, 천장에서 우다다다 하고 무언가 뛰어가는 소리가 들렸다. 발 달린 짐승의 소리. 나는 컵을 손에 쥐고 천장을 올려다봤다. 조명이 덜컹거리며 먼지가 떨어졌다. 무언가 저 너머에 있다. 소리는 잠시간 멈추었다가 다시 천장의 끝에서 끝으로 이동했다. 타다다닥, 가볍게 뛰어다니는 소리. 고양이? 쥐? 확실한 건 내가 모르는 무언가가 이 집에 있다는 것이다. 설령 그게 칠영신이라 하더라도—가능할지도 모른다—집주인—나—에게 먼저 물어 봐야 하는 것 아닌가.

나는 빗자루로 천정을 두드리며 소리의 근원을 찾아 나섰다. 어디야, 나와봐. 몸집이 작은 동물일수록 소리에 민감할 것이다. 한참을 퉁퉁거리며 천장을 두드리자 소리는 더 이상 나지 않았 다. 부엌에는 여전히 재스민 향이 남아 있었다.

*

그날 밤 꿈에서 오랜만에 개천을 봤다. 꿈속의 개천. 그건 실제 의 개천과는 조금 다르다. 나는 개천 양쪽을 잇는 다리 아래에서 한 무리의 여자들을 보고 있다. 삼삼오오 짝을 지은 열댓 명의 여자들은 이십대 초반의 젊은이부터 매향 이모 정도의 중년까지 다양하다. 소풍이라도 나온 듯 깔깔대며 노는 여자들은 웃통을 벗었거나 거의 헐벗고 있다. 아무도 그 장면을 이상하다고 생각하지 않는다. 나조차도. 나는 여자들을 보며 손바닥에 차가운 물을 흘려보낸다. 여자들은 개천 너머의 판자촌, 그러니까 한자가 사는 곳에서 왔다는 걸 나는 안다. 순지 엄마가 다가와 어서 가자고 나를 재촉한다. 그러나 나는 자리에서 일어날 생각이 없다. 순지와 매향 이모, 엄마까지 나를 데리러 오지만 나는 그곳에서 꼼짝도 않는다. 무언가 기다리는 걸까? 잠시 후 소나기가 내리고 여자들이 급히 개천을 떠난다. 나는 혼자 굴다리에 남아 그들이 남기고 간 과자 봉지 같은 옷가지가 물살에 떠내려가는 모습을 바라본다. 누군가, 내가 모르는 이가 나를 데리러 와주길, 나를 꺼내주길, 데려가주길 기다린다. 한참 동안. 움직임도 없이.

비가 그치고 나는 자리에서 일어난다. 젖은 골목을 걸어 혼자 집으로 돌아간다. 꿈에서 깬다.

눈을 떴을 때 밖은 여전히 어두웠다. 새벽이 지나가고 있었다. 해가 뜨기 직전의 어둠. 팔뚝에 오소소 소름이 돋았다. 나는 마루에 아무렇게나 누웠다. 천장 위의 소리는 거짓말처럼 들리지 않는다. 누군가 그곳에서 숨을 죽이고 있는 걸 알 수 있었다. 대체 어떻게 올라갔을까? 지붕과 천장 사이, 대들보와 원통기둥 사이의 아주 작은 틈, 작은 짐승이나 웅크린 아이 정도가 들어갈 만한 곳에 대체 무엇이—혹은 누군가—있는 것일까?

이모가 마당을 가꾼 이유는 냄새 때문일지도 모른다. 집의 체취, 은근하게 썩어가는 젖은 나무와 허물어지는 곰팡내를 감추기 위해 이모는 마당을 넓히고 바깥채를 만들어 엄마와 나를 들인 건 아니었을까? 단지 자신—의 집—에게서 나는 악취에서 벗어나기 위해서?

나는 정체 모를 소음을 위해 무엇을 해야 할지 알 것 같았다. 그게 무엇이든지 간에 조만간 천장을 열어 확인해볼 것이다. 그때까지 잠시만 저 소리와 함께 살아봐도 나쁘지 않을 것이다. 집이 있는 한, 집에 이상한 것 한둘쯤 있어도 괜찮아. 그 정도는 감수할 수 있다.

새벽녘의 한기는 계절과 상관없이 집 안을 맴돈다. 나는 복도에 두툼한 담요를 깔고 누워 바깥을 바라봤다. 그 자리가 마치 오랫동안 내가 찾던 곳마냥 편안했다. 눈을 감자 골목의 서성이는 발자국과 두런거리는 말소리가 들렸다. 어떤 언어로도 정제되지 않은, 내가 읽지도 듣지도 못하지만 분명하게 존재하는 말.

칠영 아줌마가 다가오는 소리가 들린다. 나는 자리에서 일어나 그를 위해 대문을 열 준비를 한다. 천천히, 아무도 놀라지 않도록. 새벽에는 묵음이 어울리는 법이다.

그날,

칠영천에 혼자 갈 생각을 한 건 순전히 복수심 때문이었다. 무언가를 해치고 싶은 마음. 그게 나라도 상관없다는 오기. 차라리 개천이 불어나 나를 휩쓸어버렸으면.

개천은 여기저기 어수선한 모습이었다. 바닥에 피어 있던 잡초들은 마구 엉켜 흙이 묻어 있었고 개천 바닥에 있어야 할 돌과 모래들이 천변으로 흘러나와 있었다. 나는 다리 밑을 지나 개천 끝을 향해 걸어갔다. 방파제가 있는 항구의 끝자락에는 집하를 끝낸 고기잡이배의 선원, 수산시장의 인부로 보이는 나이 든 사내들밖에 없었다. 나는 그들 사이를 헤집으며 무언가 찾는 거라도 있는 사람처럼, 한자처럼 헤맸다. 어린아이가 홀로 헤매는 모습을 본 몇몇 남자들이 "꼬마 아가씨, 집이 어디야? 데려다줄까?" 하고 말을 걸어왔지만 나는 바닥에 침을 뱉으며 "창아리도 없는 게" 하고 중얼거렸다. 창아리. 창자. 배를 가른 생선의 튀어나온 내장들. 비린내들. 그때 누군가 나의 어깨에 턱 하고 손을 얹었다. 한자였다. 한자는 날 보며 반가운 사람을 만난 듯 활짝 웃었다. 나는 한자의 손과 얼굴을 번갈아 쳐다보다가 한숨을 쉬었다. 그러고는 어깨를 올려 그의 손을 쳐냈다. "만지지 마." 어떻게 그런 말을 할 수 있었을까? 나는 한자에게서 아무런 위엄도 느끼지 못했으며 그를 다른 어른들—엄마, 매향 이모, 칠영 아줌마, 그리고 순지 엄마—처럼 대접해줄 생각이 조금도 없었다. 나는 피곤과 분노로 지친 상태였다. 그늘진 곳에 무릎을 세우고 앉아 흘러가는 물길을 바라보는데, 한자가 곁으로 다가왔다. 한자는 한참 동안 주변을 서성이더니 한 뼘 정도 되는 거리를 두고 옆에 앉았다. 나는 한자에게 눈길도 주지 않고 앞으로의 미래와 엄마에게 어떻게 복수할지를 생각했다.

집을 떠나는 거야. 그리고 영영 돌아오지 않을 거야.

나의 최초이자 유일한 친구, 순지를 앗아간 엄마—와 순지의 엄마—를 평생 용서하지 않겠다고 여러 번 되뇌었다. "용서 안해, 용서 안 해." 용서하지 않는 마음은 꽤나 체력을 요하는 일이었고 나는 금세 진이 빠져버렸다. 점점 뜨거워지는 몸 한구석이 녹아버릴 듯 아파와, 나는 옷이 더럽혀지는 것도 잊고 바닥에 등을 눕혔다. 깜깜한 천장과 어두운 먹구름이 하나로 합쳐지며 비가 쏟아지기 시작했다.

"아무도 필요 없어. 나는 아무도……" 나는 나의 분노와 원망을 한데 모아 스스로의 기도문을 만들어 중얼거렸다. 용서하지 않을 것이고 떠날 것이고 아무도 만나지 않겠다, 나는 혼자 살 거야. 혼자서 칠영동을 떠나서, 창아리도 없이, 아무것도 없이…… 나는 정신을 잃었던 것 같다. 누군가 나를 세차게 흔들었고 그건 적어도 어린아이의 힘이라고 생각할 순 없는, 강하고 재빠른 움직임이었다. 흔들림. 한자는 나를 깨우려던 걸까? 자세한 기억은 나지 않지만, 나를 향해 소리치던 한자의 울음 같은 비명은 선명하게 떠오른다. 일어나! 그건 일종의 경고음 같았고, 파도 소리처럼 두려웠고, 빗소리처럼 속수무책으로 귓가에 맴돌았다. 내가 잊을 수 있을까? 나를 향해 짖던, 나를 깨우는 소리. 내게 들여보내달라는 그 여자의 목소리를.

다음날.

시장 근처 꽃집에 들러 관상용 묘목을 주문했다. 방울토마토와 바질, 팬지와 민들레 씨앗도 샀다. 개천은 언제 그랬냐는 듯 지난밤의 흔적도 없이 고요했다. 불 꺼진 조명 위로 잿빛의 비둘기들이 앉아 부리를 털고 있었다. 나는 개천을 돌아 수산시장을 지나 항구까지 갔다. 항구는 꿈에서 본 것처럼 아득했는데 그곳에는 예전만큼의 인부도 선원도 보이지 않았다. 파도 한 점 없이 잔잔한 바다는 조금의 수심도 짐작하지 못할 만큼 검었다. 나는 왔던 길을 걸어 집으로 돌아갔다.

가는 길에 칠영 아줌마를 봤다. 아줌마는 가로등 아래서 누굴 기다리는 것처럼 불안하게 서 있었다. 그러더니 나를 보고는 반갑게 물었다.

"너 매향이네 살던 애 맞지? 언제 왔어?"

나는 안개 속에서 옛 친구를 만난 것처럼 슬픈 기분이 들었다. 칠영동의 일부는 이미 사라졌지만, 사라진 게 아닐지도 모른다. 나는 신중하게 대답을 고르다 그것들이 다 무슨 소용일까 싶어졌다. "떠난 적 없거든요." 이상하게도 그건 진심이었다. 칠영 아줌마는 의아한 표정으로 날 보더니 이윽고 자신이 가야 할 곳으로, 개천을 향해 몸을 돌렸다. 나는 말없이 그의 뒤를 따라갔다. 한자가 나를 따라온 것처럼. 아줌마는 빠르게 걸어가다 돌연 고개를 돌려 나를 바라봤다. 뭔가 할 말이 있는 것처럼 혹은 아무 의미도 없는 얼굴로. 그 얼굴은 언젠가 꿈에서 봤던 한자의 얼굴처럼 몇 번이나 바뀌더니 마침내 잘 따라오고 있는지 확인하는 사람의 얼굴로 서서히 변했다. 나는 한참 동안 그의 뒤를 따라가다 해가 지기 전에 내가 있던 곳으로 되돌아갔다.

카밀라 수녀원의 유산

천 희 란

천 희 란

2015년《현대문학》을 통해 작품활동을 시작
했다. 소설집《영의 기원》, 경장편소설《자동
피아노》가 있다. 2017년 젊은작가상을 수상
했다.

그 사람이 엄마를 죽였어요. 라우라가 말을 꺼내기가 무섭게 키티 부인이 두 손으로 입을 틀어막았다. 그녀는 곧장 울고 있는 라우라에게 달려왔다. 그 남자가 엄마를 죽였어요. 엄마가 이곳을 떠나려 하지 않으니까. 엄마가 절 여기에 혼자 남기고 떠날 수 없다고 하니까. 키티 부인은 오열하는 라우라의 머리를 쓰다듬었다. 귓가에 쉬잇-, 쉬잇-, 하는 키티 부인의 목소리가 들려왔다. 레스토랑에 식자재를 배달하러 오는 그 젊은 남자를 말하는 거지. 키티 부인은 물었다. 라우라가 키티 부인의 품 안에서 고개를 끄덕일 때 그녀의 짙은 오렌지빛 스웨터에 어두운 눈물 자국이 남았다. 침착하렴. 자세한 자초지종을 설명해보겠니. 라우라는 눈물을 훔치며 고개를 들었다. 그러고는 어둠을 밝히는 카밀라의 시선과 눈이 마주쳤다. 등허리를 쓸어내리는 키티 부인의 손길에서 느껴지는 온기와 상반되는 차갑고 날카로운 눈빛이었다. 떠는 것 좀 봐. 가엾어라. 아가, 두려워할 필요 없단다. 키티 아줌마가 있어. 아가씨, 어떻게 좀 해보세요. 그 순간, 라우라는 키티 부인의 손끝이 떨리는 것을 느꼈다. 눈물을 거두어야 할 때였다. 쥐어짜낸 거짓 눈물은 아니었지만, 비밀을 감추고 있는 눈물은 카밀라에게 통하지 않는 듯했다. 쩅하고 단호한 카밀라의 목소리가 우렁찬 빗소리를 꿰뚫었다. 라우라, 이제 진실을 말해보렴. 어머니는 어디에 계시지? 널 도우려면 진실을 알아야 해.

진실을 말해야 할까. 정교한 거짓말을 해야 할까. 그 긴 이야기를 어디서부터 어디까지 이야기해야 모든 진실을 말했다고 할수 있는 걸까. 막무가내로 도와달라고 애원해야 할까. 카밀라의 가슴을 쥐고 흔들어야 할까. 라우라는 생각했다. 내가 애원하면 경찰을 불러 당장 그를 체포할까. 내가 거짓말을 하고 있다고 말하면 나를 경찰에 넘길까. 저택에서의 삶도 끝인 걸까. 세 사람의 숨소리가 교차하는 것을, 라우라는 요란한 천둥소리가 세상을 뒤덮은 중에도 들을 수 있었다. 마치 처형대 앞에 선 것만 같았다고, 라우라는 그 밤을 회상했다. 저택에 도착했던 날부터의 모든 기억이 한순간에 우르르 쏟아져나왔다. 그리고 번개가 번쩍일 때마다 카밀라의 등 뒤에 있는 커다란 전신 거울에 비친 눈물로 얼룩진 얼굴은, 평생 그녀가 거울 앞에 서는 순간이면 한 번도 빠짐없이 떠올랐다.

라우라는 아홉 살에 처음으로 카밀라를 만났다. 그녀는 어머니의 손을 잡고 키티 부인을 따라 저택의 아치형 회랑을 걷던 밤에 대해 자주 이야기했다. 전깃불이 환히 들어와 있음에도 전설이나 동화 속으로 걸어 들어가는 것 같은 기분에 사로잡혔던 라우라는, 자신이 별다른 장식도 없는 허름한 회랑을 그 누구보다 아끼고 사랑하리라는 걸 직감했다. 그들은 회랑 끝 별채에서도 가장 안쪽에 있는 방으로 안내받았고, 거기에 카밀라가 있었다. 형광등 없이 몇 개의 스탠드만으로 빛을 밝혀 전체적으로 조도가 낮은 방이었다. 저택이 지어졌을 때부터 존재했을 나무 책장에는 기울어진 그림자만이 꽂혀 있었고, 카밀라는 방 한쪽 구석의 일인용 소파에 다른 그림자들처럼 비스듬히 앉아 무언가를 읽고 있었다. 그녀는 그들을 향해 돌아앉거나 말을 걸지 않았고, 그래서 라우라의 기억 속에 카밀라의 첫인상이랄 것은 남아 있지 않았다. 그저 그런 카밀라를 향해 키티 부인이 무어라 말을 건넨 것, 어머니가 먼발치에 앉은 카밀라를 향해 엎드리다시피 하며 눈물을 쏟은 것, 키티 부인이 안내한 아늑한 침실에서 깊은 잠을 잤다는 사실만을 기억했다. 다음날 정오가 되어서야 잠에서 깨어난 모녀는 그날 오후에는 저택의 일원이 되어 있었다.

사람들은 저택을 가리켜 카밀라 수녀원이라 불렀다. 하지만 저택에 살고 있는 사람들은 수녀가 아니었고, 그들 중 그 누구도 그곳을 수녀원이라 부르지 않았다. 오직 저택 바깥에 사는 사람들만이 그곳을 수녀원이라고 불렀는데, 그것은 여러모로 멸칭에 가

까웠다. 수녀원이라는 별칭은 카밀라가 저택의 주인이 된 이후에
붙여진 것이었다. 여자들만이 모여 산다는 것, 그것도 출신도 사
연도 알 수 없는 여자들이라는 사실을 사람들은 조금씩 께름칙
하게 여겼고, 수녀를 운운하며 우스갯소리라도 하지 않으면 견딜
수 없는 모양이었다.

저택은 별채를 포함하면 침실로 쓸 수 있는 방만 쉰 개가 넘고,
농장과 과수원을 운영할 수 있을 만큼 커다란 부지 위에 있었다.
그러나 카밀라가 저택을 사들이기 전까지 건물은 무척 오랜 시
간 흉가나 다름없는 상태로 방치되어 있었다. 이전의 소유자는
이십 세기 초반 인근의 탄광 산업을 주름잡았던 사업가의 자손
중 하나였는데, 그는 자신의 증조부인지 고조부인지가 그 저택
을 구입한 것을 집안의 수치로 여겼다. 그는 몇 대째 매물로 내놓
은 상태로 있는 이 애물단지의 구매자를 만나기 위해 평생에 걸
쳐 단 다섯 번만 저택을 찾았다. 그리고 어떻게든 저택을 팔아치
우고야 말겠다는 사람치고는 매번 자신의 조상이 귀족 놀음이나
즐기려고 감당할 수 없는 크기의 저택을 구입한 시대착오적인
인간이었다는 비아냥을 참지 못했다. 아마도 그는 그 시대착오
적 조상이 남아도는 돈으로 헛짓을 할 수 있을 만한 자산가가 아
니었다면 현재의 자신이 최신의 고급 승용차 같은 걸 모는 일은
일어나지 않았으리란 사실을 모르는 듯했다. 여하간 그는 가문에
대물림되는 부의 한 귀퉁이를 이어받은 사업가치고 물색이랄 것
이 없었지만, 그의 대책 없는 경박함이 구매자를 변심하게 한 결

정적인 원인은 아니었다. 아주 옛날 옛적 지방 귀족의 성이나 별장으로 쓰였을 저택의 관리 상태가 엉망인 탓에, 좀처럼 오르지 않는 저택의 가격과 무관하게 누구도 손을 댈 엄두를 내지 못했던 것이다. 그 저택을 고풍스러운 호텔로 변신시키려 했던 굴지의 호텔리어조차 차라리 신축 건물을 짓는 편이 합리적일 것이라며 망설임도 없이 발길을 돌릴 정도였다.

커다란 마을과 작은 도시 중간쯤 되는 크기의 지역에 살고 있는 주민들은 저택이나 주변 지역의 개발에는 별 기대나 흥미가 없었다. 폐광 인근에 개발되지 않은 높은 산과 물이 닿는 평야가 함께 있다는 조건을 제외하면 번화했거나 개발 가능성이 있는 도시와의 교통 인프라도 충분하지 않았다. 바깥세상이 변화하는 속도를 생각하면 도시 기반 시설이나 첨단 기술의 혜택 밖에 놓여 있었지만, 그것은 그저 그 지역의 숙명 같은 것에 지나지 않았다. 지역 주민들은 수백 년 이상 겪어온 국가 지원으로부터의 배제에도, 오랫동안 고수해온 삶의 방식에도 별다른 불만이 없었다. 그들은 평야를 이용해 적당한 수준의 농사를 짓고, 가축을 키웠으며, 적당히 팔고, 적당히 입고 먹고, 적당히 살았다. 불만이 있는 사람이 없을 수는 없었지만, 그들은 곧 큰 도시로 떠났다. 그러니 남은 사람들의 삶은 대체로 만족스러웠다.

그런 지역 주민들이 아무도 살지 않는 낡은 저택에만 달리 특별한 의미를 부여할 리 만무했다. 사암으로 지어진 저택의 외관은 검게 산화되어 그 존재감이 적지 않았음에도, 사람들은 그 으리으리한 건물을 너무 오래 걸어놓아 누군가 특별히 지적하지 않으면 걸려 있다는 사실마저 잊어버리고 마는 결혼사진처럼 취급했다. 오랫동안 비어 있는 건물이니만큼 청소년들의 비행이나 금지된 사랑의 밀회가 벌어지는 장소로 이용되었을 것 같지만, 저택은 그런 용도로 사용되기에도 별다른 매력이 없는 모양이었다. 더욱이 거칠거나 모험적인 젊은이들은 머리가 굵어지면 이내 지역을 떠나버렸고, 저택에 딸린 비옥한 밭과 과수원 역시 도둑 농사를 지을 만큼의 가치는 없었다.

그렇게 있으나마나 하다는 생각조차 해본 적 없는 저택의 소유주가 바뀌었다는 소식은 지역사회 전체를 발칵 뒤집어놓는 일대 사건이었다. 이전 소유주는 계약을 성사시킨 날 밤에 그나마 가장 근사한 레스토랑을 찾아가 술을 퍼마시기 시작했는데, 그때 그의 입에서 나온 이름이 바로 카밀라였다. 그는 웬만한 남자보다 키가 크며 성격이 몹시 드세고 취향이 까다로운 늙은 여자 카밀라에 대해 이야기를 늘어놓았다. 물론 사람들은 곧 그녀가 카밀라의 대리인인 먼 친척 아주머니라는 사실을 알게 됐다. 그 또한 사실과는 먼 이야기였다. 키티 부인은 카밀라를 어린 시절부터 돌봐온 보모였을 뿐 카밀라의 가족이나 친척은 아니었다. 라우라는 카밀라가 간혹 키티 부인을 실수로 다른 이름으로 부르는 것을 본 적이 있고, 키티라는 이름이 그녀의 진짜 이름은 아니었을지도 모른다고 말하기도 했으니, 끝내 알려지지 않은 또 다른 진실이 감추어져 있는지도 알 수 없는 일이기는 하다.

저택은 팔려나가기 무섭게 빠르게 보수를 시작했다. 카밀라는 전기와 수도, 하수 시설을, 그다음에는 가구와 집기를, 이어 가축과 과수를 들였다. 그리고 대강의 보수를 마치자마자 느닷없이 수십 명의 여자들이 저택으로 이주해 왔다. 그즈음 마을에 얼굴을 드러내기 시작한 키티 부인은 저택이 여성들만을 위한 복지 시설이 될 것이라고 했다. 카밀라의 이름도 그제야 자주 사람들의 입에 오르내리기 시작했다. 그녀가 몇 살이나 먹었는지, 어떻게 생겼는지, 어디에서 왔으며, 그 많은 돈이 어디에서 났는지, 모든 것이 호기심의 대상이었다. 그러나 카밀라는 저택 밖으로 나와 사람들을 만나는 법이 없었고, 저택에 사는 그 누구도 카밀라에 대해 쉬이 답하지 않았다. 사람들은 카밀라가 실제로는 존재하지 않는 사람이라고 말하는가 하면, 저택에 살고 있는 여자 중 말수가 적고 수줍음을 타는 여자들을 카밀라 후보로 거론하기도 했다. 그들은 카밀라에 대해 아는 것이 없었고, 그러니 그들이 새롭게 만난 누구라도 카밀라일 수 있었던 것이다. 하나 라우라에 따르면 카밀라는 그 저택에 들어온 뒤에는 단 한 번도 마을에 나가 사람들과 어울린 적이 없다.

여성만이 거주할 것. 정해진 노동을 공평하게 나누어 성실히 할 것. 가능하면 직업 훈련을 받을 것. 술과 마약을 하지 않을 것. 자립할 능력이 생기면 저택을 떠날 것. 라우라의 어머니는 저택에 살기 위해 이러한 문항들이 가득 적힌 일종의 서약서에 서명을 해야 했다. 그리고 거기에는 다음과 같은 조건 또한 덧붙어 있었다. 저택을 떠난 뒤에도 외부인에게 저택과 카밀라에 대한 정보를 유출하지 말 것. 물론 라우라가 서약서의 내용을 알게 된 것은 한참 뒤의 일이었다. 저택에서 열일곱 번째 생일을 맞은 날, 그녀 역시 그곳에 머무는 모든 여자들과 마찬가지로 서약서에 서명을 했다. 라우라가 서명을 할 때쯤 그녀는 이미 저택의 삶에 익숙해져 있었지만, 저택과 카밀라에 대해 잘 알지 못했던 어머니가 무슨 용기로 그 서약서에 서명을 했는지는 알 수 없었다. 달리 불이익이나 처벌에 관해 덧붙여놓은 것은 아니었지만, 비밀유지 서약 같은 것은 아무래도 소름끼치는 조항이었을 것이다. 그러나 그 서약서에는 저택이 제공할 혜택 또한 상세히 적혀 있었고, 그것은 저택이 요구하는 것에 비할 수 없이 컸다. 무엇보다 당시 그들에게는 안전하게 거주할 공간과 충분한 식사, 심리적 안정감이 절실했다. 아니, 모든 것이 절박했다. 당시 라우라의 어머니가 가지고 있던 커다란 나일론 보스턴백에 든 것은 두 사람이 갈아입을 여벌의 옷 몇 벌이 전부였고, 지갑 속에는 두 사람이 제대로 된 한 끼의 식사를 할 수도 없는 푼돈만이 남아 있었다. 그러니 별다른 선택지가 없었을 것이다.

라우라는 천국을 믿지 않는다고 입버릇처럼 말했다. 그러나 그 저택에 머문 처음 두 해 동안에는 천국에서의 삶이란 것을 자주 상상했다. 물론 최소한의 위생과 생활의 편의를 위한 시설이 갖추어지기는 했지만, 저택은 도시의 현대적인 주거 공간과는 판이

하게 달랐고, 크게 개발이 되지 않은 그 지역의 낡은 건물들과 비교해도 불편한 것 투성이였다. 하지만 그가 없었다. 라우라의 어머니가 벌어온 것에 기생해 사는 주제에 그녀를 종처럼 부리고, 모녀를 폭력의 공포에 몰아넣었던 그 남자가 없었다. 그걸로 충분했다. 그는 어머니의 재혼 상대였다. 라우라는 자신의 진짜 아버지가 누구인지 몰랐고, 여러 명의 아버지를 가졌고, 그 모든 아버지들을 싸잡아 그 개자식이라고 불렀다. 물건을 던지거나 주먹질을 하던 그가 한 손에는 멱살을, 다른 손에는 칼을 쥔 채 어머니를 베란다 난간으로 몰아갔던 밤에 모녀는 그들의 집과 그 집에 남아 있는 소중한 추억들을 모두 버리고 그로부터 벗어나기로 결심했던 것이다. 라우라는 저택에 온 뒤에도 여전히 자주 악몽을 꾸었지만, 겁에 질려 잠에서 깨어날 때마다 벅차게 안도했다. 더욱이 그 저택에 머물고 있는 건강한 여자들이 한때 그녀와 비슷한 처지에 놓인 경험이 있었다는 사실로부터 깊은 위로를 받았다. 정확히 같은 이유는 아니었지만, 그들 모두가 모종의 폭력으로부터 보호받지 못했거나 장기간 위협적인 현실에 노출되어 있던 여자들이었다. 그러니까 카밀라 수녀원은 여성들을 보호하고 재활을 돕는 시설이었다.

라우라 모녀가 저택의 식구가 되었을 때, 이미 저택의 거주자는 이백 명을 넘어서고 있었다. 대부분의 성인들은 여럿이 한방을 기숙사처럼 공유했지만, 그들은 별채의 작은 방을 배정받았다. 라우라가 아직 어머니의 보살핌이 필요한 어린아이이기 때문이었다. 별채에는 또래의 여자아이들이 여덟 명쯤 있었고, 어머니들은 그보다 어린 아이들을 공동으로 육아했다. 라우라와 친구들은 낮이면 일종의 홈스쿨링을 받았는데, 그녀는 그 교실에서야 비로소 카밀라를 제대로 대면했다고 했다. 그녀는 키티 부인 못지않게 키가 크고 기골이 장대했다. 콧등과 광대가 높게 올라와 있는 뚜렷한 이목구비에 눈매가 매서운데다가 말수가 적고 무표정일 때가 많아 대부분이 어렵게 여겼지만, 실은 그저 수줍음이 많은 편일 뿐 차가운 사람은 아니었다. 어른들이 각자의 일을 찾아 떠나고 교실문이 닫히면 카밀라는 가슴까지 내려오는 긴 머리를 고무줄 하나로 간단히 올려 묶고, 다정한 미소를 지으며 아이들 곁으로 다가왔다. 그녀는 뛰어난 교사였다. 모든 과목을 혼자 가르칠 수 있을 만큼 지적이었고, 학습 과정이나 수준이 제각각인 아이들에게 같은 것을 몇 번이고 반복해 설명해줄 만큼 인내심이 있었다. 한편으로 텃밭과 과수원 너머 공터에서 아이들과 옷을 더럽히는 신체활동을 하는 것도 서슴지 않았다. 그녀는 누가 봐도 우러러볼 만한 여성이었다. 아이들은 카밀라와 사랑에 빠질 수밖에 없었고, 라우라 역시 다른 아이들과 마찬가지로 그녀를 동경했다.

라우라는 특히 날씨가 궂은 날에 카밀라가 본관 건물에 만들어놓은 작은 도서관으로 아이들을 데리고 가는 것을 좋아했다. 그녀는 아이들이 각자 읽고 싶은 책을 골라 읽는 동안에 우유와 쿠키를 내어주고, 다른 한쪽에서는 아직 글씨를 잘 읽지 못하는 아이들을 모아두고 그림책을 읽어주었다. 라우라는 글씨를 읽을 줄 알면서도, 갓 빤 베갯잇처럼 포근하면서도 상쾌한 그녀의 목소리에 이끌려 그 무리에 섞여 앉고는 했다. 그리고 때때로 정원이라 부르기엔 단출한 화단에서 뿌리째 뽑은 팬지꽃과 직접 만든 카드를 카밀라에게 몰래 전했다.

라우라는 언제까지고 저택에서 살 수 있을 것만 같았다. 그녀뿐 아니라 수많은 여자들이 그럴 수 있다고 믿었고, 또 그렇게 되기를 바랐다. 저택은 하나의 도시, 국가, 혹은 그보다 더 넓은 세계처럼 여겨졌다. 부족한 것은 아무것도 없었다. 안전하고 자유롭고 풍요로웠다. 놀랍게도 누구도 자신이 할 일을 남에게 미루지 않았고, 육체적으로 힘든 노동도 마다하지 않았다. 어른 아이 할 것 없이 간혹 편이 갈리고 사소한 다툼이 일어났지만, 그런 건 그들이 저택에 오기 전 겪은 일들을 생각하면 아무것도 아니었다. 더욱이 저택의 관리인이나 다름없는 키티 부인은 뛰어난 중재자이기도 했다. 그래서인지 바깥출입에 대한 별다른 규정이 없었음에도 한번 저택의 일원이 되고 나면 저택을 떠나는 일이 드물었고, 저택 바깥을 오가며 일을 하는 사람의 수도 많지는 않았다. 그래서 저택은 제한적으로나마 자급자족하는 공동체를 유지해갈 수 있었다.

키티 부인의 뛰어난 능력 때문만은 아니었다. 작은 지역 사회의 주민들은 어제 저녁식사 시간에 어느 집의 누가 어떤 디저트를 먹었는지까지 꿰고 있을 만큼 서로에 대해 속속들이 알았다.

저택 밖으로 나온 여자들은 눈에 띄기 마련이었다. 그들은 저택 밖으로 나온 여자들에게 저택 생활에 대해 묻고, 카밀라라는 여자에 대한 소문을 확인하려 하고, 호시탐탐 저택에 사는 여자들의 과거를 캐묻고 싶어 했다. 저택의 여자들은 전자의 질문보다 후자의 질문들을 두려워했고, 또 그 질문들이 어떤 편견을 전제하고 있는지 잘 알고 있었다. 그들은 저택의 일원이 되기 전 저마다의 사연을 가지고 있었고, 복잡한 사연을 가진 여자들을 세상이 쉽사리 이해하거나 받아주지 않는다는 것 또한 알고 있는 사람들이었다. 자립을 위해 마을에 일자리를 얻었던 여자들이, 더 많은 또래 친구들을 사귀고 싶어 홈스쿨링을 마치고 학교에 다녔던 아이들이 저택 바깥의 생활을 오래 견디지 못하고 저택 안에 틀어박혔다. 그러나 모두가 끝까지 저택에 남기를 바란 것은 아니었다. 몇몇은 저택이라는 공간을 갑갑하게 여겼으며, 간혹 저택에서의 생활을 정리한 후에도 지역을 떠나지 않고 남아 있는 경우도 있었다. 그들은 지역 사회의 일원이 되었다. 직업을 얻어 자립을 하는 경우가 있는가 하면, 가까이 지내던 여자 몇몇이 함께 집을 구하기도 했고, 그 지역의 남자와 새로운 가정을 꾸리기도 했다. 라우라의 어머니라면, 가장 후자를 삶을 꿈꾸는 사람이었다.

라우라는 자신의 어머니가 저택에 머무는 것을 지루해하기 시작했다는 걸 어렵지 않게 눈치챘다. 그리고 천국에서의 시간이 끝나가는 걸 예감했다. 밤마다 먼지 얼룩으로 불투명해진 창가에 서서 마을의 풍경을 바라보는 눈빛을 보면 알 수 있었다. 그녀는 어머니의 작은 행동이나 몸짓, 말 속에 어제 뿌린 향수 향기처럼 은은하게 섞여 있는 참을 수 없는 호기심과 외로움을 감지했다. 어쩌면 어머니 자신조차 깨닫지 못한 것일 수도 있었다. 라우라가 어머니의 열정과 변덕 속에서 태어났고, 성장했다는 사실을 생각하면 놀라운 일은 아니었다.

어머니는 곧 라우라에게 저택 밖에서 돈벌이가 될 만한 일을 찾아나서겠다고 말했다. 라우라, 다른 사람에게 의지해서 사는 건 옳지 않아. 인간은 결국 혼자 살아남아야 한단다. 그리고 우리가 스스로 살아갈 수 있는 능력이 있다면, 우리는 지금 우리가 받는 혜택을 더 절실하게 필요로 하는 사람들에게 돌려줄 수 있도록 해야 하지. 그게 우리가 카밀라와 저택의 도움에 진정으로 보답하는 길이야. 라우라가 지독한 감기에 시달렸던 어느 여름, 어머니가 종일 그녀 곁에 있기를 바란다고 말했을 때, 그녀가 라우라의 이마를 짚으며 한 말은 단어 하나도 빠짐없이 그럴싸했다. 라우라는 반박할 수 없었다.

그러나 그녀는 어머니의 말이 모두 기만이라는 것을 알고 있었다. 어머니는 절대로 혼자 살아남을 수 있는 그런 종류의 인간이 아니었다. 특히 어머니가 마지막에 덧붙이는 어떤 말은 라우라의 불안을 증폭시켰다. 오, 라우라, 물론 너는 언제나 내게 의지해도 괜찮아. 너는 엄마의 보살핌이 필요한 어린아이니까. 그리고 엄마와 딸이란 원래 그런 것이란다. 같은 운명을 공유한다는 건 그런 거지. 내가 진정으로 믿고 사랑하는 사람은 오직 너뿐이란다. 내가 너를 버리고 떠날 거란 걱정은 절대로 하지 않아도 된단다. 그녀는 라우라가 가장 두려워하는 게 무엇인지를 영영 눈치채지 못했다. 라우라를 사로잡은 공포는 어머니가 자신을 떠나버리는 것이 아니라, 최후까지 그녀를 포기하지 않으리라는 사실이었다. 성인이 되는 날은 요원하게 느껴졌고, 언제라도 어머니의 불행 속으로 끌려들어갈지 모른다는 생각은 라우라를 정서적으로 불안정하게 만들었다. 그리고 어머니에 관해서라면, 라우라의 예감은 단 한 번도 예감만으로 끝난 적이 없다.

만일 그들이 카밀라의 저택에 오지 않았더라면, 라우라 역시 두 사람이 함께 하는 것 이외의 미래를 상상조차 할 수 없었을 것이다. 과거에 어머니의 삶에 벌어진 사건들이 아니었다면, 라우라 자신도 온갖 호기심으로 저택 바깥세상을 누비기를 꿈꾸는 여자로 성장해나갔을지도 모른다. 그녀는 일반적인 교과과정의 학습 능력이 뛰어난 것은 아니었지만, 상황을 직관적으로 파악하고 일을 효율적으로 처리할 줄 알았다. 눈치가 빠르고 명석했다. 그러나 어머니와의 관계는 모든 면에서 라우라의 욕망을 축소시켰다. 그녀의 욕망은 지나치게 단순했다. 어머니로부터 자유로워지는 것. 어머니의 불행의 일부가 되지 않는 것. 어떻게든 저택을 떠나지 않는 것.

비극의 조짐들은 빠르게 누적되어갔다. 라우라의 어머니는 마을의 카페와 레스토랑 몇 군데를 옮겨다니며 일을 시작했다. 그녀는 언제나 자립에 대해 말했다. 하나 그녀가 바라는 것은 라우라가 기대하는 자립과는 거리가 멀었다. 어머니는 언제나 가족을 원했다. 그녀에게 저택이라는 공동체는 가족이 아니었다. 그녀와 라우라를 지극한 사랑으로 보살펴줄 진짜 가족이 필요했다. 마을로 나서자마자 그녀는 레스토랑의 인기 스타가 됐다. 남자들은 알아보았다. 괴로운 과거가 있는 여자, 과거로부터 달아나기 위해 안간힘을 쓰는 여자, 그로 인해 강한 생활력을 갖게 된 여자, 그러나 겨우 자기 자신을 지탱할 뿐이어서 언제든 흔들릴 준비가 되어 있는 여자, 미풍에도 무너져버리는 허술한 벽과 같은 여자. 남자들은 그런 여자를 알아보았고, 그 벽을 무너뜨리기를 좋아했다. 애당초 무너지기 위해 세워진 벽을 무너뜨리고는, 그걸 모르는 체하고, 자신의 힘에 도취되어버리고는 했다. 그런 남자들이 젊고 생기 넘치는 라우라의 어머니에게 다가왔다. 그녀는 그런 남자들과 어울렸고, 라우라를 뒷전에 두었다.

라우라는 어머니를 부끄럽게 여겼지만, 정작 어머니 그 자신은 전혀 그러하지 않았다. 그녀는 항상 당당했다. 너에게 좋은 아버지가 되어줄지도 모르는 사람이야. 이 사람은 다른 남자들과는 달라. 그의 결혼생활은 엉망진창이야, 그는 그 여자가 차라리 자기를 죽여줬으면 좋겠다고 해. 그러나 이런 말 또한 언제나 따라왔다. 그도 똑같았어. 그 남자는 다를 줄 알았어. 남자들이 원하는 건 죄다 똑같아. 나에게는 너뿐이야. 너밖에 없어. 너만으로 충분해. 라우라는 항상 자신의 몸에서 비린내가 난다고 생각했다. 잠든 라우라를 흔들어 깨우는 어머니의 탄식 같은 목소리와 함께 비릿하게 풍겨오던 술 냄새 때문이었다. 악몽을 꾸거나 새벽에 갑자기 잠에서 깨면, 여지없이 그 목소리가 들리고, 그 냄새가 났다.

어머니가 자신을 데리고 저택을 떠나려 할지도 모른다는 불안은 라우라가 저택과 카밀라로부터 일종의 분리불안에 가까운 감정을 느끼게 만들었다. 한편으로 그녀는 어머니처럼 살지 않겠다는 결심을 거듭했고, 청소년기에 접어든 그녀의 삶은 폭력적이고 위태롭게 변해갔다. 열네 살이 된 그녀는 열여섯까지 저택 바깥에서 학교에 다녔다. 그리고 마치 어머니를 조롱하듯, 어머니를 가지고 논 남자들을 처벌하듯, 수많은 남자아이들을 사랑에 빠뜨리고 매몰차게 걷어차버렸다. 그녀는 남자아이들에게 아무런 설렘을 느끼지 못했다. 당장에는 달콤하고 충성스러운 말로 라우라의 마음을 얻으려 하겠지만, 뒤에 가서는 수녀원에 살고 있으니 수녀를 따먹은 것이나 다름없다고 떠벌리고 다닐 것이 틀림없었다. 그리고 실제로도 그런 아이들이 존재했다.

라우라는 곤두박질쳤다. 남자아이들과 어울리고, 술을 마시고, 담배를 피웠다. 그녀에 대한 나쁜 소문은 작은 지역 전체로 퍼져나갔고, 사람들은 그 에미에 그 딸이라며 라우라 모녀를 향해 손가락질을 했다. 라우라는 차라리 그렇게 모두가 두 사람을 증오하게 되기를 바랐다. 그렇게 된다면 어쩌면 저택 밖으로 한 걸음도 나오지 않고 살 수도 있으리라 생각했다. 그러나 라우라의 바람은 이루어지지 않았다. 라우라의 어머니는 그녀의 행실을 나무라기 바빴고, 급기야 그 비행들이 그녀에게 멀쩡한 가족이 존재하지 않기 때문이라고 역설하고는 했다. 그녀의 어머니는 그 사실을 마음 아파했고, 죄책감을 느꼈다. 그리고 다시 말했다. 걱정하지 마, 라우라. 나는 절대로 너를 버리지 않을 거야.

어느 날부터 지역에 드나들기 시작한 사내는 라우라의 어머니보다 열 살쯤 어렸다. 라우라는 계절이 겨울에서 여름으로 건너가는 내내 어머니가 한 명의 사내를 만나고 있다는 걸 알고 있었다. 일주일에 두 번 마을의 식당과 가게에 식료품을 배달하는 사내가 가끔 자신의 어머니와 저택 앞에서 포옹하거나 입을 맞추었다는 이야기가 라우라의 귀까지 흘러들었다. 저택에도 가공된 식료품을 납품하던 그에 대한 평판에는 달리 흠잡을 구석이 없었다. 잘생겼고, 성실하고, 예의가 발랐으며, 알려진 바에 따르면 아내나 자식도 없었다. 그는 거의 완벽해 보였다. 라우라의 아버지가 되기에는 조금 젊어 보인다는 것을 제외하면 성품으로나 자질에 아무런 하자랄 것이 없었다. 정확히는 지금껏 라우라의 어머니가 만난 그 어떤 남자보다 의젓한 성인 남성이었다.

라우라의 열여섯 번째 생일이 석 달 앞으로 다가와 있었고, 여름이 무성해지고 있었다. 라우라는 여름을 좋아하지 않았다. 작열하는 햇살, 그 무더위 속에 방치되어 있어도 죽거나 시들지 않고 번성하는 초록의 생명력이 조금은 징그럽다고 느꼈다. 그녀는 그늘이 생긴 회랑 한쪽에 낡아빠진 의자를 끌어다놓고, 거기에 앉아 더위를 식히려는 아이들이 화단 옆 수도 호스를 휘두르고 있는 것을 지켜보았다. 그때 저택의 정문 쪽에서 느리게 걸어오는 어머니의 모습이 보였다. 이미 두 해 전부터 또래의 아이들과 방을 나누어 쓰고 있었지만, 라우라는 어머니가 지난밤 저택에 돌아오지 않았다는 사실을 알았다. 그녀는 어머니가 사내가 마을에 와 머무는 날마다 그와 함께 밤을 보낸다는 것을 알고 있었고, 그들의 관계가 다른 남자들과의 그것과는 사뭇 다르게 줄곧 평화롭고 안정적이라는 것도 진즉 눈치채고 있었다.

이 저택이 널 병들게 하고 있는 거야. 우리가 다 갚지 못할 큰 빚을 진 것은 맞지만, 널 영원히 이곳에 머물게 할 수는 없단다. 그 계절을 떠올리면 라우라의 머릿속에는 요한 스트라우스 2세의 폴카가 울려 퍼졌다. 그녀의 어머니는 낡은 옷과 불필요한 물건을 저택의 여자들에게 나누어주는 동안 쉴 새 없이 그 곡의 멜로디를 흥얼거리고는 했다. 그러면 어머니의 눈빛은 그의 손을 마주잡고 달빛 아래 신록을 가로지르며 춤의 스텝을 밟고 있는 듯 보였다. 그이는 술에 취해 유치한 유행가 따위나 흥얼거리는 놈들과는 차원이 다른 남자란다. 라우라의 눈에도 모든 상황이 전과는 달리 보였으나, 오직 하나만은 변치 않은 게 있었다. 행복한 어머니는 라우라를 돌보지 않았다. 그때 라우라는 자신이 저택을 떠나고 싶지 않은 이유가 비단 언제 닥쳐올지 모르는 불행 때문만은 아니라는 걸 비로소 깨달았다. 그녀는 저택을 떠나 어머니가 새로 행복한 가정을 꾸린다한들 그 행복 속에 자신은 속할 수 없으리라고 생각했다. 돌이켜보면 이전에도 라우라는 어머니의 불행한 삶에만 속해 있었다.

하필이면 드물게 천둥번개가 치고 폭우가 쏟아지는 밤이었다. 라우라는 자신의 의지와 달리 저택을 떠나야 할 날이 코앞까지 다가와 있는 것을 느꼈다. 어머니는 낡은 보스턴백에 귀중품을 챙기고, 그보다 훨씬 커다란 새 가방을 가득 채워가고 있었다. 그날 저녁 술을 마신 라우라는 어머니의 침대 밑에 보관되어 있던 보스턴백을 들고 달아났다. 달빛이 힘을 쓰지 못할 만큼 어둡고 무거운 먹구름 아래로 어머니가 라우라를 뒤쫓았다. 라우라는 모든 걸 불태워버리겠다고 으름장을 놓았다. 다 불살라버릴 거야. 나를 버리지 않을 거라고? 이미 나를 몇 번이나 버렸잖아. 어차피 또 나를 버릴 거잖아. 나는 여기에 남을 거야. 나를 여기에 남겨두지 않을 거라면 차라리 나를 죽이고 가. 당신은 어머니라고 할 수도 없어. 당신은 당신이 외로울 때만 나를 찾지. 더는 그 삶에 휘말리지 않을 거야. 그즈음 하늘이 비를 뿌려대기 시작했다. 라우라는 가방에 불을 지르려고 했고, 그녀의 어머니는 라우라에게 달려들었다. 애원과 흐느낌이 고성과 격한 몸싸움으로 번졌다. 굉음이 사위를 덮쳐, 누구도 그들의 사나운 목소리와 비명을 듣지 못했다. 그리고 라우라는 그간 마음속에 억눌려 있던 강렬한 충동을 깨달았다. 차라리 당신이 내 어머니가 아니었으면 좋겠어. 차라리 당신이 사라져버리면 좋겠어. 그러나 라우라는 인생이 끝나는 마지막 순간까지도 자신이 그 순간 진정으로 어머니가 죽어버리기를 바랐는지는 확신하지 못했다. 어머니는 라우라에게 말하고는 했다. 천둥은 신이 너를 찾는 목소리야. 우리 라우라가 어디에 있나. 그리고 번개는 널 발견했다는 신호란다. 여기에 있었구나. 비바람이 휘몰아치던 밤에, 그녀는 어머니를 목 졸라 살해했다. 라우라, 여기에 있구나. 라우라는 결코 용서받을 수 없으리라고 생각했다. 그러나 신을 믿지는 않았다. 신이 존재한다 해도 신에게 기도는 하지 않을 작정이었다. 라우라에게 신은 선하지 않았다. 가혹하고, 또한 악랄했다.

키티 부인이 방 안을 돌며 창가의 덧문을 닫기 시작했다. 그러자 세상을 쓸어갈 것만 같던 빗소리가 등 뒤에서부터 차례로 지워졌다. 라우라는 오랜 시간이 지난 뒤에 그 장면을 자신의 일기장에 아주 길고 자세하게 적었다. 빗소리가 멀고 희미해진 반면, 방 안의 소리는 부쩍 커다랗게 메아리쳤다. 건물의 층고가 높은 탓이었다. 나무 굽이 달린 카밀라의 슬리퍼가 방을 가로지르는 발소리는 무겁고 단단했다. 그녀는 라우라 곁에 놓인 젖은 나일론 백 앞에 옷이 젖는 것도 아랑곳 않은 채 한쪽 무릎을 굽히고 앉았다. 모녀가 저택에 들어올 때 들고 왔던 가방이었다. 안에 든 것은 여전히 많지 않았지만, 그때는 들어 있지 않았던 것들로 채워져 있었다. 뒤축이 조금 낡아버린 외출용 구두, 싸구려 보석, 아름다운 무늬의 스카프, 아넨 폴카가 녹음된 카세트테이프와 그것을 재생할 수 있는 기기 따위가 흠뻑 젖은 채 가방 밖으로 나왔다. 처음에 저택을 찾아올 때와 달리 라우라 모녀의 생존에 관련된 것이라고는 무엇도 들어 있지 않았다. 그리고, 피에르. 그의 이름이 적힌 몇 통의 편지와 카드가 있었다. 피에르. 카밀라는 잉크가 번진 피에르의 편지 몇 통을 천천히 읽었다. 라우라, 진실을 말해야 해. 어깨를 붙든 카밀라의 손톱이 피부를 지그시 파고들었다. 흔들림이라고는 없는 맑은 눈이었다. 나도 아주 오래전에 내 엄마를 죽였단다. 키티 부인이 카밀라의 이름을 크게 외쳤다. 카밀라는 더 이상 말을 잇거나 다가오는 것을 허락하지 않겠다는 듯 커다란 손을 펼쳐 키티 부인을 막아섰다.

저택의 부지는 넓었다. 과수원 너머의 공터를 지나 저택의 가족이나 다름없는 작은 가축들을 키우는 농장 너머로도 개간하지 않은 땅이 넓게 펼쳐져 있었다. 너무 멀어서 굳이 누구도 찾아와 밟지 않는 땅이 천지였다. 카밀라와 키티 부인은 치밀했다. 장신의 체구에서 나오는 힘으로 그들은 시신을 깊게 파묻고, 누구의 의심도 사지 않도록 쓰레기를 소각하는 날이 되어서야 라우라의 어머니가 싸두었던 짐을 불태웠다. 카밀라는 라우라의 어머니가 전염성이 있는 폐렴에 걸렸다며 격리된 방에서 휴식을 취하고 있다고 말했고, 키티 부인은 하루에 한 번 그녀를 돌보는 척하며 별채의 지하로 내려갔다. 라우라 또한 앓아누웠지만, 고작 이틀만 침대에 누워 있었을 뿐, 이내 기력을 회복하고 학교에 갔다.

피에르가 마을에 돌아온 날, 라우라는 레스토랑에서 그를 기다렸다. 그간 매번 어머니의 제안을 거부한 탓에 그와 나란히 마주 보고 앉는 것은 처음 있는 일이었다. 그는 공손하고, 상냥했다. 피부는 붉고 거칠었지만, 순하고 따뜻한 그의 성정을 가릴 수는 없었다. 그가 아버지가 되었다면. 라우라는 떠오르는 생각을 쫓으려 애썼다. 대신에 억지로 이렇게 생각했다. 만약 아버지가 되었다면 그 또한 개자식이 되어버렸을 거라고. 이제 그는 라우라에게만큼은 영원히 개자식 소리를 듣지 않을 것이므로 운이 좋은 것일 뿐이라고.

피에르 앞에서 라우라는 흐느꼈다. 내 어머니를 놓아주세요. 어머니는 당신을 사랑하지만, 나는 이미 씻지 못할 상처를 받았어요. 아무리 설득해도 어머니는 내 말을 듣지 않아요. 당신을 너무나 사랑하기 때문이죠. 다시는 이 마을을 찾지 마세요. 우리가 이곳에서 평화롭게 살 수 있게 해주세요. 당신은 아직 아이가 없죠. 당신이 기구한 삶을 살아온 내 어머니라고, 내가 당신의 아이라고 상상해보세요. 나는 이곳을 떠나 다시 불행에 빠질까봐 불량한 아이가 되었을 뿐이에요. 그게 내 어머니의 마음을 할퀴고 있죠. 그 몇 마디의 말을 끝마치기 위해 라우라는 반나절이나 레스토랑에 앉아 있어야 했다. 눈물이 쏟아지고 목이 메어 말을 이을 수 없기 때문이었다. 그의 눈가에도 살짝 눈물이 비쳤다. 라우라가 의식적으로 한 일인지는 확인할 길이 없지만, 그녀의 방대한 양의 일기장에 그는 언제나 피에르라고 적혔다. 어머니의 모든 남자가 개자식으로 적혀 있는가 하면, 어머니의 이름조차 적혀 있지 않았던 그 일기장에, 피에르는 언제나 피에르로 등장했다.

몇 번 더 마을을 오간 뒤에 피에르의 발길도 끊겼고, 피에르가 오지 않게 되자 저택 안에는 슬슬 라우라의 어머니가 딸을 버리고 피에르와 저택을 떠났다는 소문이 돌기 시작했다. 키티 부인에 의해 계획된 소문은 곧 사실로 확정되었다. 누군가는 불쌍한 라우라만이 저택에 남겨졌다고 말했고, 다른 누군가는 질 나쁜 아이를 데려갈 수 없었으리라고 했다. 라우라는 차차 말수가 줄었고 친구를 사귀지 않게 되었다. 그녀는 키티 부인에게 저택 관리에 관한 일들을 배워나갔고, 자주 카밀라의 곁에 머물렀다. 누군가는 카밀라가 라우라를 특별히 돌봐줄 만하다고 말했고, 누군가는 라우라가 특별대우를 받고 있다며 질투했다. 라우라는 그런 말들을 조금도 신경쓰지 않았다. 그리고 카밀라와 평생 모녀지간 같은 친밀한 관계를 유지했지만, 그 비극이 일어난 밤 이후로 단 한 번도 서로의 어머니에 대해 말하거나 묻지 않았다.

키티 부인이 지병으로 세상을 떠난 뒤에 라우라는 키티 부인이 했던 역할을 도맡았다. 대학에 다니기 위해 몇 년 저택을 떠나 있었지만, 도시에 정착하지는 않았다. 그녀는 저택으로 돌아와 남아 있는 큰 땅을 개간하고 포도밭을 일구어 작은 와이너리를 만들었다. 라우라는 금세 여성들의 삶을 살피는 여성이자, 수완이 좋은 젊은 사업가로 세간에 알려졌다. 저택이 벌어들인 돈은 모두 저택의 여성들을 위해 쓰였다. 그녀는 법적으로 카밀라의 이름을 딴 복지재단을 만들고 싶어 했으나 카밀라의 반대로 자신의 이름을 붙인 재단을 만들었다. 재단을 설립할 무렵 대학에서 만난 친구였던 베르타가 재단에 합류했다. 소아마비로 어릴 적부터 휠체어를 타야만 했던 베르타는 뛰어난 의학도였고, 자신의 재능을 라우라가 쓰려 하는 곳에 쓰고 싶어 했다. 그들은 함께 일하며 곧 연인이 되었다. 라우라는 저택 앞에 버려져 있던 한 아이를 입양했다. 그리고 카밀라를 대모로 삼아, 그 아이에게 카밀라라는 이름을 붙여주었다.

라우라는 카밀라의 사후에 저택의 모든 것을 물려받았다. 카밀라의 재산뿐 아니라, 그녀가 여성들을 위해 지켜왔던 신념 또한 이어받았다. 거기에는 그녀가 키티 부인이 도맡았던 일을 모두 대신하고, 저택의 재정과 상황을 속속들이 알게 된 이후에도 접근이 허락되지 않았던 지하실의 문을 여는 열쇠도 포함되어 있었다. 저택의 가장 깊고 어두운 곳의 문을 열고 불을 밝히자 저택 어디에서도 본 적 없는 고급스러운 가구와 침구로 꾸며진 거대한 방이 눈앞에 펼쳐졌다. 구석진 곳에는 방 전체의 고풍스러운 분위기와는 사뭇 어울리지 않는 고가의 응급 의료기기가 준비되어 있었다.

라우라는 장례식을 마친 뒤, 모두가 잠든 밤에 그 방을 찾아가 방 안 곳곳을 살폈다. 그리고 곧, 예상과 달리 그 방이 주인이 카밀라가 아니었다는 사실을 알게 됐다. 그곳의 책장에는 카밀라가 성실하게 써온 일기와 어릴 적부터 모아온 사진 앨범들이 가득했다. 거기에는 키티 부인보다 나이가 많고, 키티 부인이 떠난 후에도 그 방에서 생활했던 한 여성의 이야기, 그녀의 사진이 남아 있었다. 그녀는 분명 카밀라의 어머니였다. 두 사람이 나란히 찍힌 사진 속 얼굴은 한 사람의 사진 두 장을 나란히 오려붙인 것처럼 똑같았다. 카밀라가 살해했다고 말한 그녀의 어머니가 내내 그 저택 안에 살아 있었던 것이다. 라우라는 충격에 빠졌고, 대학에 다니기 위해 저택을 떠난 이후 처음으로 저택을 떠나 긴 여행길에 올랐다. 사람들은 카밀라를 잃은 슬픔 때문이라고 생각했다. 물론 라우라는 카밀라의 죽음을 슬퍼했지만, 그것이 전부는 아니었다. 라우라는 카밀라가 왜 자신에게 거짓을 말했는지 혼란스러웠고, 나아가 왜 그녀가 자신의 어머니를 지하에 유폐한 채 누구에게도 알리지 않았는지 궁금했다. 여행을 마치고 저택으로 돌아온 라우라는 한동안 지하에 틀어박혀 카밀라의 자료들을 읽어나가기 시작했고, 어느새 카밀라가 그러했듯이 자신의 인생에 대해 쓰기 시작했다. 내가 알기로 카밀라는 그 방을 베르타에게조차 열어 보인 적이 없다.

내가 이 사건의 전모를 알게 된 것은 내 어머니, 그러니까 라우라가 세상을 떠난 뒤의 일이다. 어머니의 일기에 적혀 있던 가구들은 너무 낡아버렸지만, 방은 계속 누군가의 손을 탄 것이 분명했다. 나는 내 두 어머니가 모두 내 곁을 떠난 상실감에서 오래 헤어나오지 못했고, 그 방의 기록물들을 살펴보아야겠다고 생각하기까지는 더 오랜 시간이 걸렸다. 그러나 결국 나 역시 그것을 읽기 시작했고, 한번 읽기 시작하자 읽기를 멈출 수 없었다. 내 어머니가 그러했듯 나 역시 어머니의 죽음과는 별개인 깊은 충격에 빠졌다. 라우라는 내가 아는 그 어떤 여성보다 온화하고 선량한 사람이었기 때문이다.

만일 이것이 누군가 지어낸 한 편의 이야기라고 한다면 지금까지의 이야기는 프롤로그에 불과하다. 카밀라와 라우라, 피와 마음으로 맺어진 가계의 비극은 아주 오래전으로 거슬러 올라가기 때문이다. 지하실에는 이 저택에 살았고, 이 저택의 안팎에서 살고 죽어간 여자들의 서로 다른 비극의 기록 또한 넘쳐난다. 내 어머니는 카밀라가 이 모든 것을 물려준 이유를 마지막까지 깨닫지 못했다. 그녀는 자신의 이야기를 덧붙여 쓰는 일 외에는 달리 할 수 있는 일이 없다고 느꼈다. 나 역시 아직 내 어머니의 의중을 파악하지 못했다. 본래 상속이란 그런 것이다. 가치가 명확한 유산만을 물려받을 수도, 물려받기를 원하는 것만을 선택적으로 물려받을 수도 없다. 그러나 우리는 우리가 물려받은 것을 어떻게든 책임져야 한다. 금고에 넣고 아무도 훔쳐갈 수 없게 잠가버리거나 이득을 위해 팔아버릴 수도 있지만, 미처 갚지 못한 것이 있다면 그것을 갚는 것 또한 상속자의 몫인 것이다. 모든 것을 불태워버리고 파산선고를 받을 수도 있을 것이며, 이 빚을 짊어질 다른 누군가에게 떠넘길 수도 있을 것이다. 그 방법이 무엇이든 간에, 선택해야 한다. 어떻게든 그것에 대한 책임과 대가를 치러야만 하는 것이다. 이 거대한 저택의 유산을 어떻게 책임질 수 있을 것인가. 어쩌면 그 숙제야말로 내가 물려받은 가장 큰 유산이리라고, 나는 생각한다.

내 이름은 카밀라, 내 어머니들의 이름은 라우라와 베르타이다. 친어머니가 누구인지는 모른다. 나는 태어난 지 반년이 되기도 전, 내가 아직 갓난아기였을 때 이 검고 거대한 저택 앞에 버려졌다. 수많은 여자들이 모여 사는 이 저택을 사람들은 카밀라 수녀원으로 부른다. 그렇다. 나는 이제야 겨우 그 이야기를 시작하려는 참이다.

안(安)과 완(完)의 밤

최영건

최 영 건

2014년 《문학의 오늘》 신인문학상에 단편소
설 〈싱크홀〉이 당선되며 작품활동을 시작했
다. 소설집 《수초 수조》, 장편소설 《공기 도미
노》가 있다.

잠시 멈추는 시간을 믿어?

시계 없이 우리는 할 수 없잖아, 지금 흐르는 시간의 증명을

안이야, 저기 정말 그 유령이 있을까?

길 건너 건물의 침묵이 무심코 거북해져, 웃으면서 다시금 그 존재에 대해 물어볼까 싶었지만 그러다 괜히 친구의 기분을 망치게 될까봐 그만두었다. 저 알록달록한 성은 왜 저렇게나 이 거리와 어울리지 않는 모습을 하고 있는가. 저택은 전형적인 동화 속 성 형태의 유치원처럼 보이면서도 그것과는 조금 다르다. 놀이 기구를 겸비한 퇴락한 뜰의 구조는 중국식에 가깝고 외벽 장식은 아르데코라 분류할 수도 있을 듯하며 아치형 창문들은 로마네스크를 연상시킨다. 결정적으로 저택의 양식을 결정짓고 있는 것은

노란 기와지붕의 고딕풍 첨탑이다. 이곳은 노랑과 주황, 하늘색으로 이루어진 뾰족하고 길쭉하며 장엄한 저택인 것이다.

안은 버려진 성을 잠시 바라보다가 성큼성큼 길을 건넜다. 자박자박, 자박자박, 건너편에 가자마자 안이 풀을 밟는 소리가 커다랗게 들려왔다. 안이 대문을 열 때 완은 무심코 마른침을 삼켰다. 대문은 예상과 달리 삐걱거리지 않고 조용히 열렸다. 안의 말대로 자물쇠 하나 없었다. 정말로 문이 열리니 무섭고도 신기했다. 오면서 들은 이야기에 따르면 오래전 이곳은 마을의 하나뿐인 유치원이자 미술관이었다고 했다. 어쩌다 이곳이 그 두 가지 용도를 동시에 갖출 수 있었던 것인지는 들을 수 없었는데, 그건 여기가 그런 장소였던 과거가 이야기를 들려주던 안에게도 이미 희미한 시간이 되어버린 탓이었다. 그때는 안도 어렸으니까. 어릴 때의 기억은 원래 희미해지기 위해 존재하는 것이니까.

"어릴 때 이 길을 따라 걷다 보면 여기 해바라기가 많았어. 잔뜩 피어 있었는데 아무도 꺾어 가지는 않았어."

두 사람은 어느새 대문 너머로 들어와 있었다. 쇠잔해진 건물의 마른 페인트 조각들이 뜰 곳곳에 흩뿌려져 있었다. 노랑, 주황, 분홍, 하늘. 해바라기의 흔적은 없었지만 이제는 벗겨진 페인트 조각들이 작은 꽃들 같았다. 안은 무슨 생각인 건지 계속 꽃에 대해 중얼거렸다.

"이제는 어릴 때랑 다르게 꽃이 하나도 없어. 누가 돌봐주지 않으면 그런 꽃은 없어져버리나봐."

"해바라기 아닌 다른 꽃은 있던걸. 내가 들어오면서 봤어. 아주 작은 풀꽃은 많아. 처음에는 누가 사탕 껍질 같은 걸 버린 줄 알았어. 자세히 보니까 꽃이었어."

말을 하며 뒤를 돌아보았지만 아까 본 꽃은 이미 어둠에 묻혀 보이지 않았다. 푸르스름한 밤의 폐건물로 앞서 걸어 들어가는 안은 완과 달리 긴장한 기색이 없었다. 안은 이미 세 번이나 이곳에서 그 유령을 만난 적 있으니 당연한 일인지도 모른다. 안의 말에 따르면 이곳의 유령은 친절하고도 온전한 존재였다. 한밤중에만 잠시 나타나 이야기를 나눠주다가 아침이 되면 온데간데없이 자취를 감췄으므로 만나기 위해서는 반드시 이런 밤 이곳을 방문해야 했다. 안은 유령이 살아 있는 사람들과는 다른, 틀림없이 전혀 다른 존재라고 믿고 싶어 했다. 유령에 대해 이야기할 때 안은 다른 것에 대해 말할 때와는 전혀 다른 얼굴을 하고 있었다. 완이 본 적 없는 얼굴이었다.

완이 여기 온 것은 두렵기는 하지만 안이 본 밤의 존재를 보고 싶기 때문이었다. 완은 안이 가지게 된 표정을 낯설게 느끼고 싶지 않았다. 아니 정말로 그것이 전부였을까? 완은 무언가에 대해 깊은 생각을 해보려 할 때마다 번번이 터무니없는 두려움을 맞닥뜨리고 말았다. 이 문제도 마찬가지였다. 생각해보려 할수록 아무런 생각도 나지 않았다. 부끄러워질 뿐이었다. 물론 완은 안 앞에서 무엇에도 부끄럽고 싶지 않았다. 적어도 안 앞에서만큼은 부끄럽지 않아보고 싶었다.

하지만 어쩌나. 완은 도리 없는 부끄러움으로 이루어진 겁쟁이였다. 허술하게 닫혀 있는 현관문 앞에 안과 나란히 서는 순간, 완은 불현듯 뜰에서 우리를 주시하고 있는 모든 생명체들의 기척을 느낄 수 있었다. 안녕하세요 버려진 뜰의 거주자분들. 여기 살고 있는 나방과 거미와 바퀴벌레, 들쥐와 진딧물과 풀꽃님들. 우리는 유령을 만나러 여기에 왔어요. 미안하지만 곤충 유령이나 동물 유령은 상대해드릴 수 없습니다. 우리가 만나러 온 건 오래된 인간 유령이니까요.

완은 긴장할수록 중얼중얼 속으로 아무도 듣지 않는 말을 되뇌고는 했고 그 말들은 아무도 듣지 않는 말이기에 계속해서 이어질 수 있었다. 안은 완의 표정을 힐끗 보더니 아무 말도 없이 현관을 밀어 열었다.

"가자."

안이 완의 팔을 끌어당겼다. 왜 누구도 이 건물의 문을 잠가두지 않은 것일까? 이곳에 호기심을 느낀 사람은 둘 외에도 더 있었을 것 같은데. 그런데도 이곳은 너무나 무방비했다. 꺼림칙할 정도로 쉽게 문이 열렸다. 완은 괜히 겁이 나는 것을 숨기기 위해 아무렇게나 말을 꺼냈다.

"액자다. 저거 그림 맞지?"

로비에는 마침 그림 액자가 하나 걸려 있었다. 작은 그림인데다 너무 어두워서 무슨 그림인지는 잘 보이지 않았다. 안의 손전등은 그림이 없는 방향만을 맴돌고 있었다.

"네가 전에 왔을 때도 저런 그림이 있었어? 왜 저건 가져가질 않았지?"

"누가 가져가?"

"사람들이."

"주인이 아니었나보지."

이해가 될 것 같으면서도 애매하게 들리는 말이었다. 안은 유령을 생각하느라 그림에는 관심이 가지 않는 것 같았다. 손전등의 둥그런 빛은 로비 좌우의 복도를 두리번거리다가 왼쪽에서 멈췄다. 완은 앞서 걸어나가는 안의 손을 붙잡으려다가 두려움과 애정을 동시에 지나치게 들킬까봐 조심스럽게 그만두었다.

"그래서 그 유령이 어디에 있는 건데? 이름이라도 불러봐야 하는 거 아냐?"

"우선 2층으로 올라가야지."

복도는 매우 조용했다. 페인트가 일어난 벽 군데군데 아이들이 붙여놓은 것 같은 스티커 자국이 눈에 띄기도 했다. 안은 완을 이끌어 계단으로 향했다. 계단의 나무 난간은 먼지와 흠집으로 덮여 있었다.

"안이야, 네 말대로 유령이 정말 친절할까?"

"그럼."

"네가 아니라 나에게도 그럴까?"

"당연하지."

안은 확신 어린 목소리로 속삭였다. 미세한 떨림이 깃든 목소리이기도 했지만 그 떨림은 몹시 작고 옅어서 완에게까지 전해지지 않았다. 그래서 완은 이번에도 안의 속마음을 알아챌 수 없었다.

거짓말은 아니니까.

안은 기억의 꺼림칙한 부분을 애써 모른 척하며 한 발 한 발 천천히 계단을 올랐다. 조금 무서워서 뒤따르는 완의 손을 잡고 가고 싶었지만 불안한 진심을 들킬까봐 그렇게 하지는 않았다.

"위쪽에 창문이 더 많아서 그런가 계단을 올라갈수록 좀 밝은 거 같아."

3층까지 가는 계단은 끝나지 않는 꿈처럼 길었다. 유령을 만나려면 되도록 위로 올라가야 한다는 안의 말에 둘은 2층을 지나 3층으로 올라갔다. 끝나지 않는 꿈을 정말로 꾸게 된다면 지금보다 훨씬 더 무섭겠지만 한편으로 그 꿈속에서는 꿈 바깥에서보다 더 많은 일들을 시도하거나 기대해볼 수 있을 것 같았다.

"전에 왔을 때도 갈수록 더 밝아지는 것 같다고 생각했었는데. 아마 위쪽이 더 하늘에 가까워서 그런가봐."

"그럼 3층이 2층보다 환한가?"

완은 달빛 때문인지 조금 더 밝게 느껴지는 3층 복도를 올려다보며 말했다. 그때 앞서 가던 안이 걸음을 멈추었다.

"잠깐만."

"왜?"

안은 손가락을 입에 대고 조용히 하라는 시늉을 해 보였다. 무슨 소리를 들었어? 완은 입 모양으로 물었지만 어둠 속에서 입술의 움직임은 잘 보이지 않았다. 안은 허공에 대고 속삭이듯 물었다.

"선생님, 거기 계신가요?"

안이 부르고 있는 것은 유령이었다. 완은 그 모습을 보면서 지금까지보다 한층 더 모든 게 비현실적으로 느껴졌다. 완의 현실은 단단하고 정교하며 평온한 것이었다. 한편으로 그 평범한 평온의 감각이란 어느 순간 소실되어 다시는 원래대로 복구되지 않던 것이기도 했다. 아무리 기억해보려 해도 어느 순간부터 도저히 기억나지 않고, 그를 향한 몽롱한 기시감만 남아 있다.

"선생님, 선생님, 거기 계신 거죠?"

안이 부르고 있는 존재는 기시감이라는 단어로는 도저히 측정되지 않는다. 허공을 향해 보이지 않는 상대를 부르다니. 비현실적인 모습이다. 그 덕분에 유령을 부르는 안의 목소리는 다른 무엇보다도 온전하게 들린다. 어떤 기시감도 해석을 돕지 않아 불온하지만 생생하다. 우리는 누구의 가르침도 필요로 하지 않는 일을 해보기 위해 이곳에 왔구나.

선생님, 선생님, 선생님. 선생님이라는 말은 반복하다 보면 생선님으로 바뀔 것만 같았다. 마음에 들지 않는 호칭을 허공에 대고 속삭이는 친구를 보며 완은 자기가 왜 여기 있는지 조금 깨달을 수 있었다. 듣고 싶지 않은 말들 너머 들어야 할 말을 찾기 위해, 완은 이곳을 헤맨다. 그 욕망이 비로소 조금 이해되었다. 자신의 마음인데도 이렇게나 느리게, 부끄러운 기분으로 직시할 수 있었다.

"너는 내게 거짓말을 한 게 아니었구나."

완은 컴컴하던 복도에 피어오르는 불빛을 바라보며 중얼거렸다. 응? 안이 완을 돌아보았다. 그러나 안의 눈에는 완이 보고 있는 것이 비치지 않았다. 유령은 푸른 빛이자 주홍 빛이며 분홍 빛이자 초록 빛이기도 했다.

저것이 내 친구가 보았던 유령이로구나
누가 물도 없는 곳에 열대어들을 방류해놓은 것 같아

물도 없는 공기 가운데서 색색깔 물고기들이 지느러미를 살랑거리며 완에게로 미끄러져 오는 것 같았다.

"저게 네가 말한 유령이야?"

"무슨 소리야. 저기 뭐가 보여?"

"너는 왜 불빛을 선생님이라고 불러?"

"완아, 불빛이라니?"

미지근하고 부드러운 살덩어리가 불현듯 완의 손에 닿아왔다. 완은 자기 손을 잡은 안의 손을 내려다보았다. 안의 목소리는 더 이상 아까처럼 자신감을 꾸며내고 있지 않았다. 완은 고개를 들어 2층 복도 끝을 바라보았다. 거기 있던 신비로운 환영을 다시 발견해보기 위해 어둠을 응시했다.

그러나 복도는 어두워져 있었다. 완은 당황해서 좌우를 기웃거렸다. 위아래를 살피고 뒤를 돌아보기까지 했지만 아까의 불빛은

홀연히 사라지고 없었다. 안은 그런 완을 보며 어쩔 줄 모르겠다
는 듯 물었다.

"완아 무엇을 봤어?"

"네가 말한 선생님을."

"선생님이 어디 계신데?"

그러나 안은 질문의 대답이 돌아오기를 기다려줄 수 없었다.
이상한 표정을 짓고 있는 완의 곁에서 처음 보는 낯선 불빛이 나
타났기 때문이었다. 그것은 선생님의 기운과 비슷했지만 지난번
과 어쩐지 달랐다.

"이건 내가 알던 선생님이 아닌데."

"너도 빛이 보여? 지금 내 옆에 있어?"

안은 완의 말에 대답하지 않았다. 대신 저도 모르게 완의 손을
잡고 자기에게로 끌어당겼다. 두 달쯤 전 마지막으로 이곳을 방
문했을 때의 일이 떠올랐다. 그때 유령 선생님은 친절했지만 안
은 사실 조금 두려웠었다.

어째서 두렵다고 생각했던 것일까? 그렇게나 친절한 존재였
는데.

"안이야 너도 빛이 보여?"

완은 안을 바라보았다. 안은 완을 보고 있는 것 같으면서도 전
혀 다른 것에 매혹된 듯했다. 완은 안이 보는 것을 함께 보고 싶었
다. 안은 이 세상의 것이 아닌 불빛이 어른거리는 완의 얼굴을 들
여다보며 말했다.

"보여. 바로 네 곁에 있잖아."

그때 완의 눈에도 빛이, 아니 빛이 아닌 어떤 존재가 들어왔다. 그 존재는 안과 완 사이에 나타나 완에게로 얼굴을 바짝 가져다 대고 있었다. 그것은 곤충도 외계인도 악몽도 아닌, 인간의 유령 이었다.

"선생님!"

인간. 인간들의 유령.

안이 비명 같은 목소리로 인간 유령의 얼굴 부위를 선생님이라 불렀다. 푸른 불빛의 표피가 완의 살갗을 스쳤다. 완은 놀라서 무슨 말이라도 외치고 싶었지만 목소리가 나오지 않았다. 안은 비명처럼 들리는 목소리로 선생님을 외치며 유령을 불렀다. 선생님! 완아!

유령은 한 사람이 아니다.

이 존재에는 아주 많은 것들이 포함되어 있어, 거의 하나의 세계에 가깝다. 폐쇄되어 더는 변하지 않는 많은 것들이 이 색색깔의 세계를 이룬다. 세계는 안을 잠시 돌아보았다가 다시 완을 바라보았다. 죽음의 시선은 소란한 침묵이었다.

'너는'

이곳에 쌓인 시간과, 서로 경계 나누기를 그만둔 유령들이 하나의 목소리로 완에게 말을 건네오고 있었다.

'너는 저 여자를 사랑하는 남자로구나'

"안아, 이 유령은."

완은 아주 작은 목소리로 간신히 입을 열었다. 유령의 음색은 목구멍에서 기어나오는 얼음으로 된 벌레 같았다. 그 목소리를 듣는 순간 스스로의 목소리가 사라져버리는 것이 느껴졌다. 완은 자기를 잡아당기는 따뜻한 손을 힘껏 마주잡았다.

"이 유령은 친절하지 않아."

"이리 와!"

유령이 평소와 같지 않다는 것은 안도 느낄 수 있었다. '네가 네 ……을 데려오다니' 유령의 한마디가 안의 귓가를 서늘하게 스쳤다. 그 말을 내뱉은 목소리는 안이 지금까지 들어온 선생님의 목소리가 아니었다. '배은망덕하구나' 서로 분리되지 않은 상태로 고음과 저음을 동시에 구현하는 냉랭한 음성이 안과 완의 영혼을 더듬거렸다. 목소리는 더 이상 귀를 통해 전달되지 않았다. 정신을 잃을 것처럼 혼몽한 가운데서 안은 완의 손을 붙잡고 반대편 계단을 향해 달려갔다. 둘은 어느새 도망치고 있었다.

이 유령은 전혀 친절하지 않구나. 우리의 무언가가 그를 갑자기 화나게 만들었구나. 둘은 달리면서 한마디 상의 없이도 그 사실을 깨달을 수 있었다. 내려가야 한다. 이대로 올라가면 이 건물에 갇혀버리고 말아. 안은 그렇게 생각하며 계단을 내려가려고 했지만 두 사람의 다리는 어느 순간 위를 향하고 있었다. 거짓말처럼 4층이 계단 끝에서 펼쳐졌다. 완은 안을 앞질러 눈에 보이는 문을 열었다. 둘은 손을 잡고서 문 안쪽으로 숨어들었다. 그제야 뒤를 돌아보니 불빛은 더 이상 보이지 않았다.

"여기가 어디지?"

"4층이잖아."

"아니야 이 건물은 3층까지밖에 없는데."

안의 말에 둘은 아무 말도 하지 못하고 서로를 마주보았다. 그러다 완이 퍼뜩 깨달았다는 듯 안심한 기색으로 말했다.

"여긴 탑이야. 유치원 성의 탑 부분인 거야. 아까 우리가 반대편 계단으로 뛰었잖아. 탑 방향으로 오게 된 거야."

"그런데 이 건물이 이렇게 넓었던가?"

그 질문에는 완도 입을 다물 수밖에 없었다. 밤의 폐허에서는 벽도 바닥도 천장도 경계를 잃어버린 것만 같았다. 유령이 지배하는 공간이기 때문인지도 몰랐다. 안과 완은 서로를 의지하며 텅 빈 방의 구석에 모여 앉았다. 창가에서 들어오는 빛이 아까의 불빛들과 닮아 보였다.

"너 혹시 휴대폰 켜지니?"

완의 물음에 안이 휴대폰을 꺼냈지만 검은 화면에는 아무것도 보이지 않았다. 완의 것도 똑같았다.

"손목시계 같은 것도 없지?"

"없어."

안은 화가 나는 듯 빈 손목을 만지작거렸다.

"시계는 왜?"

완은 멍한 표정만 지을 뿐 대답을 하지 않았다. 안도 완처럼 점점 더 모든 일이 멍하게 느껴졌다. 안은 이곳에서 세 번이나 친절한 유령 선생님을 만났었다. 그런데 오늘 밤은 달랐다. 아름다운 불빛에 둘러싸인 유령에게서는 이전에 느낄 수 없었던 섬뜩한 기운이 번져나오고 있었다. 대체 무엇이 그를 그렇게 만들었나.

안이 깨달을 수 있는 것은 오늘의 선생님이 평소와 달리 인간적인 목소리를 갖고 있었다는 점뿐이었다. 그 분노는 여전히 시간 속에 갇혀 있는 것처럼 느껴졌다. '배은망덕하구나' 그 말이 무엇을 의미하는지 안은 얼핏 짐작할 수 있었지만 스스로가 하는 생각을 입 밖에 낼 수 없었다. 다만 어째서인지 드는 확신이 있기는 했다. 이 모든 것은 그저 밤에만 일어날 수 있는 일이었다.

유령은 언제나 아침이 되면 자취를 감춘다. 그것이 밤과 아침의 오랜 관계이자 낡은 유령의 운명이다. 밤이 끝나면 새로운 날이 온다는 것만이, 변함없는 모두의 믿음이기 때문이다. 그러니 새로운 아침이 오면 두 사람은 무사히 이곳을 떠날 수 있을 것이다. 어쩐지 완과 함께 있다는 사실이 안에게 그런 알 수 없는 확신을 주고 있었다.

어쩌면 그래서 완을 이곳에 데려오고 싶었던 것은 아닐까. 처음 유령을 본 순간부터 이것은 이미 모두 예정된 일이었던 것은 아닐까.

안은 완을 돌아보았다. 어느새 완이 자기를 보고 있었기 때문이었다.

"괜찮아?"

"너는 괜찮아?"

"아니야, 네가 말했던 유령이 저 이상한 불빛이 맞아?"

이상하다는 말이 무슨 의미를 내포하고 있는지 안은 알 수 있었다. 안도 보았기 때문이었다. 그 불빛은 완의 살갗 위를 섬뜩하게 미끄러졌었다. 마음속으로 들어가고 싶어 하는 것처럼 섬뜩하게 두 사람을 지배하려 했었다. 안은 자기가 들었던 유령의 말에 대해 완에게 말해줘야겠다고 생각했다. 그러나 먼저 입을 연 것은 완이었다.

"나 유령한테서 뭘 들었어."

완은 믿기지 않는다는 듯 중얼거렸다.

"나한테 남자라고 했어. 너는 남자로구나."

유령의 말은 그게 다가 아니었지만 완은 굳이 모든 것을 전하지 않았다.

"남자?"

"내가 머리가 짧고 옷도 이래서 잘못 본 걸까?"

안은 예상하지 못한 말에 얼굴을 찡그렸다. 완은 잘 다듬어진 울새의 둥지처럼 짧고 뾰족뾰족한 자기 머리카락 끄트머리를 만지작거렸다. 완은 언제나 커다랗고 펑퍼짐하고 어디로든 달아날 수 있을 것 같은 옷차림을 하고 있었다. 하지만 그것이 어째서 유령의 심기를 거스른 것일까? 안은 자기가 하는 짐작이 틀리기를 바라며 가만히 완의 표정이 변하기를 기다렸다. 완이 무언가 이해했다는 표정을 먼저 지어주기를 바랐다.

"혹시 내가 남자가 아니라고 설명했어야 하는 걸까?"

완의 입에서 나온 것은 안이 기다렸던 말은 아니었다.

"유령한테 그런 게 왜 중요한데?"

안이 되묻자 완도 이해할 수 없다는 듯 고개를 저었다.

"너한테는 그런 말을 한 적 없어?"

완이 고개를 저었듯 안도 고개를 저었다. 사실 안은 유령에게서 뿐만 아니라 어디에서도 그런 말을 들어본 적 없었다. 완은 그렇지 않았다. 안은 완의 그런 점이 때로 무척이나 좋았다. 안은 무슨 말을 꺼낼지 망설이다가 속삭였다.

"그런데 왜 선생님이 우릴 계속 쫓아오지 않는 걸까? 아직도 아래층에만 있는 거 같아."

사실 제대로 된 답을 기대하고 한 질문은 아니었다. 그러나 완은 의외로 그걸 모르냐는 듯 어리둥절해진 표정을 짓고서 답했다.

"응? 나는 네가 나랑 똑같은 생각을 하고 4층으로 올라온 거라고 생각했는데. 3층의 위쪽은 4층이니까. 무조건 4층으로 가려고."

"그게 무슨 뜻이야?"

"유령은 4층을 무서워하잖아."

"그런 이야기는 들어본 적 없는데."

낡고 더러운 유리창에 구름 밖으로 나온 그믐달이 환하게 비쳤다. 달빛을 받은 완의 삐죽삐죽 헝클어진 머리카락은 푸른색 같기도 하고 갈색 같기도 했다.

"4는 죽을 사하고 발음이 똑같잖아. 한국 유령은 죽음을 무서워해서 4층으로는 오지 않아. 나는 너도 그 이야기를 생각해내고 4층으로 뛰어올라간 건 줄 알았는데. 너는 몰랐구나."

"나는 몰랐어. 그냥 아래로 내려가고 싶었는데 너랑 같이 달리다 보니까 어느새 여기에 와 있었어."

죽음을 무서워하는 것은 살아 있는 사람들만이 아니었나. 유령과 4층에 대한 이야기라면 한 번도 들어본 적이 없었다. 완은 어디선가 어떤 농담 같은 것을 듣고서 그걸 고스란히 믿어버린 것일지도 몰랐다. 완이라면 정말 그랬을 것 같기도 했다. 안이 아는 완은 모든 걸 쉽게 믿어주는 친구였다. 처음 유령 이야기를 꺼냈을 때도 완은 놀라기는 했지만 곧바로 그 존재를 믿어주었다. 지금도 이런 곤경으로 자기를 끌어들인 안을 원망하는 기색이라고는 없었다. 착한 완. 착한 나의 친구. 완이 엉터리 4층 이야기를 믿고 있다고 해도 지금 당장 그걸 핀잔하고 싶지는 않았다. 게다가 선생님은 정말로 여기 숨은 둘을 쫓아오지 않고 있었다. 완의 말이 정말로 틀린 것인지 안도 실은 점점 헷갈릴 정도였다.

"너무 불안해하지 마. 아침이 되면 나갈 수 있을지도 몰라."

안은 자기 머릿속에 있던 생각이 곁에서 들려오자 놀라서 완을 돌아보았다. 완은 겁쟁이 주제에 꽤나 침착한 표정을 짓고 있기까지 했다.

"시계가 없어서 지금이 정확히 몇 시인지는 모르겠지만 이대로 4층에서 아침이 오기를 기다려보자."

안은 고개를 끄덕이고 완의 손을 잡았다.

"추우니까 손을 잡고 있자."

완도 고개를 끄덕였다. 둘은 바짝 붙어 앉은 채 깍지를 껴서 손을 맞잡고 각자의 무릎에 고개를 묻었다. 긴장을 하고 있어서인지 졸음은 밀려오지 않았다. 대신 안의 머릿속에서는 아까 들었던 유령의 음산한 목소리가 자꾸만 되풀이되었다. 네가 네……을 데려오다니. 유령은 분명히 그렇게 말했었다. 너는 배은망덕하구나. 그 말들은 서로 연결되어 안을 점점 더 많은 생각으로 이끌었다. 아침이 되어 유령이 사라지더라도 생각들은 그대로 남겠지. 보다 희미하고 불분명한 형체가 되어 전혀 다른 종류의 유령 같은 방식으로 남겨지겠지. 매일 밤 다른 장소에서 가졌던 많은 생각들이 그러했듯이.

"안이야, 무슨 생각해?"

안은 대답을 피하기 위해 다른 질문을 던졌다.

"항상 궁금했는데 너는 왜 나를 안아, 라고 부르지 않고 안이야, 라고 불러?"

무릎에 뺨을 기댄 완의 얼굴은 뺨이 눌려 우스꽝스러웠다.

"아니야, 라고 들리는 게 재미있어서."

안은 완을 보며 망설이다가 사과를 건넸다.

"미안해. 너한테 유령이 친절하다고 말해서. 생각해보면 내가 정말로 그렇게 생각하고 있었던 건지 잘 모르겠어. 생각할수록 내 실수였던 거 같아."

"아니야. 안이야. 아니야."

완은 안과 달리 졸려 보이는 표정을 짓고 있었다. 이 상황에 졸릴 수 있다니 완은 정말로 겁쟁이가 맞기는 한 걸까. 눈앞에 있는 친구가 아래층의 유령만큼이나 불가사의했다. 소근거리는 완의 목소리는 귓속말처럼 작았다.

사실 나는 처음부터 이렇게 될 거라는 걸 알고 있었던 것 같아

무슨 뜻인지 묻고 싶었지만 어느새 완은 눈을 감고 있었다. 친구는 이 이상하고 음산하며 알록달록한 꿈속에서 다시금 잠에 들어버린 것이다. 안은 혼자서 잠든 완을 물끄러미 바라보았다.

완을 보고 있으니 마지막으로 이 4층 탑에 올라왔던 어린 시절의 기억이 천천히, 무서울 정도로 조심스럽게 상기되었다.

안이 어렸을 때 이곳은 안이 다니던 유치원이자 마을 사람들이 모두 찾아올 수 있는 미술관이기도 했다. 완에게는 그런 이야기를 해준 적이 없었지만 안은 이 마을에 살던 몇 달 동안 이 유치원에 다녀야 했다. 그때 안에게는 많은 일들이 일어났었다. 어떤 아이들은 안에게 친절했지만 어떤 아이들은 그렇지 않았다. 세 번째 고향. 이곳은 안에게 그런 장소였다. 태어난 곳은 아니었지만 유년의 도시는 어쩐지 전부 고향이라 부르게 되었다. 첫 번째 고

향은 바닷가였고 두 번째 고향은 아무것도 없는 도시였으며 세 번째인 이곳은 숲과 산과 호수의 고장이었다. 유치원과 호수는 무척 가까웠기에 유치원 선생님들은 가끔 아이들을 데리고 호수로 가서 그림을 그리거나 야외 수업 같은 것을 하기도 했다. 아이들을 잃어버리는 일은 없었다. 아무도 그런 말썽을 부리지 않았던 것인지 아니면 선생님들이 현명하고 꼼꼼했던 것인지는 잘 기억나지 않았다.

언젠가 안은 열심히 호수를 그렸던 적이 있었다. 이 탑에는 마을 사람들을 위해 종종 아이들의 그림이 전시되고는 했다. 마을 전시회 같은 것이었다. 안은 자기 그림이 탑에 걸렸으면 좋겠다고 생각하며 아주 열심히 호수를 그렸지만, 그 그림이 탑에 걸리는 일은 결국 일어나지 않았다. 안을 좋아하지 않던 장난꾸러기들이 그림을 훼손시켜버렸기 때문이었다. 그 훼손은 안의 그림과 마음을 한꺼번에 변형시켰다. 형태가 변한 마음은 그 뒤로도 복원되지 않았다. 안은 그날 돌이켜보고 싶지 않은 어떤 기분에 휩싸여 아무도 꺾지 않던 유치원 뜰의 해바라기를 꺾었다.

꺾은 해바라기를 손에 들고 가던 안은 갑자기 그 꽃이 너무 무서워져 꽃을 아무도 보지 않는 구석에 버리고 집으로 돌아갔다. 꺾인 해바라기가 무서웠던 이유는 혹시 누군가 꽃을 들고 가는 안을 보고 화를 낼까봐 겁이 나서이기도 했지만 그 꽃이 생각보다 더욱 크고 무거워 어깨를 짓누른 까닭이기도 했다.

이제 유치원에는 해바라기가 없었다. 이곳은 왜 유치원인 동시에 미술관이기도 했던 것일까. 아무도 미술관이라고 불러주지 않던 이상한 마을 미술관. 잊혀져 누적되는 아이들의 그림을 자꾸자꾸 버리지 않고 모아두던 창고 같은 곳. 여기는 이제 안밖에 오지 않는 장소가 되어버렸다. 안이 완을 데려오지 않았다면 언제까지나 안밖에는 모르는 장소가 되어버렸을 것이다.

"안이야, 자니?"

완은 무릎에서 고개를 들고 눈을 감은 안의 얼굴을 바라보았다. 잠든 얼굴은 상황에 어울리지 않게 평온해 보였다. 이 밤은 무척이나 꿈같은데 이런 밤에 잠든 안은 지금 어떤 꿈을 꾸고 있을까. 사람은 잠에서 깨어나면 자기가 꾼 꿈의 대부분을 잊어버린다고 한다. 두 사람이 숨어 있는 작은 방은 퀴퀴하지만 아늑해서 거짓말처럼 잠이 들기에는 안성맞춤이었다. 유령은 결코 여기까지 오지는 못할 테고, 아침은 반드시 찾아올 것이므로.

그러나 완은 미뤄둔 생각들을 하나씩 떠올려 헤아리느라 잠들 수가 없었다. 사실 완은 유령을 만나 물어보고 싶은 것이 있었다. 과거 안에게 그랬던 것처럼 유령이 자기에게도 어떤 대답을 해주길 바랐던 것 같기도 했다.

그렇게 오랫동안 살아오면, 시간의 저편에서는 진실이 보입니까?

사람들이 지금 옳은 것이라 알고 있는 많은 일들이 그 저편에서는 조금 다르게 보일 수도 있는지 묻고 싶었다. 하지만 완은 유령을 만난 순간 그제야 알 수 있었다. 이곳에서도 그곳에서도 사람은 오직 사람으로서만 존재할 수 있는 모양이었다. 완이 언젠가 죽어서 유령이 되기를 선택한다고 해도 그 유령은 여전히 완의 시간에 갇혀 있을까? 여자. 남자. 사람. 사랑. 친구. 고독. 모독. 희망. 기만. 모반. 죽음조차 사람의 시선을 넘어설 수는 없는 것일지도 모른다. 아무리 많은 사람들이 모여 하나의 유령이 되어도, 멈춰버린 시간의 테두리를 넘어설 수는 없는 것이다.

아니면 사람들이 저마다 다르듯 유령들도 저마다 다를지 모른다. 어떤 유령은 자기 생을 넘어 아주 먼 곳으로 가서 찬란한 마음들을 알게 되고 어떤 유령은 이렇게 버려진 유치원에 깃들어 낡은 것들에만 갇혀 살아가는 것 아닐까. 우연한 방문객이 자기의 한계와 고독과 어리석음을 나눠 짊어지기를 기다리면서.

완은 유령을 보자마자 그가 지닌 외로움을 깨달을 수 있었다. 그런 유령 앞에서 완과 안은 둘이서 손을 잡고 달렸다. 그 사실이 어쩐지 완을 계속 잠들지 못하게 했다. 두려움이나 긴장이나 부끄러움 때문은 아니었다. 그대로 쉽게 잠들고 싶지 않아서였다. 죽음이 누적되어 만들어낸 비현실 같은 현실을 등지고서 둘은 그냥 앞으로 달려갔다. 밤만이 가능케 하는 연속된 생각들 덕분에 완은 자기가 바로 그렇게 하기 위해서 여기 왔다는 걸 깨달을 수 있었다. 안을 사로잡으려 하는 무수한 고독의 목소리들을 등지고 둘이서 이렇게 달아나 숨으려고. 숨어서 아침이 오기를 기다리려고.

겁쟁이 완은 그걸 위해 이 퇴락한 성에서 밤을 지새우고 있었다.

'네가 네 마음을 데리고 오다니'

아침 해가 잠을 깨웠을 때 안의 눈에 들어온 것은 여전히 잠들어 있는 친구의 얼굴이었다. 완은 혼자 팔베개를 하고 바닥에 모로 누워 있었다. 완의 무릎이 안의 운동화에 닿아 있었다. 어쩌다저런 자세로 잠들게 된 건지 알 수 없었다.

"밤이 끝났다."

안은 자기 목소리를 확인해보려는 듯 중얼거렸다. 목소리가 들리니 자기가 여기 있다는 사실이 새삼 확실하게 느껴졌다. 안의목소리를 들은 완이 느릿느릿 눈을 떴다.

"나는 이미 새벽을 봤지."

"왜 나를 안 깨웠어?"

"나도 자고 싶어서."

여기서 잠을 자고 싶다니. 두 사람은 이래서 친구가 될 수 있었던 걸지도 몰랐다. 한밤중 유령에게 쫓겨 여기 숨어놓고서는 새벽이 와도 겨우 좀 더 잠을 청하기 위해 여기 남아 있는 바보 같은게으름뱅이들이라서. 어쨌거나 지금은 아무래도 좋았다. 아침이오니 이곳의 바닥과 벽, 천장은 밤에 비해 환하고 조그맣게 변해있었다. 창문을 열자 햇빛이 눈부셨고 바람을 따라서 풀과 이슬냄새가 불어 들어왔다. 두 사람은 비틀거리며 일어나 계단을 내려갔다. 3층으로 가보았지만 유령의 흔적은 보이지 않았다. 안이 예전에 이곳에 왔을 때와 똑같았다. 다만 기분만은 조금 달랐다.

"마지막으로 여길 혼자 왔을 때는 어쩐지 한 번 더 여기 와야 할 거 같았는데. 이제는 그렇지 않네."

안은 해가 뜨자 어젯밤과 전혀 다른 모습으로 변한 건물 안 곳곳의 모습을 기억하려는 듯 둘러보았다.

"내가 틀렸던 거야. 사실은 전혀 친절하지 않은 선생이었어."

성에서 하룻밤을 보내고 나니 유령이 두 사람을 발견하고 지었던 표정의 의미가 무엇이었는지 조금 이해할 수 있을 것 같기도 했다. 남자아이와 손을 잡고 나타난 안을 괘씸해하다니 늙은 유령 주제에 너무 터무니없는 마음이었다. 완을 보고 남자아이라고 생각한 건 완의 생김새 때문일 수도 있었지만 두 사람이 손을 잡고 있어서 그랬던 것일지도 모른다. 어찌 되었든 그냥 그런 모든 생각이 괜히 쑥스러워져 안은 차마 완에게 자기 생각을 전해줄 수 없었다.

"이제 다시는 여기 혼자 오지 마."

완은 무슨 생각을 하고 있을까? 유령은 완을 안의 마음이라고 불렀는데, 그건 맞는 말이기도 했고 틀린 말이기도 했다. 올 때는 뒤따랐던 완의 뒤통수가 이번에는 계단을 앞서 내려가고 있었다. 안은 괜히 쑥스러워져서 완을 따라잡아 함께 걸었다. 로비에 도착하자 열려 있던 현관 너머로 뜰이 내다보였다. 누군가 두 사람이 떠나는 걸 배웅해주기 위해 현관을 열어놓기라도 한 것 같았다. 문을 나서려다 말고 완은 갑자기 걸음을 멈췄다. 로비에 걸려 있던 그림 액자에도 햇빛이 부옇고 나른하게 내리쬐고 있었다. 어젯밤에는 잘 보지 못했던 그림이 이제는 안의 눈에도 들어왔다. 액자에 들어 있는 것은 호수를 둘러싼 해바라기들을 그린 어린이 솜씨의 그림이었다.

완은 액자를 벽에서 내려 뒤쪽의 잠금쇠를 열고 안에 들어 있던 그림을 꺼냈다. 안은 완이 건네는 그림을 받아들고 보다가 그림 뒤쪽의 이름을 확인했다. 스케치북 종이 뒷면에 안의 이름이 쓰여 있었다.

"네가 그린 그림이야?"

"이런 그림을 그린 기억은 없는데."

"잊고 있었나보지."

그때는 안도 어렸으니까. 어릴 때의 기억은 원래 희미하게 영원해지기 위해 존재하는 것이니까. 안도 완도 어째서 이토록 오래된 그림이 여기 걸려 있던 것인지 궁금해하지는 않았다. 멈춰 있던 시간 속에 있던 것들이 하나, 둘, 아침을 맞이하고 있었다. 어젯밤 둘은 함께 유령을 보았다. 어리석고 외롭고 신기해서 오랫동안 기억하게 될 것 같은 존재. 둘은 앞으로도 종종 그들이 만난 유령에 대한 이야기를 주고받게 될 터였다. 하지만 두 번 다시 여기 돌아오지는 않을 생각이었다. 두 사람이 기대하는 건 다른 미래였다. 안은 잃어버렸던 그림을 손에 들고 완과 함께 햇빛 속으로 걸음을 옮겼다.

피스

최진영

최 진 영

2006년《실천문학》신인상을 받으며 작품
활동을 시작했다. 소설집《팽이》《겨울방
학》, 장편소설《당신 옆을 스쳐간 그 소녀의
이름은》《끝나지 않는 노래》《나는 왜 죽지
않았는가》《구의 증명》《해가 지는 곳으로》
《이제야 언니에게》가 있다. 신동엽문학상,
한겨레문학상을 수상했다.

비닐 봉투에는 시스티나 성당 천장화의 A파트 퍼즐 조각이 들어 있었다. 홉은 두 손으로 과자 봉지를 열 듯 비닐을 뜯었다. 퍼즐 조각이 방바닥으로 쏟아졌다. 모래성처럼 봉긋 솟은 퍼즐 조각을 손바닥으로 슬슬 비벼 넓게 펼쳤다. 홉과 나 사이가 점점 멀어졌다. 우리 사이에 6천 개의 조각이 있다.

나는 일어나서 창의 블라인드를 올렸다.

퍼즐을 맞출 때만 밝아지는 홉의 방.

홉과 나는 허리를 굽힌 채 테두리 조각을 찾았다.

영화 〈헤드윅〉의 한 장면이 떠올랐다. 존 카메론 미첼이 〈The Origin Of Love〉를 부를 때 나오는 애니메이션. '태양의 아이들'과 '땅의 아이들'과 '달의 아이들'을 번개로 찢어서 두 조각내는 제우스. 테두리 조각은 그때 찢어진 아이들처럼 한쪽 면이 직선이다. 나는 핸드폰으로 '영화 헤드윅'을 검색하고 동영상을 틀었다. 노래가 흐른다. 홉이 따라 부른다. 나도 부른다. 동영상은 넘어가고 노래는 〈Wicked Little Town〉으로 이어진다.

어릴 때 처음으로 1천 피스 퍼즐을 샀을 때 설명서 같은 종이에 적혀 있었어.

홉이 말했다.

끝까지 포기하지 않고 조각을 잃어버리지만 않으면 된다고. 너는 그런 거 있어?

나는 홉을 쳐다봤다.

그거 뭐라 그러지. 가훈? 명언? 지키고 싶은 말?

좌우명?

어, 맞아. 그런 거 있어?

생각나는 말이 있었지만 나는 고개를 저었다. 홉은 내가 물어봐주길 기다리는 눈치였고 나는 테두리 조각을 찾았다.

난 있어.

내가 물어보지 않아도 하고 싶은 말은 꼭 하는 홉. 할 말만 하는 홉은 말이 없는 편이다. 내가 매일 홉을 찾는 이유일까? 아니면 내가 홉을 미워하는 이유?

그거야. 내가 방금 말한 그거.

나는 홉이 방금 말한 그거를 떠올렸고 그와 비슷한 말을 연이어 떠올렸다. 예습 복습 잘하고 수업시간에 충실하면 서울대에 간다. 공부 열심히 하고 어른들 말 잘 들으면 훌륭한 사람이 된다. 또 뭐가 있지. 규칙적으로 운동하고 식단 조절하면 다이어트에 성공한다. 시스티나 성당 천장화는 1만 8천 피스. 그중 하나도 잃어버리지 않고 포기하지 않고 퍼즐을 다 맞추면, 그럼 그다음엔? '그다음' 같은 걸 생각하면 테두리 조각을 찾을 수 없다. 어젯밤에 테스트기를 사서 오늘 아침에 오줌을 묻혀봤다. 오늘 밤에도 테스트기를 살 테고 내일 아침에도 오줌을 묻혀보겠지. 사실 그제 아침에도 테스트기에 오줌을 묻혀봤다. 나는 나의 불안을 홉에게 말하고 싶지 않다. 홉은 '끝까지 포기하지 않고 조각을 잃어버리지만 않으면 된다'는 말을 좌우명으로 품고 사는 애니까. 포기한 다음에 대해서는 생각해보지 않는 애니까. 조각을 잃어버린 퍼즐을 무서워하는 애니까. 홉은 걱정이나 할 것이고 나는 걱정이 지겹다.

홉과 내 옆에 테두리 조각이 쌓인다.

☯

홉의 방을 설명하겠다.

현관문을 열고 들어가면 코딱지만 한 주방이 있다. 현관 오른편에 냉장고가 있고 그 옆에 싱크대가 있다. 현관 왼편에는 화장실이 있다. 화장실에는 세면대와 샤워기가 있다. 변기는 없다. 세탁기도 없다. 현관 정면의 불투명한 덧문을 열면 방이 나온다. 방은 직사각형 모양으로 가로가 세로보다 길다. 방에는 책상과 옷장이 있다. 책상 위에는 컴퓨터와 잡동사니가 있다. 잡동사니는 주로 먹을 것이나 먹은 것이다. 쓰지 않을 때는 접어서 세워둘 수 있는 건조대가 있고 홉은 그것을 옷걸이처럼 쓴다. 빤 옷을 걸어두고는 말라도 개키지 않고 갈아입을 때 걷어서 입는 식이다. 침대는 없고 바닥에 이불이 널브러져 있다. 홉과 내가 나란히 누워서 각자의 왼팔과 오른팔을 옆으로 뻗으면 책상 밑에 닿고 벽에 닿는다. 내가 홉의 방에 처음 갔을 때는 베개가 없었다. 베개가 없느냐고 물으니까 베개는 목 건강에 좋지 않다고 대답했다. 홉은 수건을 네 번 접어서 베고 잤다. 베개는 목 건강에 좋지 않고 수건은 목 건강에 좋으냐고 물으니까 그냥 자면 머리뼈가 아프다고 대답했다. 베개를 사주면 홉의 목 건강이 나빠질 수도 있으니까 베개처럼 길쭉한 토끼 인형 두 개를 사줬다. 머리뼈와 목 건강을 동시에 지켜주는 토끼 인형. 홉은 토끼 인형에게 이름을 지어주겠다고 했다. 나는 미친 짓 하지 말라고 했다. 홉은 토끼 인형에게 '찰토'와 '마토'라고 이름을 지어줬다. 그다음부터 홉은 '찰토'와 '마토'를 '베개' 또는 '인형'이라고 불렀다. 나 베개 좀 줄래. 거기 인형 좀 치워봐.

얼마 전 그 방에서 우리는 1만 피스 퍼즐을 완성했다. 바벨탑 그림 퍼즐이었다. 완성한 퍼즐의 세로 길이는 내 키보다 조금 작왔고 가로 길이는 홉의 키보다 훨씬 컸다. 그것은 방바닥을 가득 채웠다. 우리는 그것을 카펫처럼 깔고 살았다. 우리는 바벨탑 위에 앉아 커피를 마시고 담배를 피웠다. 바벨탑 위에 누워 잤다. 바벨탑 위에서 손톱을 깎았다. 바벨탑 위에서 키스를 했다. 홉의 방에서 우리는 신 같았다. 번개로 무엇이든 찢어발길 수 있어 평화로운 신.

지난 주말, 알바가 끝날 무렵 홉에게 문자메시지를 받았다. 오늘 돈 받았다고, 치킨과 피자와 콜라를 시켜놓을 테니 알바 끝나자마자 자기 집으로 오라고 했다. 기분이 야릇했다. 나는 수업이 끝나든 알바가 끝나든 무조건 매일 홉의 집에 들렀으니까. 홉은 나에게 집으로 오라고 말한 적이 없었고 나는 홉에게 집으로 가도 되느냐고 물어본 적이 없었다. 느닷없이 '집으로 오라'는 문자를 받으니 초대받는 기분이었다. 꽃이 피는 화분 같은 걸 사가야만 할 것 같았다. 나는 홉의 방을 내 방처럼 생각했던 걸까? 내 방에 나를 초대하니까 기분이 이상했던 걸까? 내 방은 홉의 방보다 넓다. 내 방에는 침대도 있다. 내 방에서 나는 누가 봐도 베개인 것을 베고 자면서 목 건강 같은 건 신경도 안 쓴다. 내 방은 엄마아빠 공동 명의의 아파트에 속해 있다. 아파트는 38평이다. 38평에는 엄마아빠 방과 내 방과 언니 방이 있다. 주방은 넓고 거실은 더 넓고 욕실은 두 개고 변기도 두 개다. 하지만 나는 내 방보다 홉의 방을 더 좋아한다.

바벨탑 위에 앉아 치킨과 피자를 먹으면서 홉은 그날 이삿짐을 날라준 집에 대해 말했다(홉은 주말마다 이삿짐센터에서 일했다).
들어보니 우리 아파트였다. 805동 12층의 짐을 뺐는데, 가구가
다 빠진 집을 보니까 진짜 넓더라고, 그 집에 산다면 이거를 이렇
게 바닥에 깔지 않고 액자에 넣어 벽에 걸어둘 수도 있을 거라고
홉은 말했다. 나는 벽에 걸려 있는 바벨탑을 상상했다. 그럼 하늘
에 있는 것 같지 않을 텐데. 바벨탑 근처에서 신의 처벌을 두려워
하는 인간 같을 텐데. 인간은 하늘에 닿고 싶어서 바벨탑을 쌓았
다. 인간의 오만함을 벌하려고 신은 인간의 언어를 쪼개버렸다.
인간들은 서로 다른 언어를 쓰게 되었고 뿔뿔이 흩어졌다. 이런
이야기는 순전히 가짜니까 믿어야 되나 말아야 되나 고민할 필
요가 없다. 그런데 옛날에는 생기는 대로 애를 낳았다는 이야기
는, 7남매 8남매를 낳아 굶기면서 키웠다는 이야기는 정말……
모르겠다. 그게 가능한가? 사실이라지만 믿을 수가 없다. 그런
시대는 바벨탑보다 훨씬 전 시대 같기도 하고 아주 먼 미래 같기
도 하다. 나는 〈인터스텔라〉나 〈인셉션〉 같은 영화보다 '생기는
대로 낳아서 키웠다'는 어른들의 말을 더 이해할 수가 없다.

　거기서 사람이 죽었어.

　나는 말했다.

　그래서 집이 싸게 나온 거래.

　진짜? 홉이 책상에 올려놓은 유리컵을 잡으며 물었다.

　진짜로 거기서 사람이 죽었다고 나는 다시 말했다. 부부가 싸
우다가 칼로 찔렀다고.

살인사건이라고? 홉이 바벨탑 위에 앉아 콜라의 뚜껑을 비틀며 물었다.

아니 그게 아니라 화장실에서 목을 맸다고 나는 고쳐 말했다. 콜라 거품이 뿜어져나와 바벨탑으로 떨어졌다. 홉은 빨리 휴지를 달라고 외쳤다. 나는 흰색에서 갈색으로 변하는 바닥의 거품을 보며 사람이 화장실에서 목을 맨 이유를 생각했다. 내가 왜 거짓말을 지어냈는가 생각했다. 콜라병에 입을 갖다 대면서 솟아오르는 거품을 해결하려던 홉이 휴지든 걸레든 어서 달라고 화를 냈다. 나는 화장실에서 목을 맨 사람을 계속 생각했다. 자리에서 벌떡 일어난 홉이 책상 위의 휴지를 풀어서 손에 둘둘 감으며 왜 사람 말을 안 듣느냐고 소리 질렀다.

뭐 이런 걸로 화를 내.

나는 홉의 화가 우스웠다.

쏟은 건 닦으면 되잖아. 근데 왜 화를 내.

닦으면 되는 걸 너는 왜 보고만 있는 거냐고 홉은 화를 냈다. 그렇지만 홉은 닦지 않았다. 휴지를 들고 나를 노려보며 화만 냈다. 마치 내가 콜라를 쏟은 것만 같았다. 엄청난 잘못을 저지르고도 모른 척하는 비겁한 사람이 된 것 같았다. 콜라를 쏟지 않았는데도 콜라를 쏟은 취급을 받으니 내가 진짜로 콜라를 쏟아주지. 나는 콜라병을 거꾸로 들었다. 콜라가 바벨탑 위로 콸콸콸콸 쏟아졌다. 당황한 홉이 내 손의 콜라병을 잡아채려고 했다. 콜라가 사방으로 튀었다. 홉이 소리를 질렀다. 나는 홉의 화가 너무 우스워서 화가 났다. 나는 바벨탑을 들어 모서리부터 구겼다. 퍼즐이 단단하게 맞물려 쉽게 떨어지지 않았다. 나는 양손으로 바벨탑을 잡아 뜯었다. 홉은 나를 말렸고 나는 물러서지 않았다. 바벨탑의 밑이 찢어지더니 와르르 무너졌다. 홉이 와 소리를 질렀다. 나는 더 무너트리면서

　너도 해 너도 어서 해보라고

　홉을 부추겼다. 홉은 지지 않겠다는 듯 바벨탑의 꼭대기를 산산조각 냈다. 우리는 와와 소리를 지르며 바벨탑을 1만 조각으로 부쉈다.

　콜라의 거품이 넘쳤을 뿐이다. 그걸 닦으면 끝인데도 우리는 '너는 왜'라는 말을 하고야 말았다. 우리는 말이 통하나? 같은 언어를 쓰나? 콜라의 거품이 넘쳐서 우리는 싸웠고 바벨탑은 부서졌다. 상관없어 보이는 일들이 상관을 하며 굴러간다. 나는 견딜 수 없는 것이 있고 홉도 견딜 수 없는 것이 있다. 우리는 마음에 상처를 입었는데 마음은 보이지 않는다. 그러니까 뭐라도 찢어발겨야지.

　실은 임신이나 낙태보다 더 큰 것을 생각하고 싶었다. 세상에서 가장 큰 탑이 무너지는 일. 사람이 사람을 칼로 찔러 죽이는 일. 사람이 목을 매고 죽는 일. 그런 일에 비하면…… 그런데 나는 본 적이 있다. 언니는 화장실에서 목을 맸고 죽지 않았다. 내겐 화장실 트라우마가 생겼고 언니는 그 사실을 모른다.

　다음날 홉은 1만 8천 피스 퍼즐을 찾아 인터넷을 뒤졌다. 찾아
내는 것마다 품절이었다. 홉은 중고거래를 시도했다. 홉은 의심
을 품고 계좌이체를 했다. 홉은 거지가 됐고 주말 알바를 계속하
겠다고 사장님에게 전화했다. 이틀 뒤 퍼즐 박스가 도착했다. 비
닐 포장을 뜯지도 않은, 새것과 다름없는 상태였다. '꼭 완성하길
바란다'는 손 편지까지 들어 있었다. 하지만 홉은 의심을 거두지
못했다. 중고가 중고인 이유를 찾아내려 했다. 1만 7천 999 피스
만 들어 있으면 어쩌지 걱정했다. 멍청이. 중고가 중고인 이유는
포기했기 때문이지. 나는 1만 8천 피스 퍼즐보다는 1만 7천 999
피스 퍼즐이 훨씬 완벽하고 매력적이라고 생각했다.

　시스티나 성당 천장화 퍼즐은 세 파트로 나누어 포장되어 있었
다. 박스에 적힌 대로라면 한 파트 당 6천 피스가 들어 있고, 퍼즐
의 완성품 길이는 3미터가 넘는다.

　우리는 천장화의 테두리를 조금씩 맞춰갔다.
　그래서 잡았대?
　홉이 물었다.
　805동 말이야. 누가 누굴 찔렀다며.

아니, 아니.

아니라고?

아니, 목을 맸다고. 화장실에서.

자살이라고?

아니, 근데 안 죽었어.

그럼 아무것도 아니잖아. 근데 왜 집이 싸게 나와?

아무것도 아닌 건 아니지. 사람이 목을 맸는데.

뭐야. 왜 말이 안 맞아. 너도 잘 모르지? 소문만 들은 거지?

야, 사람이 안 죽었으면 됐지. 집이 싸게 나오든 말든.

하긴 그건 그래. 안 죽었으면 됐지.

내 말을 홉이 그대로 따라했을 뿐인데 기분이 나빴다. 안 죽었
으면 됐다니. 그게 아닌데. 사실 통쾌했다고 홉이 말했다. 바벨탑
을 부술 때 짜릿했다고. 바벨탑을 완성했을 때의 쾌감과는 비교
할 수가 없었다고. 홉은 빠르게 퍼즐을 맞추면서 말했다. 이것도
완성하면 부수자. 부숴버리자.

고등학생이었대. 목을 맨 사람. 그걸 중학생 동생이 본 거야.

뭐야. 끝난 얘기 아니야?

사람이 안 죽었다니까.

나는 이야기를 부풀리고 싶었다. 열대우림 같은 이야기 속에
들어가고 싶었다. 훨씬 힘들고 복잡한 이야기에 빠져서, 임신이나
낙태 따위는 우습게 여기고 싶었다.

이보배에 대해 말해보겠다.

이보배는 고등학교 1학년 첫 모의고사를 치고 흰머리가 났다. 머리칼 뿌리가 듬성듬성 하얗게 변했다. 스트레스 때문이라고 의사가 말했다. 스트레스를 조절하고 잠을 잘 자고 영양보충을 제대로 하면 다시 검은 머리가 될 거라고. 여자애니까 스트레스성 원형탈모보다는 스트레스성 흰머리가 낫다고 엄마는 말했다. 그 말에 이보배가 어떤 반응을 보였는지 기억나지 않는다.

이보배는 중학교 3학년 때 위경련 때문에 한 학기에만 응급실에 세 번 갔었다. 내시경을 했는데 위는 멀쩡했다. 의사는 스트레스성 위경련이라고 했다. 스트레스성이기 때문에 치료법도 없었다. 이보배는 예고 없이 닥치는 위경련 때문에 스트레스를 받았다.

이보배는 초등학생 때도 스트레스성 발진 때문에 피부과에 다녔다. 스트레스는 유령처럼 떠돌다가 이보배의 몸에 흔적을 남기는 방식으로 존재를 드러냈다. 어른들은 여자애 성격이 너무 예민한 것 아니냐고 말했다. 이보배는 둔했다. 자기가 스트레스를 받는지도 모를 만큼 둔했다. 그래서 몸이 아픈 거였다. 감정이 둔하니까 몸이 신경질을 내는 것만 같았다. 사실 나도 어릴 때는 '언니는 너무 예민하다'고 생각했다. 어른들이 그렇게 말했으니까. 그런데 어느 날 깨달아버렸다. 이보배는 자기 통증을 대수롭지 않게 말하고 있다는 걸. 몸을 새우처럼 구부리고 누워서 참는 소리를 내기에 어디 아픈 거냐고 물었더니 '배가 좀 아픈 것 같은데 괜찮아'라고 대답하던 이보배. 그날 이보배는 혼자 일어서지도 못할 만큼 아파서 구급차에 실려 갔다. 이보배에게 '괜찮다'는 말은 '엄청나게 아프다'는 말이었다.

이보배의 이번 생은 실패다. 이것은 나의 표현이 아니다. 이보배가 다이어리에 그렇게 적은 걸 봤다. 언니 다이어리를 몰래 봤느냐고? 그렇다. 나는 몰래 본다. 이보배가 화장실에서 죽으려고 했던 날 이후로 나는 이보배의 무엇이든 몰래 봐야만 했다. 나는 책임감을 느꼈다. 어떤 징조든 알아채야 한다는 책임감. 이보배가 서울로 간 다음에는 이보배의 SNS와 블로그를 염탐했다. 나는 그래야만 했다.

이보배는 예전에도 '실패'라는 단어를 쓴 적이 있다. 대학 입시 때였다. 이보배는 서울 중위권 대학에 합격했지만 '입시에 실패했다'고 적었다. 이보배는 중학교도 고등학교도 남녀공학을 다녔다. 이보배는 공부를 잘하는 편이었고 정말 열심히 공부했다. 이보배는 성적이 생각만큼 안 나온다고 안달하는 성격은 아니었다. 오히려 '노력한 것보다는 성적이 잘 나오는 편'이라고 생각하는 쪽이었다. 이보배는 뭐든 뛰어나게 잘해야 한다고 생각했고 실제로 엄청 노력하면서도 자신은 한없이 부족하다 여겼으며 많은 것을 '운'의 덕으로 돌렸다.

그러고 보면 이보배는 졸업할 즈음마다 '실패'라는 단어를 쓴

것 같다. 이보배는 대학 졸업 전에 취업하지 못하는 걸 실패라고
생각했다. 이보배는 대학 마지막 학기에 휴학을 하고 세 군데의
회사에서 육 개월씩 인턴으로 일했다. 회사들은 심부름만 시키다
가 이보배를 버렸다. 언젠가 신입사원 채용 문제를 다룬 뉴스 보
도를 본 적이 있다. 많은 회사에서 남성 신입사원을 훨씬 많이 뽑
는다고 했다. 모 기업의 인사팀 소속이라는 사람이 목소리를 변
조한 상태로 이렇게 말했다. 여성을 뽑으면 출산이나 육아 휴직
으로 공석이 많이 생겨 곤란하다고. 이보배는 계속 지원서를 넣
으면서 이런저런 자격증 공부를 쉬지 않았다.

　얼마 전 오필남 선생은 이보배와 연락이 되지 않는다며 서울
로 올라갔다. 오필남 선생은 이보배의 원룸 앞에서 한나절을 기
다리다가 결국 집주인과 경찰을 불렀다. 경찰이 보는 앞에서 집
주인이 마스터키로 도어락을 열었다. 이보배는 방에 누워 있었
다. 몸을 흔들면서 이름을 불러도 눈을 뜨지 않았다. 경찰은 구
조대를 부른 후 이보배의 몸에 상처가 있는지, 방에 침입 흔적이
있는지 둘러봤다. 구조대원은 도착하자마자 이보배의 컨디션을
체크했다. 맥박도 혈압도 체온도 정상이었다. 구조대원은 조심
스럽게 말했다. 잠든 것 같습니다. 다행이라고 집주인이 말했다.
정말 다행이라고 경찰이 말했다. 오필남 선생은 죄송하다고 머
리를 조아린 뒤 이보배를 깨우려고 강하게 흔들었다. 수면제 과
다 복용을 의심한 구조대원은 오필남 선생에게 방을 좀 둘러보
자고 했다. 서랍에서도 쓰레기통에서도 약통이나 주사기 같은

건 나오지 않았다. 이보배는 잠든 채 병원으로 이송되었다. 큰 병원에서 갖가지 검사를 받는 동안 이보배는 계속 눈을 감고 있었다.

깨어 있는 상태라고 의사는 말했다. 뇌파 검사 결과 각성 수준이 높다고. 잠든 게 아니라 자는 척하고 있다고.

이보배 환자님 눈 뜨세요. 의사는 말했다. 이보배는 눈을 뜨지 않았다.

오필남 선생은 이보배를 집으로 데려왔다. 이보배는 지금도 자고 있을 것이다. 깨우려고 세게 흔들거나 소리를 지르면 잠깐 눈을 떴다가 다시 잔다. 어떻게든 깨우려고 꼬집거나 때리면 이보배는 눈을 감은 채로 운다. 제발 깨우지 말라고, 눈을 뜨면 머리가 깨질 것만 같다고 애원하면서 운다.

잠에서 깨지 않으려는 이유를 알아내려고 이보배의 블로그와 다이어리를 살펴보다가 기묘한 글을 발견했다. 이보배가 영어로된 무슨 능력시험을 보러 간 날의 메모였다. 그날 이보배는 시험에 열중했다. 문제가 술술 풀렸다. 답이 훤히 보였다. 이번에는 최고점을 받을 자신이 있었다. 그런데 감독관이 이보배의 어깨를 흔들면서 정신을 차리라고 했다. 이보배는 시험 치는 사람한테 무슨 짓이냐며 크게 화를 냈다. 이보배는 다시 시험 문제에 열중했다. 시험이 끝난 뒤 이보배는 감독관에게 항의했다. 감독관은 이보배에게 당신이 책상에 엎드려 있었다고, 혹시 쓰러진 걸까봐 어깨를 흔들었던 거라고 말했다. 히스테리를 부린 뒤 다시 잠들지 않았느냐고, 당신은 답안지도 제출하지 않았다고 말하면서 이보배가 앉았던 책상을 가리켰다. 거기 답안지가 그대로 놓여 있었다. '이번에는 진짜 최고점을 받을 자신이 있었는데 너무 억울하다'라는 문장으로 글은 끝났다.

☯

예언가 오필남 선생에 대해 잠깐 얘기해보겠다.

오필남 선생이 무언가를 예언할 때마다 나는 속으로 '그건 네 생각이고'라고 대꾸한다. 예언에 말려들지 않기 위해서 터득한 방법이다. 고등학교를 졸업할 때까지만 해도 나는 오필남 선생의 예언에 짓눌려 살았다. 이보배처럼.

오필남 선생의 예언이란 이런 것이다.

그런 식으로 하다가는 이번 모의고사 수리영역 3등급이다.

그럼 이보배는 정말 3등급을 맞았다. 그 전에는 절대 2등급 밑으로 떨어진 적 없었는데.

이보배가 고2 때 오필남 선생은 '지금처럼 관리 안 하고 계속 먹으면 60킬로그램 금방 넘는다'고 말했다. 이보배는 정말 61킬로그램이 되었다. 오필남 선생은 '자기 관리가 안 되는 여자는 누구에게도 사랑받을 수 없다'고 '지금 안 빠지는 살은 스무 살 넘어도 안 빠진다'고 예언했다. 이보배는 먹은 것을 억지로 토하기 시작했다. 곡물로 만든 것은 절대 먹지 않았다. 배고

프면 초콜릿과 요구르트를 먹었다. 그리고 그걸 또 토했다. 그렇게 이보배는 탄수화물과 비만을 혐오하는 사람이 됐다.

대학 진학할 때 이보배는 공과 계열로 가고 싶어 했다. 하지만 오필남 선생이 '여자가 그런 곳에 가면 고생은 고생대로 하고 인정도 못 받는다'고 예언했으므로 상경 계열로 진로를 바꿨다.

오필남 선생의 예언 중에는 '여자가'라는 말로 시작하는 게 많았다. 오필남 선생이 여자로 살았기 때문이다.

오필남 어린이는 '남자로 태어났다면 장군감'이란 소리를 많이 들었다. 그래서 오필남 어린이의 첫 번째 장래희망은 장군이었다. 어른들은 '장군감'이라고 말하면서도 여자가 그런 꿈을 꾸면 안 된다고 했다. 어른들은 오필남 청소년에게 '상업고등학교'와 '공장'이란 선택지만을 줬다. 오필남 청소년은 상업고등학교에 진학하면서 장래희망을 '판사'로 바꾸었다. 졸업 후 은행에서 일할 때도 오필남 사원은 '판사'라는 꿈을 놓지 않았다. 같은 은행에서 일하던 이 대리는 대응하기 곤란한 고객을 오필남 사원에게 자주 떠넘겼다. 오필남 사원은 이 대리를 따로 불러서 항의했다. 이 대리는 오필남 사원의 기세에 눌려 사과하는 의미로 밥을 사겠다고 했다. 이 대리님이 밥을 샀으니 다음에는 내가 사겠다고 오필남 사원은 말했고, 이번에 오 사원이 샀으니 다음에는 내가 사겠다고 이 대리는 말하다가…… 두 사람은 섹스를 했다. 섹스를 하다 보니 아이가 생겼고 결혼 얘기가 나왔다. 당시에는 같은 직장을 다니다가 결혼을 하면 둘 중 한 명은 직장을 그만둬야 하는 이상한 풍습이 있었다. 모두의 생각대로 오필남 사원이 직장을 그만뒀다. 오필남이 은행을 그만두던 해 오필남의 남동생은 사법고시를 준비하겠다며 절에 들어갔다.

오필남이 이보배를 낳자 어른들은 어서 둘째를 가지라고 재촉했다. 오필남 선생의 예언 능력은 그때부터 생겼다. 오필남 선생은 둘째도 딸일 것이라고 확신했고, 딸을 낳으면, 어서 셋째를 가지라는 재촉을 들으리라 예언했다. 오필남 선생은 절대 둘째를 갖지 않겠다고 다짐했다. 남편은 정관수술을 거부했고 오필남 선생은 섹스를 거부했다. 그러자 남편은 정관수술을 했다고 거짓말했다. 오필남 선생은 남편을 잘 알았기 때문에 피임약을 먹었다. 둘째를 낳으라고 재촉하면 오필남 선생은 '우리 보배 하나로 충분하다'고 대답했다. 그런데 내가 생겼다. 도저히 생길 수 없는 상황인데 생겨버렸다. 오필남 선생의 예언대로 둘째인 나는 딸. 신은 오필남 선생의 예언 능력을 확인해주는 용도로 나를 만들었다. 그게 아니라면 나의 존재는 과학적으로 설명이 안 된다. 실제로 신은 이상한 방식으로 오필남 선생을 응원한다. 오필남 선생의 소원을 이뤄주는 게 아니라 불길한 예감을 사실로 만들어주는 방식으로 말이다.

'여자로서 성공하려면 뭐든 남자보다 월등하게 잘해야 한다'는 것이 오필남 선생의 양육법이었다. 오필남 선생은 남동생보다 '월등하게' 공부를 잘했다면 자기에게도 사법고시를 준비할 기회가 왔을 거라고 믿었다. '남자보다'는 이보배와 이보람의 커트라인이었다. 오필남 선생은 우리를 경멸하는 방식으로 칭찬했다. 이를테면, 뭐든 남자보다 잘해야 한다고 강조하면서도 진짜로 남자보다 잘하면 '독한 년'이라고 지칭하는 뭐, 그런 방식. 오필남 선생은 좋은 의미로 '독한 년'이라고 했을 수도 있지만 난 그 말이 끔찍했다. 우리는 부족하거나 독한 존재였다. 중간은 없었다.

오필남 선생은 '여자가 밤늦게 돌아다니다가 뭔 일을 당하면 할 말이 없다'라고 했다. 이보배는 서울에서 자취하면서 자주 밤늦게 돌아다녔고 치한을 만나도 엄마에게만은 말하지 않았다. 이보배가 엄마에게 말하지 않는 것들이 많아질수록 오필남 선생의 예언은 나를 향했다. '그건 네 생각이고'라는 주문만으로는 부족할 때, 나는 아주 적극적인 방법으로 오필남 선생의 예언에 호응했다. '그런 식으로 공부하다가는 서울 못 간다'고 해서 집 근처 대학에 진학했다. '여자애가 담배 피우고 돌아다니면 부모가 욕먹는다'고 해서 부모 욕을 먹였다. 최근에 들은 오필남 선생의 예언은 이것이다. '그런 애랑 어울리다가 네 인생 망하는 거 순식간이다' 여기서 그런 애는 홉. 나는 오필남 선생 보란 듯 순식간에 망할 것이다.

❂

이제 이보람의 이야기를 시작하겠다.

어릴 때부터 '계획에 없던 아이'라는 말을 많이 들었다. 그래서 나는 계획이 없다. 한 사람이 태어나서 자라고 어른이 된다는 건 정말 엄청난 일 아닌가. 그런 엄청난 일도 계획과는 상관없이 일어나는데…… 나는 계획에 없었다는데…… 내가 태어난 이유를 알 수 없어서 대체 왜 태어났나 생각할 때가 많았다. 그런데 그 이유를 제대로 깨달은 적이 있다. 그리 좋은 깨달음도 아니고 다시 떠올리기도 싫지만 그래도 그 일을 생각하면……
중2 겨울방학 때였다. 큰집에 제사가 있었다. 부모님은 제사를 지내고 다음날 아침에야 올 거라고 했다. 나는 친구들과 노래방에서 두 시간 넘게 놀고 햄버거를 사먹고 밤늦게까지 시내를 돌아다녔다. 친구들의 핸드폰이 계속 울렸다. 희진이 엄마의 화난 목소리가 핸드폰 밖으로 새어나왔다. 희진이는 집으로 가는 버스를 타며 울상을 지었다. 진주도 미교도 엄마에게 혼날 것을 걱정하며 버스에 올랐다. 나는 집에 가기 싫어서 버스를 타지 않고 천천히 걸었다. 집에 부모님이 있을 때는 부모님이 있으니까, 부모님이 없을 때는 없으니까 들어가기 싫었다. 집으로 가는 가장 먼 길을 돌고 돌아 집 앞에 도착했다. 깜깜한 밤길 위에서 집을 올려다봤다. 거실 창이 까맸다. 까만 집으로 들어가기 싫었다. 언니는 방에 있나? 거실 불은 좀 켜두지. 무섭지도 않나? 언니도 집에 없나? 아무도 없는 저길 들어가서 뭐 하나 생각하는데 핸드폰이 울렸다. 엄마 전화였다. 나는 전화를 받지 않았다. 어차피 혼날 거 내일 혼나자고 생각했다. 나는 최대한 천천히 걸어서 엘리베이터 앞에 섰다. 엘리베이터에 탄 다음에도 닫힘 버튼을 누르지 않았다. 엘리베이터 문이 저절로 닫힌 다음에도 숫자 버튼을 누르지 않았다. 점퍼 주머니에 두 손을 넣은 채로 엘리베이터 거울을 빤히 쳐다봤다. 소리 없는 허공에 가만히 붕 뜬 느낌이었다. 나는 더 가만히 있고 싶어서 두 손으로 귀를 막고 숨을 참았다. 갑자기 엘리베이터 문이 열렸다. 낯선 아저씨가 나를 보고는 놀라서 으억 소리를 질렀다. 아저씨는 주춤거리며 엘리베이터에 들어왔다. 아저씨가 11층 버튼을 누르며 학생도 올라갈 거냐고 물었다. 엘리베이터 문이 서서히 닫혔다. 그 아저씨랑 같은 공간에 있기 싫어서 급히 열림 버튼을 누르고 엘리베이터에서 내렸다.

그때는 그런 순간이 많았다. 어디로 가야 하는지 뭘 해야 하는지 몰라서 혼자 멍청한 짓을 하고 있으면 누군가 그런 나를 보고 으억 하고 놀라는 일들. 그 상황이 싫고 쪽팔리고 역시나 어떻게 해야 하는지 몰라서 급히 그곳을 빠져나가는 나를 황당한 표정으로 바라보던 사람들.

나는 계단을 걸어서 집까지 올라갔다. 현관문을 열고 들어가자 센서등이 켜졌다. 센서등이 꺼지기 전에 거실 불을 켰다. 냉장고에서 물을 꺼내 마셨다. 언니 방의 문은 닫혀 있었다. 없나? 자나? 생각하는데 이상한 소리가 들렸다. 무서워서 큰 소리로 언니를 불렀다. 이상한 소리가 더 커졌다. 나는 언니 방 문을 열었다. 깜깜했다. 무서워서 뛰쳐나가려고 현관 쪽으로 달리다가 화장실 앞에서 멈췄다. 닫힌 문 너머에서 이상한 소리가 났다. 거기 언니가 있으리라는 확신이 들었다. 그런데 언니 혼자 있을까? 나는 신발장 위에 있던 화병을 들고 화장실 문을 열었다.

화병을 떨어트렸고 가위를 가지러 주방으로 뛰어가려다가 미끄러져 넘어졌다. 깨진 화병 조각을 짚어서 손이 빨개졌다. 가위로 끈을 자르려고 했는데 가위는 내 손가락을 물었다. 피가 팔뚝을 타고 흘러내렸다. 언니가 뚝 떨어졌고 나는 벌벌 떨었다. 헛구역질을 하면서 제대로 소리를 못 내던 언니가 걸쭉한 걸 토해내다가 겨우 울었다. 나는 빨간 손으로 언니 등을 때리면서 이 미친년아 소리 질렀다. 언니의 울음소리가 커질수록 이 미친년아 소리도 커졌다.

손을 씻고 깨진 화병을 치우고 화장실 바닥에 물을 부었다. 핏자국이 사라지고 깨끗해졌는데도 거기 뭔가가 있는 것만 같아서 계속 물을 부었다. 언니는 거실 바닥에 누운 채로 소리 없이 울었다. 나는 언니 옆에 앉아서 언니가 울음을 그치고 무슨 말이든 해주길 바랐다. 왜 죽으려고 했는지 말로 설명할 수 없다면 미안하다는 말이라도 해주길 바랐다. 자정 넘어서 언니가 처음 한 말은 '엄마아빠한테 절대 말하지 마, 말하면 나 진짜 죽어버릴 거야'였다. 언니가 그렇게 말해서 깨달았다. 나는 부모님에게 연락할 생각조차 하지 않았다는 걸. 화장실에서 이보배를 본 순간부터 이보배를 살리고 화장실을 청소하고 이보배의 목에 약을 바르고 이보배의 옆에서 설명을 기다리던 그때까지 단 한 번도 엄마나 아빠를 떠올리지 않았음을.

그날 밤엔 한숨도 자지 못했다. 내가 잠들었을 때 이보배가 또 시도할까봐 무서웠다. 이보배는 두 번 실패하진 않을 테니까. 이보배는 틀린 문제를 또 틀리는 사람이 아니니까. 이보배가 실신하듯 잠든 사이 이보배의 다이어리를 봤다. 이보배는 '왜 생리를 안 하지'란 문장을 천 번 쓰면 생리를 시작할 거라고 믿는 사람 같았다.

며칠 뒤 화장실 휴지통에 버려진 생리대를 봤다. 생리를 시작한 날 이보배는 다이어리에 이렇게 썼다.

역시 스트레스 때문일까. 다시는 섹스를 하지 않겠다.

지금의 나라면 그 문장 밑에 'ㄴ' 표시를 하고 댓글을 달았을 것이다. 약국에서 임신테스트기를 판다고. 다음에 또 생리를 하지 않으면 그것부터 사용해보라고. 임신하더라도 너를 몽땅 죽이는 방법 말고 네 안에서 이제 막 만들어져 분열을 시작한 세포 하나만 죽이는 방법도 있다고.

오필남 선생 최악의 예언은 '여자가 결혼도 하기 전에 애를 가지면'으로 시작했다. 그건 자기 삶에 대한 저주였다. 오필남 선생은 자기 딸들이 자기처럼 살지 않기를 바랐다. 그 바람을 이상한 방식의 예언으로 이루고자 했다. 이보배는 스트레스성 생리불순이었고 화장실에서 목을 맸다. 상관없어 보이는 일들이 상관을 하며 굴러갔다.

나는 이보배라는 스트레스에 시달리기 시작했다. 이보배가 화장실에 들어가면 무서웠다. 이보배와 함께 있어도 무서웠고 이보배가 보이지 않아도 무서웠다. 나는 시도 때도 없이 이보배에게 문자를 보내 생사를 확인했다. 어디냐고 물어봤다. 물어본 걸 또 물어봤다. 어느 날 이보배가 내게 말했다.

너 그만 좀 해. 엄마처럼 그러지 마.

나는 충격받았다. 내가 엄마처럼 군다고?

엄마보다 심하잖아. 내가 어디서 누구랑 뭘 하든 그걸 네가 왜 알아야 하는데.

나는 증오심에 휩싸였다. 이보배 때문에 내 마음에는 지옥이 생겼는데. 만약 화장실에서 이보배가 성공했다면 죽은 이보배를 처음 발견했을 사람은 나였다. 나뿐이었다. 이보배는 그런 걸 생각이나 해봤을까? 나는 그때까지 차마 못 하고 있던 말을 해버렸다. 네가 죽으려고 했잖아. 내 앞에서 거의 죽었었잖아. 그걸 나만 알잖아. 그래놓고 이유도 말해주지 않았잖아.

내가?

이보배는 그렇게 대꾸했다. 아무것도 기억하지 못하는 사람처럼. 이보배의 동공이 점점 커졌다. 이보배는 무언가를 떠올리려고 했다.

내가 뭘 어쨌다고?

이보배의 눈빛이 점점 먼 곳으로 향하는 것만 같았다. 나는 이보배의 눈앞에 떠오르는 것을 치우듯 손을 내저으며 아니라고 했다.

아니야. 내가 안 그럴게. 안 그러면 되잖아.

이보배가 뭔가를 떠올리고 틀린 답을 고쳐 쓸까봐 무서웠다.

근데 있잖아. 네 말 들으니까 생각났어. 내가 꿈을 꾼 적이 있거든.

이보배가 중얼거리듯 말했다.

넌 그런 적 없어? 죽는 꿈 꾼 적 없어? 난 있거든. 진짜처럼 무섭고 엄청 아팠어. 그래서 내가 막 소리를 지르면서 깼거든.

이보배가 미웠다. 기억하면서 일부러 모른 척하는 거라고 해도 미웠다. 정말 기억하지 못한다고 해도 미웠다. 자기를 죽이려고 했던 이보배가 진심으로 미웠다.

눈을 뜨지 않고 자는 척하는 이보배를 자극하려고 이보람은 어제 이보배의 귀에 대고 속삭였다.

꿈 아니잖아. 너는 진짜 죽으려고 했잖아. 고2 때 말이야. 너는 다이어리에 다시는 섹스하지 않겠다고 썼지. 널 구하다가 가위로 내 손가락을 자를 뻔했어. 그때 상처가 내 손에 남아 있어. 눈을 뜨고 내 손을 봐. 모른 척하지 말고 제대로 보란 말이야.

이보배는 규칙적으로 숨을 쉬었다. 눈앞에 손바닥을 흔들어도 눈꺼풀을 움직이지 않았다. 진짜 잠든 사람 같았다. 이보배 주위를 맴도는 스트레스를 잡아서 갈기갈기 찢어 변기통에 처넣고 싶었다.

시스티나 성당 천장화 퍼즐의 B파트 포장을 뜯는다. 바닥으로 6천 개의 피스가 우수수 떨어진다. 피스를 넓게 펼칠수록 홉과 나 사이가 점점 멀어진다. 우리는 허리를 굽힌 채 테두리 조각을 찾는다. 홉과 나는 퍼즐을 맞출 때 가장 평화롭다. 퍼즐을 맞추지 않을 때 우리는 우유를 방에 가져와서 컵에 따르느냐 컵을 싱크대에 가져가서 우유를 따르느냐 하는 문제로도 두 시간 넘게 싸우고 서로의 마음에 찰과상을 낼 수 있다. 나와 홉이 서로에게 딱 맞는 조각인지는 잘 모르겠다. 딱 맞는 조각이라기엔 우린 너무 다르다. 그런데 너무 똑같아도 딱 맞을 수가 없잖아. 홉과 나는 테두리 조각 같다. 반으로 갈라져 가장자리에 있지만 퍼즐을 맞추려면 우리 같은 애들부터 찾아내야 한다. B파트를 다 맞추고 C파트까지 맞춰서 A, B, C를 이어붙이면 시스티나 성당 천장화는 완성된다. 하지만 우리는 완성할 수 없다. 홉의 방바닥은 그만큼 넓지 않다. 벽을 부수면 완성할 수 있다. 옥상 같은 데 가지고 가서 완성할 수도 있다. 하지만 거긴 우리의 세계가 아니다. 바벨탑 퍼즐처럼 시스티나 성당 천장화를 바닥에 깔고 살면 좋을 텐데. 천지창조와 아담과 이브와 노아의 방주와 인간의 타락을 발아래 두고 살면 조금은 신이 날 텐데. 오늘 아침에도 테스트기에 오줌을 묻혀봤다. 내일도 묻혀볼 것이다. 그러다 언젠가는 생리를 하겠지. 내 인생의 모호한 서술형 문제들에 비하면 이런 문제는 기본 중에 기본이랄 수 있는 단답형 문제다. 우리는 둘 곳 없는 퍼즐을 맞춘다. 우리는 부순 적이 있다. 그러므로 더 많은 퍼즐을 맞출 수도 있다. 그다음을 생각하면 할 수 없다.

숲속 작은 집 창가에

허 희 정

허 희 정

2016년 문학과사회 신인문학상을 받으며 작품
활동을 시작했다. 소설집《실패한 여름휴가》가
있다.

P시 외곽에는 작은 숲이 있었다. 지도상에서야 무슨무슨 공원이라는 그럴듯한 이름이 붙어 있었지만, 그것은 어디까지나 이름뿐인 것으로, 물론 행정기관의 조직도상에는 관리하는 부서도 관리하는 인원의 명단도 적혀 있기는 했지만 그것은 그냥 지시하는 대상이 없는 활자의 연속에 지나지 않았다. 숲의 입구에는 녹슨 철조망이 둘러져 있었는데, 숲 전체를 둘러싸고 있는 것은 아니어서 딱히 세워둔 의미가 없는 물건이었다.

　목적을 가지고 그 숲을 방문하는 사람은, 적어도 P시의 시민들 중에는 없었다. 자동차를 몰고 교외로 데이트를 나가는 젊은 남녀가 한 번쯤은 방문할 법한 장소인데도 이상하리만치 사람이 없었다. 딱히 귀신이 나온다거나 끔찍한 범죄의 현장이었다거나 하는 이유가 있는 것은 아니었다. 그 숲은 그냥, 굳이 시간과 노력을 들여 방문할 만큼의 매력이 있는 장소가 아니었다. P시를 드나드는 사람들 중 일부가 숲을 끼고 뻗어 있는 국도를 타고 오가기는 했으나, 그들 중 누구도 숲에 내려서 휴식을 취하지 않았다. 그럴 필요가 없었다. 조금만 더 달리면 시가지였으니까. 그 숲은 오랫동안 그저 그 자리에 있을 뿐이었다.

평범한 활엽수림이었다. 잎이 넓은 나무들이 다닥다닥 붙어서 자라고 있었다. 한여름에는 나무들 사이로 조금만 들어가면 금세 시야가 어두워졌다. 쾌적하지는 않았다. 햇빛 한 줄기 들지 않는 어둠 속에 가만히 서 있으면 이윽고 이마 위로 서늘한 기운이 내려앉았다. 그건 조금은 기분 좋은 일이었지만, 이내 썩어들어가는 흙의 쿰쿰한 냄새가 스물스물 기어올라왔다. 차갑고 끈끈하게 목덜미를 건드리는 습기를 피해 숲을 빠져나가려고 해도, 워낙에 인적이 없다 보니 그 흔한 오솔길도 없어서 다시 햇빛을 보는 데에만 수십 분이 족히 걸렸다.

그러니까 A가 숲에 도달한 것은 굉장히 이례적인 사건인 셈이었다. A는 그대로 뒤돌아 나갈 수도 있었다. A는 그렇게 하지 않았다. 저녁이었고, 인적은 드물었다. 숲은 A를 지켜보았다. 숲의 언저리에, 녹슬고 너덜너덜한 철조망 문 옆에 서 있는 A는 어딘가 겁에 질려 있는 것 같았고, 잠시 망설이는 것 같기도 했다. 그리고 잠시 후, A는 숲속으로 발걸음을 내딛었다. 바스락거리는 소리. 숲은 A의 행적을 뒤쫓았다. 그러나 그리 길지 않은 사이에 A의 모습은 어둠 속으로 사라지고 말았다. 숲은 생각했다. 길을 잃으면 안 될 텐데.

하늘은 점점 더 어두워지고 있었다. 졸음이 쏟아지는 시간이었다. 차갑고 건조한 바람이 나뭇잎 가장자리를 슬몃슬몃 쓰다듬어서, 숲은 그만 그 손길에 정신을 빼앗기고 말았다. A가 달리고, 넘어지고, 축축한 이파리 위를 굴렀다가 다시 가쁜 숨을 고르며 숲속으로, 숲속으로 달려나가는 것은 숲에게는 아무래도 상관없는 일이었다. 고요한 어둠이 숲을 감싸 안았다. 숲은 느릿느릿, 깊은 잠에 빠져들었다.

A는 숲에서 빠져나갔을까? 숲은 때때로 궁금해했다. A는 왜 숲을, 아무도 찾아오지 않는 버려진 활엽수림을 찾아왔던 걸까, 가끔씩 그런 의문이 떠올랐다. 가끔, 아주 가끔. 숲은 때때로 파르르 떨리던 A의 속눈썹을, 미세하게 경련하던 눈 아래의 근육을 생각했다. 그러고는 곧바로 다른 것들에 대해서 생각하기 시작했다.

인간들이 숲에 대해서 생각하지 않는 것처럼 숲도 인간들에 대해서 생각하지 않았다. 숲은 그런 것들에 관심이 없었다. 푸르기만 하는 데에도 너무 많은 힘이 들었다. A는, A의 도주는, 혹은 실종은, 그렇게 잊혀지는 것처럼 보였다, 인간들에게도, 숲에게도.

*

시체요?

시체는 발견되지 않았어요. 단 한 구도요. 그러니까 기대를 거둘 수가 없는 거예요. 죽음의 명확한 증거가 없으니, 살아 있을 거라고 막연하게 믿는 수밖에 없는 거죠.

하지만 문제는 살아 있다는 증거도 없다는 거예요. 카드 사용 내역을 확인하진 못했지만, 핸드폰 사용 내역은 확보할 수 있었어요. 발신, 수신 내역을 따라서 지도를 그려보면 모든 실종자의 흔적이 P시에서 끝나요. 그것도 이 숲 바로 앞에서 말이죠. 수상한 일이라고, 누구의 눈에도 이상해 보이는 일이라고 생각했어요. 처음엔 말이죠. 그런데 그게 그렇지가 않더라고요.

*

그녀는 차 문을 닫았다. 대부분의 집기가 회색으로 이루어진 공간. 그녀는 그곳이 안전하다고 느꼈다, 아니, 그곳만이 안전하다고 느꼈다. 기쁨 없는 사랑, 기품 없는 애정. 그녀는 진전이 없는 소송에 대해서 생각하지 않았다. 그녀는 자신이 처한 상황을 비관하지 않았고, 따라서 그녀는 답이 없는 질문들에 대해서도 생각하지 않았다. 그녀는 실종의 이유에 대해서, 그녀가 꾸며내야만 할 정황에 대해서 그럴듯한 거짓말들을 만들어내지 않았다. 자동차 앞 유리에는 짙은 선팅이 되어 있었다. 그녀는 그것이 다행스럽다고 생각했다. 그녀는 핸들에 이마를 대고 크게 숨을 들이켰다.

모든 것을 새로 시작할 수 있을까? 그녀는 궁금했다. 그녀가 P시를 고른 것에는 별다른 이유가 없었다. 집에서 나오자마자 그녀는 자동차에 올라탔고, 시동을 걸었고, 운전을 하기 시작했다. 그녀는 도시 외곽의 순환도로를 따라 돌았고, 그러다가 고속도로에 올라탔다. 고속도로는 더 길게 이어져 있었지만, 그녀는 P시로 나오는 인터체인지에서 방향을 틀었다. 핸드폰은 울리지 않았다. 그녀는 P시를 방문해본 적이 단 한 번도 없었다. 그녀가 아는 사람 중에는 P시 출신이 없었다. 이곳에서라면 괜찮지 않을까. 그녀는 잠시 동안 낯선 거리에 작은 집을 얻어 새로운 직장으로 출퇴근하는 자신의 모습을 상상했다. 추문은 없을 것이었다. 그녀는 섣불리 가족을 만들지 않을 것이었고, 친교는 적은 수의 사람들로 제한될 것이었으며, 그녀는 안으로, 안으로 파고들 것이었다.

P시는 너무 작았다. 자동차를 몰고 도시 전체를 한 바퀴 도는 데 반 시간이 채 걸리지 않았다. 그녀는 편의점을 발견하고 차를 세웠다. 입안이 까끌거려서, 무엇이든 마시고 싶었다. 차 문을 열고 밖으로 나가자마자 더운 공기가 얼굴에 닿았다. 그녀는 그제야, 자신이 계절에 맞지 않는 옷을 입고 있다는 사실을 새삼스럽게 깨달았다. 충동적으로 집을 나온 탓이었다. 그녀는 그것을 벗어 조수석에 던져버렸다. 그녀는 편의점에서 캔커피를 하나 샀다. 무언가 다른 먹을 것을 사고 싶기도 했지만, 매대에 잔뜩 쌓인 형형색색의 포장 중 그 어느 것도 마음에 들지 않았다. 그녀는

차로 돌아와 다시 운전석에 앉았다. 에어컨을 오래 틀어둔 탓에 차 안의 공기는 차가웠다. 그녀는 캔커피를 홀짝이며 핸드폰으로 P시의 지도를 살펴보았다. 근방에 국립공원이 있었다.

*

그건 도망이라고도, 도주라고도 할 수 없었다. B의 얼굴에는 결연한 의지나 충만한 의도 같은 것은 찾아볼 수 없었다. 그건 그저 감정의 덩어리인 것 같았다. B는 그저 달리고, 또 달렸다. 마치 달리는 것만이 목적인 것처럼, 숲은 생각했다. 달리는 것이 목적인 사람이라니, 정말 이상하군. 숲은 B가 곧 나무들을, 서로 얼기설기 얽혀 스크럼을 짜고 있는 나무들을 맞닥뜨릴 것이라고 생각했다. 그러면 인간은 더 이상 달릴 수 없겠지.

그러나 B의 의지는 적어도 나뭇가지보다는 단단하고 굵어서, 가시에 긁힌 B의 볼에서 찢긴 살갗에서 너덜거리는 모세혈관에서 핏방울이 퐁퐁퐁, 솟아올랐다. 물기가 채 가시지 않은 야들야들한 나뭇잎은 검붉은 핏방울을 마시고 더 파랗게, 더 파랗게, 천천히 그러나 확실하게 몸피를 불렸다. 그러면 그럴수록 B의 모습은 어둠 속에 가려졌고, 결국 B의 행방은 누구에게도 알려지지 않은 채 잊혀지고 말았다.

조금 성가신 일이었다. 그때까지만 해도 숲은 평온한 생활에 익숙해져 있었다. 아무도 숲에 다가오지 않는, 숲을 건드리지 않는, 숲을 헤집지 않는 그런 삶. 기억하고 싶은 것만을 기억하고, 기억하고 싶지 않은 것은 잊어버리고, 흘러가는 것은 흘러가도록 두는 삶. 내면의 복잡함이나 속상한 마음, 갈등은 온전히 숲의 것이었고, 숲은 그것들의 출처를 똑똑하게 알 수 있었다. 귀찮기는 해도 혼란스러울 것은 없는 삶이었다.

그러나 숲의 삶은 전혀 다른 국면에 맞닿아 있었다. 숲은 불길한 예감에 휩싸였다. 오랫동안 지속되어온 평온이 깨질 것이었다. 숲은 신경질적으로 잎을 털어냈다. 지금이야 숲으로 기어드는, 숨어드는, 그리고 사라져가는 사람들의 숫자에 관심을 기울이는 사람이 없지만, 숫자가 늘어나고 쌓이고 누적되면 누군가의 관심을 끌 것이 자명했다. 숲은 그저, 더 이상 숲을 찾는 사람이 없기를 바랄 뿐이었다.

*

언제 처음 이 숲을 찾아왔냐구요. 확실하진 않지만 못해도 다섯 달은 되었을 거예요. 그때만 해도 아무런 감이 없었죠. 연쇄 실종 사건이라는 생각도 못했구요. 그럴 수밖에 없었어요. 실종 신고가 잡힌 건 딱 한 건이었거든요. 근교 도시에 사는 중학생의 부모였어요. 딸이 가출을 할 이유가 없다고, 이건 분명히 사건이고 범죄라고 주장하더군요.

아까 이 일이 힘들진 않냐고 물어보셨죠. 맞아요, 힘든 일이에요. 인내심도 필요하고, 끈기도 있어야 하죠. 둘이 비슷한 거 아니냐구요? 아뇨, 달라요. 완전히 달라요. 그런데 끈기나 인내심보다도 더 필요한 게 있어요. 비위가 좋아야 해요. 끔찍한 걸 많이 보거든요. 평소에 어떤 것들을 보는지 상상도 못하실 거예요. 사실 눈으로 보는 것들은 그렇게 힘들지 않아요. 적응이 참 빠르더라구요, 사람이. 정말 힘든 건, 다른 것들이죠.

*

공원 입구에는 철조망 문이 있었다. 그녀는 베니어판에 적힌 경고문을 눈으로 훑었다. 녹슨 철조망 틈에 마른 풀이 끼어 있었다. 그녀는 문을 건드리지 않고, 몸을 틀어 반쯤 열린 틈 사이를 통과했다. 철조망 너머로 좁은 길이 이어져 있었다. 그녀는 길을 따라서 걷기 시작했다.

숲의 공기는 서늘했다. 그녀는 차 안에 두고 온 트렌치코트를 생각했다. 못해도 구입한 지 오 년은 넘은 물건이었다. 겉감과 안감 사이에 방풍 소재가 들어 있어 찬바람을 막아주는 기능이 있었다. 왜 하필 그걸 들고 나왔지, 그녀는 생각했다. 그걸 언제 샀는지도 잘 기억이 나지 않았다. 한참 동안 기억을 더듬은 끝에야, 그녀는 그 트렌치코트를 산 것이 그녀가 살던 도시 외곽의 아울렛이었다는 것을 떠올릴 수 있었다. 그러나 그 외의 기억은 아무래도 흐릿했다.

그녀는 자신이 했던 거짓말에 대해서, 자신이 만든 알리바이에 대해서 생각했다. 대체로 별 볼 일 없는 것들이었다. 그녀는 도시의 북부에 있었지만, 동시에 중심가의 호텔에 있기도 했다. 공간과 장소를 조금씩 바꾸었을 뿐인 알리바이들. 혐의들이 누적되는 광경. 아마 그녀의 전남편은, 아니, 아직 전남편이 아니지만 곧 전남편이 될 예정인 그 남자는 그것들을 차근차근 모아두고 있었을 것이다, 알리바이가 알리바이를 공격하는 순간이 올 때까지.

숲에서 빠져나오는 길이 나 있지 않아 약간 곤란을 겪기는 했지만, 그녀는 무사히 차를 세워둔 곳으로 돌아올 수 있었다. 운전석에 앉자마자 그녀는 대시보드에 놓아두었던 커피를 찾았다. 커피는 여전히 달고 끈적거렸다. 슬슬 P시 시내로 돌아가야 했다. 그녀는 바지 주머니에서 핸드폰을 꺼냈다. 숲을 걷는 동안 전파가 통하지 않았던 모양인지, 갑작스럽게 메시지들이 날아들었다. 대부분은 변호사로부터 온 것이었다. 그녀는 그것을 물끄러미 바라보았고, 읽지 않았다. 뭐라도 먹은 후에 찬찬히 읽어봐야겠다는 생각이 들었지만, 무엇도 먹고 싶다는 생각이 들지 않았다. 그러나 어두워지는 국립공원 주차장에서 밤을 새울 수는 없는 노릇이었다. 그녀는 관성적으로 안전을 걱정하고 있었다. 그녀는 시동을 걸었다.

늦은 시간이었고, 끼니를 해결할 만한 장소가 여의치 않았다. P시의 가장 번화한 곳으로 보이는 동네조차도 이미 문을 닫은 곳이 대부분이었다. 그녀는 결국 편의점에서 약간의 음식을 사서,

차로 돌아왔다. 어디로 가야 하지. 차가운 밥알을 씹으며 그녀
는 생각했다. 몸을 누이는 일도 마음을 가누는 일도 모두 벅차게
만 여겨졌다. 그녀는 핸드폰을 보았다. 그녀가 이해해야 하는 사
실들, 그녀가 결정해야 하는 사안들. 사실은 결정할 수 없는 사안
들. 결정권이 주어지지 않는 사항들.

내 잘못은 하나밖에 없어, 나는 적당한 타이밍을 놓쳤을 뿐이
야. 여자는 생각했다. 적절한 타이밍을 놓치지 않았더라면 그녀
는 지금쯤 연고라고는 찾을 수 없는 낯선 도시를 헤매는 것이 아
니라, 여자는 망설였다. 그녀는 자신이 있을 법한 장소를 떠올릴
수 없었다. 그녀의 곁에는 아무도 없었다. 마치 지금 그녀의 곁에
아무도 없는 것처럼. 누구든 대화를 할 상대가 있었으면 좋겠다
고 생각했지만, 그것이 사치라는 것을 그녀 자신이 가장 잘 알고
있었다. 믿음이 없는 게 내 탓은 아니잖아. 그녀는 나즈막하게 중
얼거렸다.

*

깊은 밤의 수면을 방해하는 일들이 계속되었다. C는 다른 사
람들과는 달리 입구의 반대편을 통해 숲으로 들어왔다. C는 울
고 있었다. 숲은 C를 지켜보았다. 한밤중의 숲의 공기는 차가웠
다. 나무들도 차갑게 날을 세우고 있었다. C는 손을 뻗어 나뭇잎
을 헤치며 나아갔다. 납작하고 날카로운 잎들, 보기에 둥근 것은

만지기에는 예쁘지 않았다. C의 눈가는 줄곧 젖어 있었다. C는 이따금씩 크게 숨을 들이켰고, 다시 숨을 내뱉었고, 조용히 흐느 꼈다. 아무도 C가 우는 소리를 들을 수 없는데도, C가 비명을 지르고 괴성을 내뱉고 큰소리로 욕을 해도 아무도 듣지 못하는 어둡고 답답한 숲인데도 C는 조용히 울었다. 울면서 앞으로, 자꾸 앞으로 나아갔다. 숲은 C의 동그란 머리를, 아무렇게나 잘려나간 머리카락을 잠시 지켜보았다. 그뿐이었다. C의 모습이 완전히 사라지는 데는 그리 오랜 시간이 걸리지 않았다.

*

잠에서 깨니 온몸이 빳빳하게 굳어 있었다. 그녀는 몸을 일으켜 저릿한 왼팔과 왼다리를 앞으로 살짝 뻗어보았다. 소형차는 너무 좁았다. 그녀는 차 문을 열고 나가 주차장을 조금 걸었다. 밤새 굳어 있던 근육이 조금씩 제 기능을 되찾았다. 문득 그녀는 숲을 떠올렸다. 그 차갑고 눅눅한 공기를 들이키고 싶었다. 변호사의 문자를 아직 읽지 않았다는 사실이 연달아 떠올라, 그녀는 핸드폰을 켜보았다. 배터리가 거의 닳아 있었다. 새로운 메시지는 없었다.

지난밤에 그녀는 결국 묵을 곳을 찾지 못했다. 결국 그녀는 차 안에서 잠을 청하는 수밖에 없었다. 거추장스럽다고 여겼던 트렌치코트가 이불이 되어주었다. 그러나 좁은 차 안에서 몸을 웅크리고 자는 것은 여간 불편한 일이 아니었다. 어색하게 구겨진 자세로 그녀는 꿈을 꾸었다. 혼란스러운 꿈이었다. 테이블 위에 엎지른 물처럼 수심이 없는, 손에 잡히지 않는 꿈이었다. 그녀는 자주 꿈에서 깨었고, 꿈과 꿈 사이의 짧은 휴지를 멍한 눈으로 창밖을 바라보며 흘려보냈다. 장면들은 기억에 남지 않았다.

그녀는 가족들이, 전(前) 가족들이, 가족과 남의 중간지대에 있는 사람들이, 가족이 아니게 되어가는 절차를 밟고 있는 사람들이 자신의 '실종'을 눈치채기를 바랐다. 그녀는 자신의 효용을, 효용의 부재를, 가치를 인정받고 싶었다. 그러나 믿음이 없는 것은 그들의 잘못이 아니었다. 보이는 곳에서 보이지 않는 곳에서 믿음을 배신한 결과물이 점점 육박해오고 있었다. 그러나 그녀에게 믿음을 주지 못한 것은 그들 역시 마찬가지였다. 그녀는 단 한 번도 자신이 그들 사이에 속한다고 생각해본 일이 없었다.

그녀는 걷기 시작했다. 그녀는 조금 비틀거렸고, 숲을 둘러싼 철조망 앞에서 잠시 망설였으며, 울타리 너머를 향해 걸었다. 그녀는 썩은 낙엽을 밟았고, 눈에 보이지 않는 포자를 발로 짓이겼다. 그녀의 시선은 바닥에 고정되어 있었다.

열의 없는 탐색은 오래가지 않았다. 무언가가 발에 차였다. 그녀가 발걸음을 멈추고 쭈그려 앉았다. 천 조각이었다. 외부의 힘에 의해 찢겨나온 것임이 분명해 보였다. 그녀는 다시 몸을 일으켜 주변을 둘러보았다. 아무것도 없었다. 그녀는 천 조각을 잠시 물끄러미 쳐다보고, 그것을 주머니에 집어넣었다.

해가 뜬 지 이미 오래되었음에도 불구하고, 숲은 어두웠다. 이따금씩 성글게 뻗은 가지 사이로 빛이 쏟아져 들어오기는 했지만, 그뿐이었다. 까맣지는 않지만 침침한 허공을 그녀는 두 눈을 가늘게 뜨고 응시했다. 공기 중에 날아다니는 것이 있었다. 그녀는 그것이 무엇인지 분간해보려 했지만 그것이 부질없는 짓임을 금방 알 수 있었다. 그녀는 걸어온 방향으로 걷기 시작했다. 걸을 때마다 온몸의 근육이, 관절이 삐걱거리는 것 같았다.

밖으로 나가는 길이 잘 보이지 않았다. 분명히 걸어온 방향을 되짚어가고 있다고 생각했는데, 아무래도 한곳에서 맴도는 것 같은 느낌을 지울 수 없었다. 그녀는 깊은 숨을 들이켰다. 나뭇잎이 바스락거렸다. 그녀는 두 팔로 어깨를 끌어안았다. 숲의 아침 공기는 밤 공기와 마찬가지로 차가웠다. 그래도 해가 떠 있어서 다행이야, 그렇게 생각하며 그녀는, 그러나 다행스럽지 않아서 나쁠 것은 또 뭐가 있담, 한편으로 그렇게 뇌까리면서 조심스럽게, 그리고 주의 깊게 걸어온 길을 되짚어나가기 시작했다. 트렌치코트에 달려 있던 벨트가 질질 끌리다가 땅에 떨어졌지만, 그녀는 그것을 알아채지 못했다.

결국 아침 산책은 생각보다 더 오랜 시간이 걸리고 말았다. 차가 있는 곳으로 돌아오자마자 그녀는 지난 저녁에 딴 캔커피를 들이켰다. 끈끈한 액체가 식도를 타고 흘러들어갔다. 그녀는 시내로 차를 몰았다. 어쨌든 그녀에게는 있을 곳이 필요했다. 죽지 않는 한, 이 세상 어딘가에는 존재해야만 한다는 것이 그렇게 불

합리하게 느껴질 수가 없었다.

유령이 되어버릴 수 있다면 좋을 텐데. 그녀는 생각했다. 하지만 힘이 들어가지 않는 손으로 핸들을 느슨하게 잡고 있는 이 순간에 그녀는, 그리고 다른 모든 순간에, 그 누구도 그녀를 찾지 않는다는 점에서, 그저 투명하게 사람들 틈을 지나쳐갈 뿐이라는 점에서 그녀는 유령과 다를 바가 없었다. 그녀가 유령이 아닐 수 있게 하는 것은, 그녀를 세상에 조금이라도 더 묶어놓는 것은 대시보드에서 계속해서 깜빡이는 핸드폰 액정화면 뿐이었다. 그러나 그녀는 핸드폰에는 눈길조차 주지 않았고, 그리하여 그녀는 유령과도 같은 상태에 계속해서 머물러 있었다.

*

숲에 갔었어요. 그녀가 그 말을 꺼내기가 무섭게, 여자가 몸을 옆으로 기울였다. 혹시 거기서 뭐 이상한 거 발견 못했어요? 예상하지 못한 반응에, 그녀는 자신도 모르게 팔꿈치로 잔을 쳐서 넘어트리고 말았다.

잠깐 식사를 하려고 했던 것뿐이었다. 편의점에서 살 수 있는 음식들은 간편하고, 차갑고, 흐물흐물했다. 그녀는 관성적으로 생을 유지하고 싶어 했다. 뚜렷한 이유도 없으면서, 상태가 지속되길 바랐다. 전진할 수도 후진할 수도 없는 상태에 멈춘 채로 목숨만이 이어지는 것, 어떤 변화도 생기지 않는 것, 그것이 그녀가 원하는 것이었다. 그러나 현상유지를 위해서는 계속해서 무언가를 바꾸어야만 했고, 그 사실은 몹시 이상하게만 여겨졌다. 옆 테이블에 앉아 있던 여자가 말을 걸기 전까지 그녀는 그런 생각을 하면서 건성으로 수저를 놀리고 있었다.

그녀로서는 예측하지 못했던 종류의 변인이었다. 여자는 자신이 이 도시 사람이 아니라고 소개했다. 말하자면 외지인이죠. 원래는 오래 있을 생각이 아니었어요. 그런데 생각보다 일이 길어졌네요. 여자는 방송 일을 하는 사람이었다. 그녀 역시 몇 번은 들어본 적이 있는 탐사보도 프로그램이었다. 어떤 실종 사건을 조사하는 중이에요. 그런데 어떻게 이 도시에 오신 건가요? 신기해요. 그냥, 볼일이 있어서요. 업무차 들렀어요. 그녀는 자신의 말이 충분히 그럴듯하게 들렸기를 기대했으나, 그 기대가 충족되었는지는 알 수 없었다. 여자는 재차 물었다. 오래 계실 생각이세요? 순간적으로 그녀는 대답이 궁했다. 그녀에게는 계획이랄 것이 없었다. 망설이던 끝에 그녀는 애매한 대답을 건넸다. 그녀로서는 그 대답이 초면인 사람과 너무 많은 사실을 공유하고 싶어 하지 않는 수줍음의 일종으로 보였기를 기대하는 수밖에 없었다. 그녀는 말을 돌렸다.

이 동네에 오래 계셨나봐요.

그 말에 여자는 조금 웃었다. 몇 달 되었어요. 계속 여기에서 조사를 하던 중이었는데, 수확이 별로 없네요. 이 동네 사람들은 외지인을 굉장히 경계하거든요. 여자가 말했다. 무슨 말을 물어봐도 똑같아요, 잘 모른다는 대답뿐이죠. 그렇게 말하는 여자의 얼굴은 분명히 웃고 있었으나, 그녀의 말끝에는 감출 수 없는 피로가 묻어 있었다. 그런 점에서 그들은 확실한 공통점을 가지고 있다고 할 수 있을지도 몰랐다. 여자가 말을 이었다.

게다가 사라지는 건 전부 여자들뿐이거든요. 이 동네 사람이 아닌 여자들뿐이에요. 여자들이 사라지는 사건은 몇 번이고 겪어봤는데, 대부분은 범죄가 많아요. 현지에 가서 이것저것 조사를 하다 보면 뭐라도 단서를 주시는 분들이 계시기 마련인데, 이번엔 그런 것도 없네요. 마치 다들 한통속은 아닌가 싶을 정도예요. 물론 제가 예민한 거겠지만서도요.

여자가 갑작스럽게 입을 다물어서, 그녀는 약간 당황하고 말았다. 잠시 동안 대답할 말을 찾던 그녀는, 결국 아무 말 없이 그릇 위로 시선을 던졌다. 여자 역시 한동안 말이 없었다. 그녀가 숲에 다녀왔다는 이야기를 꺼낸 것은 그때의 일이었다. 차가운 물이 바닥으로 후드득 떨어졌다. 여자가 자신의 테이블에 놓여 있던 휴지 곽을 내밀었다. 엉겁결에 휴지를 받아들고 쏟아진 물을 닦아내면서도 그녀는 긴장을 늦추지 못했다. 묵묵히 물기를 닦아내던 중에, 여자가 갑자기 말을 꺼냈다.

숲에 다녀왔다니, 정말 아무도 안 알려준 모양이네요. 이 동네 사람들은 가지 않는 곳이에요.

그냥, 내비게이션에 공원이 나오길래 산책하러 갔던 거예요. 걷는 걸 좋아하거든요.

거짓말이었다. 그녀는 가능하다면 걷지 않을 방법을 적극적으로 모색하는 유형의 사람이었다. 그녀는 자신의 말이 거짓말처럼 들렸다는 것을 즉각적으로 알아차렸다. 그러나 그렇다고 해서 바로 방금 전에 한 말을 번복할 수는 없는 노릇이었다. 여자가 신중하게 말을 이었다.

아까 실종 사건 조사한다고 말씀드렸었죠. 그 숲이 사건이 일어난 곳이에요.

사건 현장이라고요? 그렇지만 출입 통제 같은 건 하지 않던걸요.

그 말에 여자가 씁쓸한 미소를 지었다. 애초에 사건이 된 적이 없으니까요. 그녀는 그만 입을 다물고 말았다. 뭔가 발견하진 못했나요? 침묵 끝에 여자가 질문을 던졌으나, 그녀는 고개를 저었다. 그렇군요. 하긴, 저도 몇 번이나 갔었지만 아무것도 발견하지 못했는걸요. 뭔가 남아 있을 리가 없죠. 여자는 손으로 눈꺼풀을 꾹꾹 눌렀다. 그래도 혹시 뭐라도 이상한 일이 있으면 알려주세요. 그 말과 함께 여자는 그녀에게 명함을 내밀었다. 여자의 이름은 김현진이었다.

*

D는 숲에서 그리 오래 버티지 못했다. 차분한 표정으로, 흔들림 없는 걸음걸이로 숲에 들어선 D는 걸으면 걸을수록 숲에, 숲

의 무질서함에, 숲의 막연한 어둠에 기가 질린 듯한 모습이었다. D는 때때로 걸어온 길을 되돌아보았으나, 이윽고 무언가에 홀리기라도 한 것처럼 또는 엄청난 것에 이끌리기라도 한 것처럼 걸음을 내딛었다. 마치 걷는 법을 처음 배우기라도 한 것 같은, 혼란이 배어 있는 걸음걸이였다. 그러나 숲은 D를 모르는 척했다. 숲은 D에게서 눈길을 거두고 귀를 막아버렸다. D가 완전히 어둠 속에 녹아버릴 때까지, 어둠을 이고 걸어다니다가 풀썩 쓰러질 때까지.

*

그녀는 한참 동안 시내를 맴돌았다. 확실히 한눈에 보아도 지어진 지 오래된 것임이 분명한 숙박업소들이 있었다. 지방 도시에서 흔히 볼 법한 규모와 외관을 갖춘 업소들이었다. 그녀는 스스로를 그다지 까다롭지 않은 사람이라고 생각하기를 선호했으나, 왠지 모르게 그녀는 계속해서 선택을 미루고 있었다. 내키지 않았다. 어디든 발을 들여놓아야만 한다는 것이 어딘지 견디기 어려운 치욕처럼 느껴지기도 했다.

결국 그녀는 상업지구의 골목 안쪽에 있는 허름한 모텔에 방을 빌렸다. 그녀가 본 숙박업소 중 가장 낡고 볼품없는 외관을 가진 곳이었다. 그녀는 모텔의 위치와 외관이 위협적이라고 생각했지만, 위협적인 것 혹은 위험한 것이야말로 그녀가 바라는 것이었다. 나무를 표현하려고 한 듯한, 벌겋게 녹슨 철제 장식이 그녀의 마음을 끌었다.

옷을 갈아입다가 그녀는 바지 주머니에서 낯선 직물을 발견했다. 숲에서 들고 온 것이었다. 그녀는 잠시 그것을 물끄러미 내려다보았고, 그것을 구겨서 버리려고 했으나 금방 마음을 바꾸어 그것을 사이드 테이블 위에 올려놓았다. 그녀의 손바닥 크기를 넘지 않는 짙은 녹색의 합성섬유 조각이었다. 그것을 김현진에게 전해주었다면 기뻐했을까? 그녀는 확신할 수 없었다. 문득, 그녀는 이 천 쪼가리를 태워버리는 것이 증거인멸에 해당할지 어떨지 알고 싶어졌다. 증거인멸. 불가항력에 의해, 그녀는 그녀 자신이 위조하고 파기한 알리바이를 떠올리지 않을 수 없었다. 일기는 언제나 사실에 대한 진술과 그것에 대한 번복으로 이루어져 있었다.

그녀가 원하는 것은 평안이었으나, 그것을 박탈하고 있는 것은 다름 아닌 그녀 자신이었다. 떠나와서도 떠나는 것에 대한 생각을 멈추지 못하는 그녀 자신이었다. 그리고 그녀는 최선을 다해 그 사실을 모른 척했다. 그녀는 도망쳤다. 어디에나 인간들이 있었고, 그들 틈에 숨어버리는 것은 어렵지 않은 일이었으며, 그녀는 스스로를 숲속의 나뭇잎이라고 여겼는데, 지나치게 명징한 상징들은 오히려 그녀의 시야를 손쉽게 가려버리고 말았다. 그녀는 나뭇잎이 될 수 없었다. 오히려 그녀는 숲속에 떨어진 동전 같은 존재였다. 절대 나뭇잎과 함께 썩을 수 없는, 풀벌레나 들짐승의 일부가 될 수 없는, 영원히 이질적인 존재.

대단한 애정이로군. 그는 전남편이 했던 말을 떠올렸다. 실로 대단찮은 애정이었다. 당시의 그녀는 어떤 방법으로든 그에게 상처를 주고 싶다는 생각에 몰두해 있었다. 면상에 주먹을 날릴 수 있다면 좋았을 것이다. 그렇지만 단풍잎처럼 작고 얇은 손으로는 무엇도 파손시킬 수 없었다. 비웃듯이 말하는 그 마음에 대해서 그녀는 애써 생각하지 않았다. 적어도 그때는 즐거웠겠지, 마치 다른 사람의 일에 대해 생각하는 것 같았다. 무엇이 즐거웠는지, 무엇이 흡족했는지 구체적으로 떠오르지 않았다. 그러나 애정이라니. 그녀는 적어도 애인만은 그녀를 찾을 것이라고 생각했다. 오산이었다. 그녀를 찾는 사람은 아무도 없었다.

그녀는 침대에 누워서 변호사가 보낸 문자들을 읽었다. 언뜻 보기에 그것은 그녀의 결정을, 그녀의 생각을 묻는 말들이었으나 그 말들 뒤에는 선택권 없음이 감추어져 있었다. 믿음의 문제니까요. 그녀는 처음 만났을 때 변호사가 했던 말을 생각했고, 어떻게 하면 지난 며칠간의 부재 아닌 부재를 설명할 수 있을지 생각했다. 침대는 지나치게 넓었고, 불편했다. 그녀는 가끔씩 얕게 잠들었고, 그보다 더 자주 소스라치게 놀라서 깼다. 눈을 뜨면 보이는 천장이, 벽지가 그녀가 떠나온 곳의 그것이 아니라는 사실에 조금 안심하기도 했다. 그러나 낯선 벽은 낯익은 벽과 마찬가지로 그녀의 안전을 담보하지 못했다.

나이요, 나이 말이죠. 다양해요. 가장 어리게는 십대부터, 혼자서는 영 거동이 불편한 노인까지. 그것도 이상한 점이라면 이상한 점이죠. 저도 이런저런 일들을 봐왔지만, 이렇게까지 연령대에 일관성이 없는 건 처음이거든요. 일관성이 없는 게 나이뿐만은 아니지만요. 아홉 명이에요, 아홉 명. 거주 지역이든, 출신 학교든, 직장이든 뭔가 하나는 겹칠 법한데도 아무것도, 아무것도 겹치지가 않아요. 그래서 더 종잡을 수가 없구요. 만약 범죄라면 누군가 그 지역들을 하나하나 돌아다니면서 대상을 물색하고 그들을 유인하고 납치했다는 얘기가 되는데, 그러기엔 사건과 사건 사이의 간격이 너무 짧아서 말이 되지 않아요. 거동이 수상한 인물에 대한 제보도 아직은 없었구요. 그렇다면 그 여자들이 다 제 발로 이 도시로, 이 낡고 쇠락한 도시로 걸어들어왔다는 뜻인 걸까요? 그렇다면 그건 도대체 무엇 때문일까요? 정말로 모르겠어요, 저는요.

*

그녀는 아침마다 숲을 방문했다. 그녀는 점점 숲의 내부에 익숙해졌다. 차를 대어둔 곳으로 돌아오는데 걸리는 시간은 점점 짧아졌다. 그녀는 숲에서 점점 많은 것들을 주울 수 있었다. 찢겨져나온 천 조각, 깨진 유리병, 마른 풀이 붙은 머리끈. 아마도 가방이나 자켓, 혹은 워커에서 떨어져나왔을 것 같은 장식용 징. 소중하게 주머니에 넣고 다녔을 것 같은 유리구슬과, 서로 다른 모양을 한 단추들. 그녀는 그것들을 발견할 때마다 주머니에 넣었다.

그녀가 주운 물건들은 그대로 그녀의 수집품이 되었다. 그녀는 그것들을 대시보드에 넣어두고 이따금씩 꺼내어 들여다보았다. 수집품들이 말하는 것은 많지 않았다. 어쩌면 그녀에게 그것을 들을 수 있는 능력이 없었기 때문이었을지도 모른다. 그녀는 물건의 부스러기들을 물끄러미 들여다보았고, 그것을 다시 대시보드에 넣어두었다.

증거를 모으는 일은 이윽고 그녀에게 기쁨을 주는 일이 되었다. 자신이 누군가의 증거를 모으듯이, 누군가가 그녀의 증거를 모으고 있을지도 모른다는 생각을 하는 것이 그녀에게는 기묘하게 위안이 되었다. 그러나 그것이 정말로 위안의 기능을 수행하는지는 알 수 없었다. 그녀 자신은 애써 무시하고 있었지만 그녀의 행적은, 증거물들은 이미 수집되고 있었다. 그녀의 모든 반응들은 그녀가 내세우는 논리의 정합성을 혹은 그 부실함을 드러내는 그리하여 그녀를 지키고 동시에 그녀 자신을 공격하는 총알한 알 한 알로서의 역할을 다하고 있었다.

*

아침 산책에서 돌아오는 길에, 그녀는 김현진을 다시 마주쳤다. 김현진은 숲의 입구를 서성이고 있었다. 식당에서 처음 명함을 건네받은 뒤로 그들은 시내에서, 거리에서 종종 마주치곤 했다. P시는 그만큼 작았던 것이다. 김현진은 그녀를 만날 때마다 무언가 이상한 점을 발견하지는 않았는지 물어보았다. 그러나 그녀에게는 김현진이 흡족하게 여길 만한 대답이 없었다.

그녀는 빨간색 장우산을 들고 서 있는 김현진의 모습이 상당히 위협적이라고 생각했다. 아침의 비 예보가 틀린 예보는 아닌 모양이었다. 자동차 보닛 위로 굵은 빗방울이 툭, 하고 떨어졌다. 차를 타는 게 낫지 않겠어요? 약간의 호의를 담아 제안을 하면서도, 그녀의 내면의 어떤 부분은 제안이 거절당하기를 바라고 있었다. 그러나 김현진은 그녀의 제안을 거절하지 않았다. 자동차의 잠금장치가 풀어졌다. 김현진이 차에 올라탔다. 짧은 순간이었지만, 그녀는 김현진이 흥미 가득한 눈길로 뒷좌석의 물건들을 훑는 것을 확실하게 느낄 수 있었다.

김현진은 다시 실종 사건에 대한 이야기를 꺼냈다. 어제 관할 경찰서에 다녀왔다고 했다. 실종자 가족 모임을 조직하는 중이라는 이야기도 덧붙였다. 겨우겨우 가족들을 설득할 수 있었다는 말을 덧붙이기도 했다. 사건성이 있다는 걸 입증하면 조금이라도 진전이 생기지 않겠냐는 조언을 들었거든요. 서로 다른 사건들 사이에 연관성이 있다는 것만 입증이 되면 경찰이 조금은 관심을 가지지 않을까 싶어요.

분명히 약간은 진전이 생긴 것임에도 불구하고 이런저런 설명을 늘어놓는 김현진의 목소리는 영 밝지가 않았다. 창밖의 날씨 같았다. 두어 개씩 떨어지던 굵은 빗방울은 어느샌가 세찬 비로 바뀌어 있었다. 그녀는 도로에서 눈을 떼지 않았다. 와이퍼가 빠르게 움직였다. 한참 동안 조사의 진전에 대해서 설명을 하던 김현진이 갑자기 말을 멈추었다. 그때였다. 천둥소리가 들렸다. ……이 동네 여자들이 사라졌다고 한들 경찰이 수사를 했을 것 같지는 않지만요.

　김현진이 무슨 맥락에서 마지막 말을 덧붙였는지는 알 수 없었다. 천둥소리 탓이었다. 그러나 그녀는 김현진이 어떤 이유에서 그런 말을 하는지는 어렴풋하게 알 것 같았다. 변호사에게서 문자가 온 모양이었다. 계기판 옆에 고정시켜둔 핸드폰 화면이 깜빡였다. 변호사는 그녀가 P시에 있다는 것을 이미 알고 있었다. 그녀의 남편이 그녀가 부지불식간에 남긴 흔적들을 모으고 있었다. 핸드폰 기지국의 수신, 발신 내역. 신용카드의 승인 내역. 남편과 남편의 변호사는 그런 사실들을 애써 숨기려 하지도 않았다. 그녀는 김현진이 핸드폰 화면을 보지 못했기를 바랐다.

　시간이 별로 없어요.

　문득 김현진이 말했다. 무슨 뜻인지 바로 알아차릴 수 없었다. 애초에 사건도 아닌 일이잖아요. 시간을 많이 들이고 싶지 않아해요. 이것 말고도 신경 쓸 일은 많다는 거죠. 그녀는 김현진 같은 유형의 사람들이 영 익숙지 않았다. 약간의 침묵 끝에 그녀는 짧게 네, 하고 대답을 했지만 아무래도 적절하지 않은 대답을 한 듯한 느낌을 지울 수 없었다.

이 도시에 오래 계실 계획이에요?

그녀는 고개를 저었다. 말씀드렸잖아요. 일 때문에 잠시 내려온 거예요. 오래 있을 계획은 없어요. 그녀는 핸들을 꺾었다. 그리고 김현진이 자신을 바라보고 있다는 것을 알아차렸다. 그러나 김현진은 아무 말도 하지 않았고, 그녀에게는 그 침묵이 무척 불편하게 여겨졌다. 한참 뒤에야 김현진은 시선을 거두었다. 미칠 노릇이에요. 아직 아무것도 알아낸 게 없는데 말이에요. 내일 모레에는 올라가야 해요. 김현진은 신경질적으로 내뱉고 한숨을 푹 내쉬었다. 어쩌면 김현진을 차에 태워주기로 한 것은 좋은 선택은 아니었을지도 몰랐다.

일 때문에 내려왔다는 거, 거짓말이죠?

그녀는 진심으로 김현진을 태운 것을 후회하기 시작했다. 문자를 확인하지 않은 탓에, 핸드폰 액정이 주기적으로 깜빡이고 있었다. 김현진은 여전히 그녀를 바라보고 있었다. 신호가 붉은색으로 바뀌었다. 바퀴가 불쾌한 마찰음을 내며 미끄러졌다. 그녀는 계속 잡아떼야 할지, 아니면 사실을 말해야 할지 고민했다. 결국 그녀는 어느 쪽도 선택하지 않았다.

차가 막히네요.

당신에 대해서 들었어요.

그녀는 대답하지 않았다.

여긴 작은 도시니까요. 누군가 새로운 사람이 나타나면 금방 알아차릴 수 있죠. 동네 사람들이 당신에 대해 이야기하고 있었어요. 무슨 일을 하시는지 아는 사람이 아무도 없더라구요. 사실 여기는 무슨 일을 하러 오기에 적절한 장소는 아니거든요. 일자리를 구하는 사람들은 어지간해서는 다 다른 도시로 나가기 마련이구요. 아니면, 공개적으로 말하기 어려운 일을 하시는 건가요?

그녀는 김현진이 선을 넘고 있다고 생각했다. 그녀는 잠깐 동안 김현진을 길에 내려놓고 가는 미래에 대해서 생각했다. 하지만 빗줄기가 제법 거세어져 있었다. 그녀의 불쾌함과는 별개로, 이런 빗속에 젊은 여자를 내려두고 가는 것은 좋은 생각이 아니었다. 그녀는 자신이 조금 우습게 여겨졌다. 이런 걸 물어보는 의도가 뭐예요? 내가 거짓말을 했다고 해도, 그게 현진 씨와 무슨 상관이 있나요? 김현진이 웃었다.

별일 아니에요. 제 연락처 드렸잖아요. 저 대신에 조사를 좀 해주셨으면 좋겠어요.

제가요?

그녀는 반문했다. 김현진의 표정은 진지했다. 방법이 없는걸요. 말씀드렸잖아요. 저는 곧 올라가야 하고, 이 동네 사람들은 실종 사건에 아무 관심이 없어요. 몇 달째 여자들이 사라지고 있는데도 말이에요.

이 젊은 여자가 무엇을 원하는지, 무엇을 손에 넣고 싶어서 이렇게까지 사라진 여자들을 뒤쫓는지 그녀는 도저히 알 수 없었다. 그것은 사실 관계의 문제이기도 했지만, 상상하는 능력의 문제이기도 했다. 그녀의 세계에는 이름만 간신히 아는, 혹은 이름도 알 수 없는 실종자들의 뒤를 집요하게 쫓는 인간상이 존재하지 않았다. 그녀가 아는 인간이란, 자주 회피하고 때로 비겁하고 가끔씩 무관심한 존재들이었다. 비가 점점 거세지고 있었다. 흔하지 않은 일이었다. 신호가 붉은색으로 바뀌었다. 차를 멈추고, 그녀는 김현진의 얼굴을 보았다. 두 사람의 시선이 잠시 마주쳤다.

*

변호사가 P시로 그녀를 찾아오기까지는 그리 오랜 시간이 걸리지 않았다. 그녀가 남긴 흔적들을 찾아서 따라왔다고 변호사는 말했다. 소송은 여전히 진행 중이었다. 그녀에게는 의사를 표명해야 할 일이 아직 더 많이 남아 있었다. 그녀는 변호사에게 전남편에 대해서 묻지 않았다. 그녀는 가족들에 대해서도 묻지 않았다. 직장에 대해서도, 그녀에게는 물어볼 만한 질문이 없었다. 돌아갈게요. 돌아가서 서명할게요. 조금만 시간을 주세요. 약간의 말미를 얻는다고 한들 이득이 될 것은 없었다. 그래봤자 죽기 직전의 결혼생활을 조금 더 연장하는 것에 지나지 않을 것임을, 그리고 그것이 무의미하고 때로는 유해하기까지 한 일이라는 것을 그녀는 이미 잘 알고 있었다.

변호사를 돌려보내고 숙소로 돌아온 뒤였다. 침대 위에 아무렇게나 던져둔 핸드폰이 진동했다. 전남편이었다. 그녀는 잠시 망설였고, 전화를 받지 않는 선택지에 대해 생각했다. 집을 나온 후로 남편이 전화를 건 것은 처음이었다. 그녀는 상상할 수 있는 몇 가지 가능성을 떠올렸다. 그들 중 어떤 것은 두려운 일이었고 어떤 것은 비웃음이 나는 일이었다. 핸드폰의 진동이 멈췄다.

믿음이 없는 게 내 잘못은 아니잖아. 네가 한 말 중에 진짜가 얼마나 된다고 그래. 그는 그렇게 말했다. 그녀는 대답하지 않았다. 연극적으로 들리기까지 하는 말이 그녀에겐 우습게 느껴졌다. 하지만 그녀 역시 기약 없는 유치한 행위를 반복하고 있는 건 매한가지였다. 언제 돌아올 거야. 그건 집으로 돌아오라는 뜻이 아니었다. 서명해야 할 서류들이 남아 있었다. 그녀는 대답할 수 없었다. 한참 뒤에야 그녀는 곧 갈게, 라고 짧은 대답을 덧붙였으나, 그것은 사실 대답으로서의 기능을 하지 못한다는 것을 피차 잘 알고 있었다. 수화기 너머의 상대는 아무 말이 없었다. 우리 계속해서 미워하자. 절대로 용서하지 말자. 아무래도 그렇게 말하고 싶은 모양이었다. 한참 뒤에야 통화가 끊어졌다.

김현진에게서도 연락이 왔다. 부탁과 당부의 말들이었다. 실종자 가족 모임에 대한 것들. 김현진이 도움을 받았던 현지 언론사 기자에 관한 것들. 누구에게 어떤 연락을 하면 좋을지, 어떤 증거를 위주로 찾으면 좋을지에 대한 조언들. 그녀는 그것을 처음부터 끝까지 훑어보았고, 다시 한번 처음부터 찬찬히 읽었고, 자동차 대시보드 안에 넣어둔 물건들에 대해서 생각하지 않기 위해 노력했다. 지겨운 일들이었다. 그녀는 핸드폰의 전원을 끄고 침대에 누웠다. 천정은 여전히 낯설었다. 그녀를, 그녀가 몸을 기댄 약간의 가구를 둘러싼 벽 역시 낯설기는 마찬가지였다. 잠이 오지 않을 것 같았다.

*

그녀는 P시에 정착했다. 아는 사람을 최대한 늘리지 않겠다는 그녀의 계획은 실패했지만, 그래도 P시는 나쁘지 않은 곳이었다. 그녀는 이혼소송에서 패배하였고, 상당한 대가를 지불했다. 그 사실을 억울하게 여기지 않기 위해서는 굉장한 양의 노력이 필요했고, 그녀는 이따금씩 억울해하지 않는 일에 실패했다. 김현진은 어느 시점부터 그녀에게 연락을 하지 않았다. 실종 사건에도 진척이 없는 듯했다. 종종 그녀는 이른 아침에 숲을 찾아가곤 했다.

숲은 여자를 지켜보았다. 그녀는 없는 길을 따라서 걸었고, 이따금씩 쪼그려 앉았고, 나무뿌리 주위를 이리저리 헤쳐보기도 했다. 그녀는 무엇인가를 찾는 것 같아 보였다. 근거나 증거, 이유, 혹은 그것과 비슷한 생김새를 지닌 것을. 아직 터지지 않은 포자가, 눅눅한 곳에서 자라는 균이 그녀의 호흡기관으로 스며들었다. 그녀는 판단하고, 의심하고, 의심을 유보하고, 판단을 파기하고, 결정하고, 외면하고, 기억하고, 잊어버렸다. 그것만으로도 시간은 놀랍도록 빠르게 흘러갔다. 이전과는 비교할 수 없는 빠르기였다.

단촐하게 몸만 이끌고 나온 탓에 그녀는 거의 모든 것을 새로 사야만 했다. 그녀가 할 수 있는 것은 별로 없었다. 존재를 유지하기 위해 들여야 하는 노력이 너무나 많다는 것이 버겁게 느껴졌지만, 그 모든 불안에도 불구하고 살아 있어야 할 이유 같은 것이 있는지는 여전히 알 수 없었다.

어느 날 숲을 걷던 그녀는 무언가 발에 차이는 것을 발견했다. 잃어버린 트렌치코트의 벨트였다. 여자는 낙엽에 묻혀버린 벨트를 손으로 잡아당겼다. 천으로 된 벨트에는 진흙이 묻어 있었다. 한 번 꿰맸던 흔적이 그대로 남아 있었다. 여자는 축축한 것을 조심스럽게 털어냈다. 검은 것은 금방 떨어졌지만, 이미 축축하게 젖은 부분을 되돌릴 수 있는 방법은 시간이 흐르는 것 외에는 없었다.

소멸을 거부하는 여자들

강지희 (문학평론가)

> 그가 무구하다면 난 도대체 뭐란 말인가?
> ─헨리 제임스 《나사의 회전》

> 누구도 이해할 수 없다
> 그러나 자신에게서─소멸을─
> 견뎌낸 사람은
> 자격이 주어진─ 사람
> ─에밀리 디킨슨 作

　왜 여자들만이 사라지는 것일까. 소설집의 제목이 된 '사라지는 건 여자들뿐이거든요'라는 문장은 스릴러 서사뿐만 아니라 현실에서도 대개 여성들이 범죄의 희생자가 되어 실종되거나 죽는다는 사실을 투명하게 떠올리게 한다. 이후에 남는 것은 어떤 것도 변하지 않는 견고한 현실과 무기력을 동반한 적막이다. 그러나 범죄가 주는 스펙터클보다 더 근본적으로 압도적인 것은 자신의 존재 가치를 외부에서 확인받는 데 지친 자들 안에 자연스럽게 자리 잡는 파괴적인 충동, 자신을 부정하고 소멸시키고자 하는 욕망이다. 문학사 안에서 시대마다 정점을 찍은 스릴러들은 사회의 약자로 살아가는 이들에게 어떻게 촘촘한 심리적 착취가 가해지는지를, 그 결과 그들의 내부에서 자라난 기괴한 충동이 굉음과 함께 현실을 찢어내는 순간을 보여주었다. 헨리 제임스의《나사의 회전》에서부터 대프니 듀 모리에의《레베카》, 셜리 잭슨의《힐 하우스의 유령》등으로 이어지는 심리 스릴러의 계보 안에서 여성 화자는 자신을 둘러싼 공간에 압도되며 초조와 당혹을, 뿌리 깊은 자기 불신을 내비친다. 그리고 이 모든 불안은 외부의 환경과 타인에 대한 지나친 동일시로 직결된다. 그러므로 여성 스릴러에서 여성의 권력과 행위성이 확인되는 방식은 기존 사회에서 자율성과 능동성이 발휘되는 방식과는 다를 수밖에 없다. 극도로 고립되고 위축되어 거의 소멸하기 직전의 자아가 외부에 과잉 동일시할 때, 그들이 느껴온 불안과 공포가 초자연적인 힘으로 세계에 투영되며 모든 것을 집어삼키는 방식이다. 그것은 물론 자기 자신까지도 잠식시키는 힘이지만, 안정되고 통합되어 있던 사회를 수복시킨다는 점에서 기묘한 만족감과 전율을 동반한다.

이 소설집에 실린 여덟 편의 소설들은 여성들의 일상에 스며들어 있는 증오와 불안의 뿌리를 찾아간다. 2010년대 중반 득세한 가정 스릴러는 대개 남편의 폭력성이나 비밀스러운 과거가 문제의 중심에 있고, 이에 대응하여 능동적 가학성을 발휘하는 여성 인물들이 등장했다. 그러나 최근 한국문학에서 여성 화자를 내세운 심리 스릴러들이 보여주는 가장 뜨거운 애증은 다른 여성을 향해 있으며, 가학성은 기묘한 자기 처벌로 귀결된다. 그 근간이 되는 유서 깊은 모녀의 애증은 이 소설집 중핵에 있다. 어머니는 자애와 희생의 존재로 신화화되는 대신, 냉담하고 잔혹하고 징그럽기까지 한 이기적인 존재로 그려지며 죽음과 긴밀한 관계를 맺는다. 어느 순간 증발하고 잊혀진 여자들은 생명을 줄 뿐 아니라 임의로 박탈하는 괴물적 모성이 지닌 권력의 이면이다. 이 가운데 평생 열정과 변덕으로 새로운 남자를 찾아 헤맨 어머니를 딸이 목 졸라 살해할 때, 한국문학의 오랜 모성 신화가 깨져나가며 새로운 권력 계승의 길이 열린다. 부친을 살해한 아들들이 '종교'와 '친족'이라는 사회제도의 토대를 마련했다고 읽어낸 프로이트를 참조해보자면, 모친 살해는 사회제도의 압력을 개인화된 불운과 추문으로만 경험해야 했던 여성들이 '종교'와 '친족'을 해체하고 레즈비어니즘으로 새로운 사회를 열어내는 시작점이 될 수 있다. 뿌리 깊은 애증과 불안의 부정적인 속성들을 유산으로 여기며 상속받을 수 있을 때, 여성들은 증여의 대상이 되거나 증발하듯 사라지기를 그친다.

현실을 잠식할 듯 점점 확장되어가는 꿈들 속에서 자신의 의지와 에너지를 거의 황홀경의 상태로 경험하는 이 여성들은 인과 없이 흩어진 시공간 속에서 마트료시카처럼 서로의 존재에 겹쳐진다. 사회에서 이질적인 존재들로 치부되어온 자들, 미혼모에서부터 이혼녀, 동네의 미친 여자 등은 하나의 여성 인물 안에 비명처럼 깊이 새겨져 있다. 이 소설들 속 여성 화자가 다른 여성들에게 갖는 동일시는 단순히 여성 연대와 같은 말로 묶일 수 없는 초

현실적인 것이다. 이 환상성은 여성들 안에 한없이 취약하기에 가학적으로 돌변할 수 있는 정서가 늪처럼 하나의 기반을 이루고 있음을 보여준다. 그 속에서 여성들은 단순히 현실을 견디는 대신, 매 순간 강렬하게 경험하는 능력으로 다른 여성들의 죽음을 자신 안에 통합시키며 살아간다. 그렇게 여성들은 다른 여성들의 존재를 소멸로부터 구해내며, 현재의 자신을 소멸시키고 싶은 욕망까지도 기꺼이 견뎌내는 것이다.

에이드리언 리치는 에밀리 디킨슨에 대한 글에서 그의 시를 "극단적인 상태에 대한 시"라 지칭하며, "누군가 이전에 여기 다녀 갔다"는 지표로 읽었다. 소외된 자들의 외로움은 지독하게 이어지지만, 그 고립이 정확하게 이해되는 순간에 어떤 연대가 된다. 에이드리언 리치의 말을 이어받아 여기 놓인 여성 스릴러들을 "극단적인 상태에 대한 소설"이라 지칭하고 싶다. 소설에서 계속해서 등장하는 환영들의 실체는 끝내 밝혀지지 않고, 비밀들은 영원히 모호하게 남아 있다. 그러나 이 풀리지 않는 환영과 비밀들은 위태로운 연극을 그치고 맨 얼굴을 드러낸 여성들이 남겨둔 매듭이기도 하다. 고립되고 위축된 여성들이 만들어내는 이 스릴러들이 지닌 섬뜩하고 파괴적인 힘은 무수한 불운과 실패를 반복하는, 무엇보다 자신 안의 공격성과 분열에 익숙해지지 못한 채 무너지듯 살아가는 당신에게 결코 혼자가 아니라는 사실을 속삭여준다.

바통 03

사라지는 건 여자들뿐이거든요

1판 1쇄 발행 2020년 7월 20일
1판 4쇄 발행 2022년 5월 20일

지은이 · 강화길 손보미 임솔아 지혜 천희란 최영건 최진영 허희정
펴낸이 · 주연선

(주)은행나무
04035 서울특별시 마포구 양화로11길 54
전화 · 02)3143-0651~3 | 팩스 · 02)3143-0654
신고번호 · 제1997-000168호(1997. 12. 12)
www.ehbook.co.kr
ehbook@ehbook.co.kr
ISBN 979-11-90492-82-9 (03810)